吴伯箫散文选

先生文丛

吴伯箫◎著
子　张◎点评

长江出版传媒 | 湖北教育出版社

目录

小伙计

到四月里，麦子熟的时候，我便很恋恋地想起我底小伙计来了。

那时除了蓊翳的树木，如茵的碧草，以及青油油的高粱谷子，一些幼嫩的新苗而外，满坡都是薰黄薰黄的。扑鼻的禾香，野花香，盈耳的鸟声，农歌声，到处洋溢着，弥漫着。岭头茅舍，炊烟缕缕中，都浮着不少的村夫村妇底喜悦；荷薪樵夫，负网渔夫，从他们林丛溪边的呼应中，也感得到很浓的太平景象。蚱蜢，青的褐的，大的小的，长腿的齐头的，都赶庙会似的熙熙攘攘地乱跳；蜻蜓，直着透亮的膜翅，这里那里忽而停栖，忽而追逐地纷飞。河里的水，到晌午日光烈的时候，已经很温和了，恰恰可以跳进去洗一个痛痛快快的澡；东岭上的杏也都已熟透，累累地挂着，树枝儿都被它坠得矮矮的，一伸手就够得着采摘——这些，每当我想起我底小伙计时，也梦也似的浮上心头了。

是我 11 岁的那年吧？那时我正是县高小二年级的学生。

学校里在四月，照例是要在麦熟的前一星期放一种假的；那种假在教育部底定章上并没有什么名色：说是春假吧？丽春早已随了流水落花走远了。放假来踏青游春，已嫌太迟。说是暑假吧？清早夜晚，春寒还有些余威，炎日当头，也不似“五黄六月”天那样熏炙。消夏歇伏，又未免稍早。因此大家也不来牵强附会，便因时制宜地把它叫作“麦假”。

是从学校出身的，恐怕谁都知道放假的前一晚的快乐吧？真是出笼的鸟无羁的马般的高兴呢。经过三五天大考，早晚都去埋首背诵、记忆，简直饭都不能安心痛快地吃一餐。最爱玩的球啊，毽啊，跳的竹节绳啊，都被摒弃般地躲在屋的角落里，谁也不得闲去问它们的事去了。每次下了堂，大家嚷的，谈的，交头接耳议论着的，不都是“你对了多少？”“真糟糕，一点也想不起来！”“哈哈，差一点没错。”这一类的话么？得意的，趾高气扬；落魄的，垂头丧气。脑子里除了及格呀，分数呀，第几第几的名次呀，不已是别的什么都无暇顾及了么？真的，那几天的工夫，学校就比囚牢，在那里只有苦恼与挣扎；教室就如同战场，在那里你须冲锋陷阵，枪林弹雨中去拼命。可是一到考试完结了，无论是结果如何，不都是将书本一抛，高兴得要上天似的样子的么。有唱的，如奏凯之新兵；有笑的，如遇赦的罪人；也有你打我一拳，我踢你一脚，扯了手跳几跳，无意识地跑一圈，像是半疯狂了似的。总之，书是九霄云外无聊的东西了，现在只有了快活而已。

满校乱糟糟的一半天，好歹挨到夜晚了；大家蹦了跳地挤到寝室去；都觉得自己底身子凭空涨大了五七倍，屋子像是都狭窄得塞不开似的。坐着既不规矩，躺下也不安稳。你谈我笑，恐怕那刹那自己知道是在什么地方的就很少很少。直到半夜，鼾声充满全屋时，你还可以听得到一撮两撮咯咯的谈话声。

一觉醒来，往往是红日底辉光已吻遍大地了。那样酣熟的睡乡，繁复而甜蜜的梦境，在平日是很难踱达到的。各人揉一揉睡眼，抬头看一下四周，顿收了梦中底回忆，你看我我看你地瞪一会儿，脸上都浮起微微的笑容了。

匆匆地穿好衣服，脸也不洗便去收拾东西：打包裹、装箱子、捆行囊，弄得满屋恰像社戏散后的旷场；遍地都是纸团，字片，短短的绳头，用破的毛铅笔。最奇怪的是，平日很觉有用的小盒、画片一类的东西，现在都要毫无吝啬地弃若敝屣了。

站在对了操场的月台上看去，沿南墙的一行柳树上拴满了驴、马、骡各种的牲口。一人推的小车，两人使的“大把”，也都一排排地摆在那里。平日蹴足操演的“闲人免进”之地，现在几乎变作牛马市，停车场了。

寝室自习室里，各同学底家长，都用了各样的脸色、表情而对了自己底子弟；谈着家事，问着校情，那空气里充溢着的谁知是欢情？是离绪？还是其他快与不快的难言之感呢？有的文绉绉学究似的捻着胡须，有的土香土色戴着酱色的帽，穿着蓝布大衫。走这里，到那里，像初到异邦，考察着什么什么的，有；就是坐得板板正正，守了勿言勿动的古训，而一语不发的也有吧？色色形形，不一而足。

平日很严酷，板着法官似的面孔轻易不笑一笑的先生们，说也怪，现在也都和颜悦色地向学生底家长们点点头，招呼招呼了；见了学生时，也非常蔼然可亲地问着几时走，收拾好了东西没有这类的话了。这莫非也是感到小别在即，不忍遽舍的一点真的情意么？

我离家近，大处说不过三里路，开学散学，本用不着家里车马送迎；只到时候，将自己底东西收拾妥当，拣轻的提了一点走，其余笨重的到家后再派人一肩就扛得回来了。那次还是照例，同一村的三个学伴，将铺盖略事安排，便提了一个小小的书包，相将首途了。

我们走的还是那条熟路，沿了河岸，一直便可到家的。那里柳丝低垂，柔条打面，那温情抵得了少女底娇吻。处处鸣禽，争奏着初夏之曲，乳燕呢喃，也是正翻飞得起劲的时候；哪怕你悄语缓歌，蹑足轻步，偶不小心，都会扑喇喇惊起吱嘎情话着的麻雀。与自然同化了的童心，远眺着舒展在目前的野景，几疑身轻如云，飘乎欲仙。陌头草隙，间或采一朵两朵的鲜花，缀在襟上，灰布制服，有着龙衣般的华贵了；蹲在泥沙岸边，趁哗啦哗啦的流水洗一洗手帕，当放在头顶曝着时，手帕也冠冕似的辉煌了。疲倦了，就坐在浓荫树下，乘乘凉，憩息一会儿；或竟曲肱作枕地睡一忽：一切一切，都是快乐的，恬适的，梦一般的缥缈的。

三里路，足足走了两三个钟头；辰时起身，到家傍午了。

一星期要回家一趟的我，本来放假归来，也算不了怎样大快意的事，不过究竟是长假，所以比普通的日曜日要别有一番滋味。父母姐妹，不用说特别的亲，就是家里的一切房屋、器具，也都觉得格外有了一种感情。所以先跑到后园，看看果树菜蔬，及自己亲手种的几种草花，都非常可爱。看黄杏已熟，密朗朗地缀在宽阔的绿叶间，立刻嘴里便透着酸水，逗起了食欲，摘几个吃着，较之果摊上买的，味道更加鲜美。看看青条的黄瓜，成缕的豆角，满架满篱地挂着，简直是除了喜悦只有喜悦了。韭、白菜、莴苣，都绿生生一畦畦地长着，山阴道上，真有些应接不暇。衣边掠着新绿，眼里饱着秀色，就近了闻闻，采一点尝尝，我愿投笔学农了。

去看看拴在槐树下的黄牛，系在石栓上的稷马，及单留在家里的三个羔羊——其余的都随了群上山了——都觉得异常亲热。而尤其那三只常跟着我们的狼毛色的狗，仿佛已找到它们底恩主了似的，都仰了头，摇了尾巴，期待着我底命令，我底赏赐，我底一切。

我底小伙计，就在我这样四下里巡视着时，无意中见到的、认识的、相熟的。他那时正扫西院子里天井。

头上还留着长发，梳着像图画上牛郎式的双髻，紧接着是一个充满血色的圆脸，身上穿的是两件补绽很多的裤褂，腰里壮农般地系了一条布带。足赤着，踏了一双最利于爬山的老“山岗子”

鞋。浑身不能说不干净，但就外表看，却知道他并不阔绰。腰圆四肢也很胖，趁了日光久晒也红也紫的皮色，真是平常说的小牛犊似的身个了。

“你姓什么？”当他弯了腰，把了扫帚，专心工作着的时候，我不禁这样好奇地问他。

“姓李。”吃惊地直起背来，颇有些忸怩，他这样答。既而打量了我一会儿，他又慨然地问我了：

“你是在学堂的那个大叔吧？”说完满脸陪着笑，怪要亲热的样子。

“大叔”这个称呼，恐怕并没人教他，是他自己想出来的；听了以后，使我有些惊异。自己想：既不是本族的晚辈，又不是亲戚家的子侄，这样的称谓，岂不太突兀么？他底年纪不比我小，看样子恐怕已有15岁；因为凭身个、论貌相，他的确要比我早生四年。不过看他纯真的憨笑，诚恳的意态，所以就不客气地同他攀谈起来。

他说他是东山人——东山是哪里，那时我并不晓得；只知道在很远很远，东方的山里罢哩——他那年13岁，是同他母亲一块儿讨饭来的；凑麦季也拾一把庄稼。拾庄稼这件事，也许是我们乡里特有的风俗：当富一点的人家雇人收获的时候，总是围着地蜂拥着上十上百的人；一看收获得到一个段落了，他们便男的女的老的少的，一哄而入，争先恐后地拾那一点割剩的禾穗。再割，他们再到地头窥伺着，直到割完某地为止。就这样，稍微能干一点的人，到一季的梢头，满可以拾得石儿八斗的粮粒。

他说到我家来，是一位老奶奶将他们留下了。他母亲帮着做饭，他便做一点零碎活。

“大叔，您不知道，我来了已经三天了。总说您上洋学堂，是么？”

“嗯！今天刚回来。——你不要叫我大叔吧，叫我大哥好了。”这已经很惭愧，其实我比他还小呢。

跑到家里，问母亲，同时也见到了小伙计底妈。她人虽很憔悴，但却很和气；做事听说也很勤谨。——原来是这样一回事：那天祖母偶尔到场上去坐，碰巧他们母子俩要找一点汤喝，祖母便叫人拿给他们了。祖母同他们谈，知道他们是每年麦季都要到我们乡里来的；目的是在拾些割剩的麦子，同时附带了讨饭。住宿呢，是很漂泊的；这家底柴园里，那家底场屋里，不凑巧也许就在露天底下。到麦季结梢，便将拾的麦子卖了钱；时运好，也挡不住就挨到秋后，等人家收了花生再走。总之是这样，夏天里天暖好混，出来跑跑，省着家里底过冬就是。

祖母是很慈祥的，听这样说，很可怜他们；便商议着将他们留在家里了。祖母说：反正家里忙了，一个老妈子做饭做不及，也得人帮；小孩呢，零零碎碎的活计也闲不着他：就这样管他们饭，给他们住，收麦子的时候，他们闲空里还可以去拾，岂不两全其美么？

我生性是喜欢生人的，无论他是须发斑驳的老翁，乳臭气稚的儿童，男的女的，贫的富的，都没有关系；只要他是来自异乡，或新由外面重返故里，总觉他身上有不少的秘密；满腹是有趣的故事，嘴里说的也都是奇异的新闻；举止是新颖的，口音也与本地不同。见到生人，就像到了异地，处处都有意思，处处都耐人寻味。我能跟着一个牵骆驼的相者，跑得饭都忘了吃；摇了串铃卖药走方郎中，也可使我陪伴他一天不倦。秋忙的铁匠带着他们乌灰的衣物，熊熊的炉火，叮当清脆的砧声；初夏的卖小鸡的，一条担子担了两笼吱吱呀呀的鸰儿；货郎，摇动着他有着一定音节的扁鼓……这些对我都有很大的魅力。

那么我与我底小伙计不到半天便成了要好的朋友这件事就没有什么稀奇了。

我们在一块玩，在一块吃，在一块做着各样的事，不怕笑话，睡我都愿意同他在一床呢。

梅雨来时，我们披了蓑衣，戴了箬笠，自然我底是崭新的，他底是破旧的，在家人不知不觉中便偷偷地溜到河沿去。在那里我们握了细沙，蘸着清流，塑着各种各样的东西：尖塔，神像，城墙，带着凸凹的垛口及把门的兵。草秆作枪，蚌壳便是军帽；城角里垒了炮台，拿粗一点的柳枝来充大炮。这些多是我底意匠，他底小工，可是这里有个我们合伙的创作了。

河水浅时，我们将裤脚挽到膝上，循了岸摸鱼——这是他底拿手好戏。他说：“我们山旁也有条小河，那是黑龙泉下来的水。鱼多极了，我常常在那里逮；扣螃蟹，摸泥鳅，有时还有水‘长虫’

呢……”

真的，他给了他底证明了，不多会就捉了两三条，不过并不很大。拔一棵麦秸来穿了，看着鱼尾左右摇摆时，不知怎样的高兴与胜利呢。

傍晚回来，将鱼烹了来吃，味道真是胜过山珍海味。祖父是素来喜欢鲜物的，选几条大的给他老人家送去，有时也得到一两句夸奖。

天晴时，虽然收获忙，但每当午后“短工”睡晌时，我们还是一刻也不闲着：跑到岭巅，下到河堰，上树摘桑葚，采野果，投鹊巢，捕蝴蝶……他是无一不长的，我也乐得跟着学学。因此别人闲时，我们却更忙了。

他能屈指吹胡哨，撮口唱山歌，是牧奴也是诗人了。

兴尽回来，其实何尝有尽兴时候，往往是衣袋装得鼓鼓的，满握也都是五色璀璨的草花，一壁说笑着，一壁游览着，那快乐的情景，真是凯旋的将士都不会有的呢。

太阳归山了，宇宙立刻罩上了夜之大衣；长工们已因了一日的苦作而疲乏入睡了。他也本应该去收拾休息的，但他却悄悄地跑到我底书屋里，要我教他念学——他说念书是念学的——我也毫不客气，尽量地施展着自己底本领。自觉这一点那时还比他强，所以也颇摆了一点老夫子底架子。

他很聪明，就是学了的不必立刻会写，但至少将来见了能认识；因此到他走时，我这先生底职责，便担负着有些分量了。——

这样的事，是常常闹到不早的；倘若有人在旁的话，他总会在皓月当空、众星灿然的时候，看见我们底影子的吧？

我好懒是有名的，庄稼事从来不愿插手；甚至看着牛马吃吃草，都是很大的委屈。可是因为我底小伙计底熏陶的缘故，我竟能帮着收割，扫除，喂喂牛羊了。就是跟了他割草放牛，遇着牧童樵夫般的生活的这些事，不是在我记忆里镂着很深的痕迹么？

家乡的四周，大半是耕田，牧场是很少的。牛羊要想吃青草，在“禁青”时，你须雇人到野外割来喂；在“开青”时，你也只能牵了牲口在堰边放，任了牲口没人管，那是在所不许的。因此割草在吾乡成了孩子们夏季的职业，而牧放也成了大人儿童们闲暇时的消遣了。

背了荆筐，把了镰刀，吹着口哨，每当日上三竿时，我同我底小伙计便伴着出去了。溪旁，灌丛，石隙，田间，各处跑着，寻找密茂而肥厚的草。大半是他蹲着割，我站着看。捕着纷跳的蚂蚱，互相谈着话，世事是忘怀了，我们变作山间之神童了。

太阳射着闪闪的光彩，大地是耀眼的亮，站在高岗远眺时，我认识宇宙的画了。

树荫下酣睡一觉，醒来他已割满筐了；折枝树枝同他抬了走，我也有我底功了。

午饭后再来一次；这样的事，我是千番不厌的。

麦子上场时，地也起始耕了。牛吁吁地劳作了一天，晚上便是我俩看着它们吃晚饭。嫩草就了新露，滋味是非同寻常的。

黝黑的天空，点着一颗两颗百数千颗的明星，意象是伟大而神秘的。旷野里摸刷摸刷地三四只耕牛啖草；喓喓喳喳，我们也小声地说着话。当远远地看见一球光时，疑惑着鬼火或灯笼，我们高兴里掺着恐惧，恐惧里渗出互相的慰藉。夜底神奇呀，教我们刹那间参透了。几时听到：

“在那里啦？”家里“长工”底声音高亢地呼喊时，我们也大胆地高声地答着说：

“在这里啦！”难能表示的狂乐与痛快。心尽管怦怦地跳，但我们满可以默默地说“不怕了！”

“长工”替了我们，两人便相依为命地走下坡来。到家，饭是要多吃两碗的。

唉！已往的快事呀，都随了时光逝去了。

我底小伙计就这样在我家待到夏末。他走时，我曾依依地掉过两滴泪，他也几乎哭了。我送他一册画报作纪念，他没的可送，说来年从东山里给我带只鸟来。

明年他确曾又来了，听母亲说带的鸟是一只鹌鹑。不过跟他的不是他底妈了，是比他大四岁的他底一位邻居。他穿着孝，身上也很瘦，原来是他妈在那年的冬天死去了。唉！可惜那时我已到外面上学去了，没能在家给他一点安慰，至今想起，遂觉是一件很大的憾事。

翌年去后，听说他再没到我家来；他送我的那只鹌鹑呢？原来叫我弟弟喂着的，但不久也叫猫给吃了。

唉！他底纪念品我一点也没有了。他底消息也杳若黄鹤了。他现怎样，我不知道。唉！小伙计！愿上帝降福给你吧！我只有千里外替他祝福了。

连载于一九二九年九月六日、七日《华北日报》

醉　汉

“杨懒又回来了，我们赶快走开吧。”

“真的，走开好，省得和他啰嗦，不，就挨他的骂。”

这是当我很小的时候，每次看见杨懒手里提溜着酒壶，腋下夹着黄瓜或荷叶包一类的东西，踉跄着，谩骂着从市集回来的时候，我同我的游伴相互的对话。

杨懒是个拣粪的老孩，他姓杨是的确的，不过名懒却非嫡出真传，只是大家因为他做事老是烂不滥散的，所以就这样叫他罢了，虽然他的真名到现在也没有人提起过。后来有人同他开玩笑，将两个字的声音故意往讹里读，竟渐渐变成羊栏了。“你喂了多年羊，羊栏羊栏的。”这是大家所常说的话。

记得那时候他有五六十岁，酱色的脸，细长的脖颈，腱骨凸隆着，眼珠布满了红筋，好酒而别扭的性格处处都渲染着。髭须黑而黄，短短的翘在嘴下，好像兔子尾巴；发辫本来小，又不常梳，所以在后脑勺上贴着，仿佛一块泥片，又像一个不干净的柿饼。

他的家世，我知道的不很详细，只记得他原有一个儿子给人家佣工，后来死了，他就同他的儿媳分了家。——在这里姑且说分家罢了，其实有什么可分呢？三间歪歪斜斜的草屋，一个没有院墙的院子。——他还有两家比较富庶一点的近亲，也住在我们村里；但是因为都有点吝啬，所以他轻易得不到他们的帮助，并且在他们看来，有了这样的族属，是很不面子的事，也是莫大的耻辱。

的确，杨懒的性情，却也真有些奇怪，他每天，尤其在五日一轮的集市，从城里回来，总是手提壶，肩挑篮，破口谩骂，等到要进村或刚进村的时候，嗓子便更加提高，词句也特别刺耳。从前我听了很害怕，现在记起来，觉得也确有他烧着心的苦衷：

哈哈，人手人脚的！

看头吧，还没有核桃大。

你觉得有手有胳膊就是人吗？

哼，给你掐了去，你同木头去比吗？

别以为有眼睛有耳朵就是个人脑袋，

你拿去和猴子比比看，它哪里少起你？

哈哈，猴子！

你不过是些猴子哟！

他这样一方唱着一方走，人看了差不多都是躲开的；但狗见了却有点沉不住气，“汪汪汪”的几声吠，照例是严厉的不妥协的答词；并且恶狠狠地露出了牙，前抢后退，仿佛非计较计较不可的样子。平常一个胆怯的人，遇着这样过意不去的时候，总会凛然了吧？但，我们的英雄却不慌，慢声慢语地冷笑着说，不，是喊：

狗，狗！你是个狗啊；我不和你闹！

你咬么？咬吧！咬吧！……哼，敢咬！

不，不，真的咬吧！真的咬吧！

你狗咬了，不比那不如狗的咬了好么？

哈哈！

他说的时候，恰是一个醉汉的口吻；这地方声音拔尖的高：

狗啊，你们跟狗的有几个？

看见就像人似的，

其实是一肚子狗肠子！

一肚子狼心狗肺！

你们跟狗的有几个？

这时候，你若跑过去，和他打招呼说：

“吃过了吗，杨大爷？”——这样的称呼，不知怎样延下来的，不过成了习惯，就不再追究了——他听了很大方地点点头，微笑着说：

“吃过啦，吃过啦：半斤酒，四两肴，两个馒头……你家舍不得吃呵。哼，哼，好孩子！还是这个，有大有小，有老有少；啊，还是……”

你若是不说你有事，或者脱口走开的话，他会拉拉扯扯忽天忽地地说个不休。就是你听得厌烦了，他也不管。倘若你说了一两句话便走了，他还是继续他的豪歌；真的，有时也确乎有点含义：

别哄人啦！

宽袍大袖，摇摇摆摆的装的不错，

不想想自己那一身疮疤？

戴上油皮小帽就成了吗？

哼！谁不知道咱是个明晃晃的秃子！

哈哈！明晃晃……秃子！

哼！你骗了瞎子聋子罢了，

你骗得我么？

这当儿，也许有一两只喜鹊，三四头乌鸦，从他头上飞过去，站在树梢屋角，喳喳哇哇地叫几声也说不定；若是果然碰巧了，他又该这样喊了——

哇，哇，哇哇什么？

不嫌自己黑的东西！

饿死了，还有管你的？

就这样走一步，骂几句；左歪右歪，前跑后退，忽而咬咬牙，忽而顿顿脚，一直地由村西穿到村东，到村子的尽头处。他那三间茅屋，斜倚地站在面前，山墙的一壁裂开了狭而长的大缝笑着，好像为他的胜利唱着歌似的。那时候，他的脚步抬高了，骂声也停止了，酒性似乎也已经下去了。抬头看看他那仅有的门框上贴的那一副褪了色的丹红春联：

我背粪筐人莫笑

圣道不行我无能

唇角凝笑，怡然自得，然后拿过右边窗台上预备好了的木楔子，投开那把祖传的黄铜锁，一块肉似的，不，一架瘦骨似的，放在铺着光席的土炕上，哼几句本地梆子腔！这才是闲情呢——就做他那“皇上人”的甜梦去了。

有一次，是深秋了吧，记得树叶子都落得很稀了。西风吹来，也已瑟瑟有点凉意，我村庄主胡老先生已经穿上茧绸面的寒羊皮袄；其余的平常人不穿棉袍的至少夹衣总是上身的。但是杨懒怎样呢？却仍旧是那一件半年没换过的单衫。倘若整齐一点，也或者少进点儿凉风，但谁想却又褴褛不堪，四面都张着茶杯般大的嘴在那里吸收着新鲜空气呢？啊！苦痛也就可知了。

要是两个月来所积蓄的那一担把干粪，不和庄主家换二斤米的话，也许现在不致很窘；可惜他又错拿了主意，早在三四天以前就实行交易了。

照例那天是东关集，天气还好：暖煦煦的太阳，冷索中叫人舒展了好些。杨懒又提着壶，背着筐，踉跄着，哼喝着，从村西归来了。走到村子的中间那本家的门口的时候，凑巧他的一个算是稍微亲一点的侄子出来送客；一揖作别，客人去了。杨懒不知趣，却借题发挥，发了一大篇议论，指桑骂槐地这样哼了出来——

什么作揖磕头，什么鞠躬握手，

假惺惺！臭把戏！……

面对面说的比唱的还好听，

背后里却伸舌头弄鬼脸；

嘴里既要眯眯地笑，衣襟下就不该藏着刀子。

哼！是人吗？真不是东西！

“大爷，您说的什么？”他的侄子心虚地问。

“我想说什么说什么，你管得着吗？”醉者的口吻，仿佛说了就不负责任似的。

“我管不着，问一问还不成么？”

“你配问！哼，哼，……是人么？不是东西！”只顾往前走。

“大爷怎么骂人？”拦住了。

“你才知道我骂人？我早就骂那些混账王八蛋！”

“啪啪。”他的侄子，人人都知道是不好惹的，现在他却偏来扯扯老虎尾巴，毕竟两个颇不算轻的耳光贴在右颊了，找谁去？只好咬着牙，心里嘟囔着，一声不响地回家了。今次屋里的大裂缝，不笑了；却似吊长了脸，要哭。——等到躺在炕上以后，这才大声地透气地说：

“好，没了王法了，这世道，侄子打伯伯；谁说天老爷有眼，狗屁！天老爷才不是东西呢。哼！哼！……”

一天一天地过去，他虽每当夕阳西下，红光满山的时候，照例要提着酒壶，背着荆筐，踉跄着，谩骂着，从市上归来，像噪林寒鸦，日暮投巢似的；但听说，唉！可怜！他在街上喝的酒不过一两个铜子的白干，馒头很少有，肴更不用说！来回提溜的壶，往往是空的；腋下的荷叶包呢？捡来的，唉！尽够了，不骂骂街，发泄发泄郁气干什么？

这番秘密揭穿的时候，正是我远离故乡的日子。

唉！桑梓久违了！

杨懒不知近来怎样了！

还是我翘首南望，临风拜手吧！

一九二九年二月三日，于一师院

题　话

吴伯箫早期散文不少是回忆童年时期乡里见闻的，有的侧重于记事，有的侧重于记人。不管是记事还是记人，风格都跟同属山东籍作家的李广田很接近，譬如记人的两篇：《小伙计》与《醉汉》。

《醉汉》中那个叫“杨懒”的醉汉，很像鲁迅小说里的阿Q，五六十岁，经常喝得醉醺醺的，骂天骂地，可往往话里有话，骂的是世道的不公平和有钱人的为富不仁。《醉汉》的文字平实质朴，有不少吴伯箫家乡土语、乡俗的穿插，土语如“手里提溜着酒壶”“他做事老是烂不滥散的”“你拿去和猴子比比看，它哪里少起你？”（“少起你”意思是比不上你），“你们跟狗的有几个？”（“跟狗的”意思是比得上狗的）。乡俗如“东关集”，旧时莱芜县城核心地带集中在沿汶河北岸一条长街，分别叫东关、西关，东关有集市，多商铺，西关是县衙所在。

《小伙计》与《醉汉》同属乡土记人散文。《醉汉》写一个阿Q式的独身老人，《小伙计》写一个类似闰土的乡下少年。他有着与少年闰土一样健康结实的身体："头上还留着长发，梳着像图画上牛郎式的双髻，紧接着是一个充满血色的圆脸，身上穿的是两件补绽很多的裤褂，腰里壮农般地系了一条布带。足赤着，踏了一双最利于爬山的老'山岗子'鞋。浑身不能说不干净，但就外表看，却知道他并不阔绰。腰圆四肢也很胖，趁了日光久晒也红也紫的皮色，真是平常说的小牛犊似的身个了。"

这小伙计，其实是被奶奶收留在家里做点杂活的贫苦农妇的儿子。来自"东山"山区，趁农忙时节出来"拾些割剩的麦子，同时附带了讨饭"，这也是旧时鲁中山区贫困人家一种生活方式，"总之是这样，夏天里天暖好混，出来跑跑，省着家里底过冬就是。"

如此一来，"我与我底小伙计不到半天便成了要好的朋友"。除了一块玩耍的数不清的乐趣，两人还有彼此取长补短的"功课"："我教他念学"识字，他影响了我对农事家务的热情。"因为我底小伙计底熏陶的缘故，我竟能帮着收割，扫除，喂喂牛羊了。"

可惜快乐的日子总是很短，人生又总是有太多的意外和缺憾，小伙计到夏末终于离开了，第二年再来时虽说还带了一只鹌鹑，可他的母亲已去世，“我”也到外地求学去了……

《小伙计》的前半篇是从学校的“麦假”写起的，也是吴伯箫少有的回忆少年读书生活的篇章，其中写到放假时学生家长到学校接孩子们回家的一段颇富乡村学校情趣，有若骡马闹市的场景，让人想到今日学校放假前停满各种汽车的画面。

还有这时候的先生们似乎也与平时不同了：“平日很严酷，板着法官似的面孔轻易不笑一笑的先生们，说也怪，现在也都和颜悦色地向学生底家长们点点头，招呼招呼了；见了学生时，也非常蔼然可亲地问着几时走，收拾好了东西没有这类的话了。”

麦假、五黄六月、板板正正、拾庄稼、扣螃蟹、念学、禁青与开青，这类鲁中地区的乡土词汇，吴伯箫早期散文里有不少。

昨　日

昨天是一个大陆色彩的老热天，没有微飔，没有纤云，白灼灼的天空，只一个无情的太阳，像火球一般尽量地辐射着烈焰焰的光线。大地好像底下已燃着旺火的平锅，熏炙烙热，尘土为之滚沸了。一些砂砾碎石，煎烫得厉害，脚踏过去，隔着两层布革，还觉得有点发烧。奄奄欲睡的槐树底下，躺的几匹褐毛色的老狗，看着像是倦极懒极，都在那里伸着微紫色的舌头，肚子一抽一搐地嘘气；枝头老鸦，个个都站得静静的，黑而尖的喙虽然都尽力地张着，但是一句话都不说，看它们的意思或者都在默诵一句“够多讨厌，这穷热天！”的咒语吧？

太阳西斜了，红炎炎的暑气消退了一点么？其实大不然，暮年的西晒的阳光往往比少壮的正午的更有些威力呀！——我们住在一所既无蓊郁的树木荫蔽又没有洁白的窗帘遮隔的东屋里，真有点蒸笼般的闷热，扇子——小的纨扇也罢，大的芭蕉叶也罢，无论你鼓动得怎样起劲，无数的汗珠，都依然是不住地泉涌，从这里我知道，自然的力有许多是非人力所能制止的。有时你扇得越厉害了，出的汗反而越多，慢慢地枯瘦的脸上布满了汗之溪流，有时也疏雨似的点点滴滴地落下来，落在地上，衣上，书上。

“啊！好一个闷热的天气呀！”我们同住的几个人破了室中静穆，不约而同地这样嚷。

“这样哪能看书呢？走！到树林子里去逛逛！”一个说。

“哼！还是这里好，受了凉不要用什么发汗剂就会自疗的。”又一个滑稽一点的说。

“真的走吧！再一刻钟就吃饭了。”一个平日食量最大的朋友说。

的确有点太热了，所以最终大家无异议地采纳了第一个人的意见。

吃饭后微微的有点小风，轻轻地拂在脸上，稍觉凉爽，这大概是对比的关系吧？有日中的那样酷热，忽然地清凉一点，当然要感到分外的舒服了。那时一抹晚霞，笼罩在西北天边；榴花色的灼红，玫瑰色的艳丽，琥珀色的娇润，看去好似娉婷的少女嫣然在笑。我们几个人照例在这时要出去，散散步，舒舒心。在往日我们的目的地：一是前门外的大栅栏。在那里有的是浓粉妍脂的小姐们，淡妆妩媚的姑娘们；有的是俨乎其然摆着臭架子的阔老绅士，纠纠然巍乎高哉的军官大兵；还有来来往往摩辐擦轴的汽车洋车，带着它们那“看我！我是某某老爷的司机！”和见了大人先生就低声下气，见了穷人们就直起腰板来的洋车夫——其实他们已经够可怜的了。——啊！看！高楼广厦的巍峨，五光十色的绚烂，真所谓“绿女红男，车水马龙”的地方，热闹得很，有趣得很。二是海王村公园——这里只是占了一个公园的名字罢了，但是它并没有北海的青山绿水，中央公园的杂花丰树；所以它的门也并不是非拿一张颇不算便宜的门票才能够进去——那里是一个平民聚乐的地方，不管你贫富贵贱，都有去踏踏那一片黄土地的权利。所以每当金乌欲坠，玉兔未升的时候，总有些老妈子们在这里说长道短，小孩子们在那里追逐嬉戏，还有些忧愁的，苦闷的，或是欢喜的，快乐的，带了各种不同的心绪的人，在那里踟蹰徘徊，回环来往地散步。从前的我们的确是他们常见的一些朋友中的几个。

现在南新华街修路了，这是当局的恩惠，常走这条路的人的幸福吧？真的！从前太不像样了：“无风三尺土，有雨一街泥。”你从那里走么？飞扬着的污尘，它会把你的呼吸给塞滞了；你要穿一双刚洗过的白线袜去找一个讲究一点的朋友么？好！赶快坐洋车，虽然我们知道坐人力车是不人道的，要不，那满街跃跃欲试的流氓似的黑尘，它们会悄悄地给你舔得比苍蝇还黑。现在既然修理碾压，将来的平坦大道是逆料以内的事，固然修好的路也未必就没有灰土，但总不至淹没到踝骨的那样厉害。不但如此，现在于我们几个已有很大的裨益了。不用多走路，不用到大栅栏或海王村，就满可以赏心悦目，有刹那的消遣了。——这里说是消遣，其实所可消遣者都是些别人的愁苦、忧劳呀！但是世上的人谁又不是拿他人的不幸作自己的娱乐呢？看——

轻便铁道的两旁，石子一堆一堆的，苍翠灰白的颜色，锋棱触目方斜扁圆无定形的块状，是怎样一种故乡的石窝的风趣，村北山麓的妙景啊！新掘的土，褐黄湿润，杂着一些瓦片砖屑，带一种特异的气息。修路的工人，一律地戴一顶黑黄污秽的草帽，柿黄色的帽箍被汗浸过了，很显著地留下一圈碱性很重的白色痕迹。衣服都是短的，皂灰色的，常常有补缀的方布，极清楚地贴在上面。他们的脸是赭黑的，一缕缕的皱纹又深又长；手是粗笨的胼胝的伤痕到处都是。他们有时虽是笑骂着，谐谈着，吟唱着，但是你一镐，我一铲，咚叮的声音里却好像都充满了劳瘁、辛苦、悲愁。一筐，一担，一车，和着哒哒的脚步声，隆隆的轮轨摩擦声，都显示了忠厚，淳朴，但知服从绝少反抗的性情。啊！可爱的工人们啊！我十二分诚恳地祝福你们在挣扎着的生命之路上永远健康，快乐！——呜嘟呜嘟的汽碾，黑烟缭绕在烟囱顶空，一股油腻的浊味，非常浓厚，吱轧吱轧地压在散布均匀了的石子上，回来转去，凹凸锐利蒺藜似的东西，渐渐地都挤成平滑的石层了。一个穿着蓝布短衫满身油黑的司机生，目不旁视地只注视在他的机轮上面。

一会儿夕阳将沉了，七点钟的光景。天空的燕子，三三两两，上下的翩翩飞鸣；电杆上的喜鹊，偏侧着脑袋喳喳地叫着，好像在呼喊什么。工人们停止了工作，口里哼着俚俗的调，各各找他们的宿所去……这土石沙砾的铁车，挨次地排在轻便铁道上，成了一个长形的队列。卖瓜的担子，放在大街的当中，大的荷叶上还剩了三两个落选的甜瓜。卖瓜的提高嗓子喊着说："又脆又甜的瓜，赔本只卖一个大。"那刚刚压好的马路上，和新栽的树底下，疏朗朗地站满了穷的富的人，老的老头老太婆，小的男孩小姑娘，还有一些中年男女。他们各人都在那里谈谈讲讲，嚷嚷嚷嚷的像穷乡僻壤的山会刚散了的样子。至于谈些什么，谁也没功夫去详细探听。

在这人都唧唧咕咕说话的时候，忽而沉甸甸的铁链当啷一响，铁牛般的汽碾骤然停住了。细的铜管子泚泚泚地喷着白雾般的热汽，黑烟呜突突地冒着，油光光的铁轮依旧不停地旋转。司机生搬搬这里，拉拉那里，看看处处都妥当了，就拿过一条长而粗的铁钳来，伸在汽锅灶下，左右前后地乱绞，同时碾下突出的铁箕里稀里哗啦地落了一大堆已燃透了的、半燃的、已燃着的煤渣来。这些灰白的，半黑的，炽红的，冒着赤煦煦的焰光的碎块，在我们尚未成家立业的青年和生活阔绰的大人先生们看来，本是不足引起注意的小东西，但在一般少衣缺食饥寒交迫的穷人们都要视为大大的出产了，因为他们终天跑到这垃圾堆里扒一扒，跑到那垃圾堆里找一找，吸着那腥臊烂臭的恶味，掘着那不能看不能闻的肮脏东西，为的就是要寻一点比金子还少的比钮扣还小的已燃的煤球啊！可怜！世间惟穷与病是顶可恤的呀！

这，这汽碾排泄的东西，虽然在最近每天都有一次，但是也不能算是机会多吧？在他们——穷人——求之不得的余烬，现在却不费力气地产出了，哪还有不争先恐后地去抢夺的道理呢？——世界上的大流血，大惨剧，还不是源于争些需要的物品么？——看啊，这仅仅的一个汽碾旁边，就站满了——三四个既是蓝粗布衣而又很褴褛的女人，两个还率领了一些脏的，赤裸着身体的，肚子凸得很大的孩子。她们左手拿着簸箕，右手拿着铁勺，肋下夹了一个破的麻袋，好像兵士们临阵似的。当汽碾未住，就各人圆睁了没有光彩的眼睛，瞧着那俨然高倨的司机生，仿佛他们一半的生命就握在这个可敬的神人手里似的。汽碾一住，进攻的命令发了，各人都低下头，弯了腰，跪着蹲着，一勺半箕地乱抢。这一个说：

“小三！你不赶紧地向我扒，看什么？回家看我打你呢！”那一个说：

“妞！快过来！把这一簸箕端过去，快一点！你看再等就没有啦！”

看着真是短兵相接，实行肉搏之战了。唉！朋友！这时还顾得人情面子么？还讲得友谊和气么？为煮你们的饭，为求得一顿饱，那些假惺惺顾不得讲不得了！

最可怜要算一个60多岁的老妪了。她的头发总不能说是完全没有，但是脑后的发结却只有圆枣般大了，并且还有一条黑线衬在里面，嘴唇，大概是因为没了牙的缘故，尽是往里面陷落着，皱纹不用说是很深的。手上的青筋凸着，但看去内里的血液却并不流通得很快。她的腰微弓着，一粗一细地呼着气，要是在颇有资产的大阔家，这该是一位三四个婢女侍奉着，一天一请医，两天一问卜的老太太，谁想她现在却踉跄地和三两个比她茁壮得多的女人去抢燃剩的煤渣——唉！天公待人就这样的不平等么？

“工欲善其事，必先利其器。”她老人家既是来抢煤渣，带两件好一点的家什也好；但是，也或者是家里实在没有，她却带来了一个柳条编的破簸箕——别人都是洋铁的，和两根稻草束成的小帚。这个用来扫冷的煤渣还将就可以，但是去抢那炙红的火炭，哪能顶用呢？所以她费尽心力地好容易争得一席比较便利的地盘，炭一着先将小帚烧焦了半截；及至拿破簸箕时，一忽儿，都又突突地冒起烟来；左手连忙倒地上，右手再去抢时，啊！可怜！一眼没看到，瘦到仅剩一层松皮的手背上，却早着了一团正在烘烘的燃烧着的热火；急忙抽出，已受了很重的创伤了。啊！上帝啊！就这样不仁惠么？东西南北应该惩罚的人多得很呀！怎么你只看见了这一个弱小到不能再弱小的老妪呢？

那时站在旁边的人，以我的心想，早应该个个的眼中洒几滴同情的泪，恤怜的泪了，但回看他们，令我出乎意料之外的却都在那里鄙夷地、眯眯地窃笑。哼！下贱的东西！须知这是不能洗涤的罪恶呀！

人类呵！我在这里深深地诅咒你们了。

一九二七年七月十四日，虫声唧唧的夜里于师大

发表于一九二七年七月二十九日《世界日报副刊·文学》

题　话

《昨日》写于一九二七年七月十四日，篇末注明“虫声唧唧的夜里于师大”。也就是说，是写于到北京师大求学第三年的夏天，所写既是一幅求学期间的师友避暑图，也是一幅京城街头贫民图，可以和几年后写的“街头夜”系列对照着读。

说它是师友避暑图，因为前半篇写的是吴伯箫和几个同住的同学，因为无法忍受“大陆色彩的老热天”而不得不结伴出去“散散步，舒舒心”，只不过往日去的要么是“前门外的大栅栏”，要么是“海王村公园”，这回去了刚刚修好路的“南新华街”罢了。从吴伯箫提到的这些地方，可以想象当初老北京（北平）的一些景况，也可以想象吴伯箫大学生活的日常图景。

说它是一幅京城街头贫民图，则是后半篇写了他们在南新华街散步时看到的北京贫民生活。读过现代作家郁达夫小说《薄奠》的读者一定不难理解这篇散文，《薄奠》写了一位贫困的人力车夫，这篇《昨日》也写了大学生眼里的老北京街头修路工人、瓜贩茶担和捡煤渣老婆婆的辛酸。特别是那位拣煤渣的老婆婆，吴伯箫用了不少笔墨去描写，去感慨，也引发读者去思考“不平等”背后的深层原因。其实那时候不少作家、诗人都写过老北京贫民的穷苦，特别是人力车夫和卖各种杂货的摊贩，像诗人闻一多的《天安门》《飞毛腿》《罪过》就是写贫民生活的新诗。写平民生活、表现“血与泪”，是当时很多新文学家们提倡的。

巡夜的警察

倘若我有重新安排夜的力，我将给巡夜的个个警察，一人一颗星的座位。

夜阑。街上的行人稀了。横的，斜的，直而阔的，在白天熙来攘往奔波着车马男女的道路，都哑然地平铺着，躺着，倦了；承受着那灰褐的幕，黯淡的幕，夜之神的羽翼，微微地透着寥落，凄静，哀感；像怒潮乍退，狂风骤歇，钟停了摆，火将熄。

这来了巡夜警察的世界了。

像人的睡去，只剩下一个心在跳着；这全市，连同了近郊，也似乎只有他们还残留着一丝喘息。

你看啊！他们，那巡夜警察，在街心的，在巷口的，挑了一盏红灯默对寂寞的钟声嘀嗒，蜷伏在木笼似的“阁子”里的，有多少啊！十步一个，孤零零地，百步一个，峭楞楞地，千数步两个三个，稀稀朗朗地，散开着。有谁同他们谈话？有谁同他们招呼？有谁问他们冷暖饥饿？只，挟了一截短棒，或擎了一铳铁枪，在悄然地屹立着，郁然地蹒跚着，孑然地危坐着。伴着剪短修长的影，因了街灯。

他们肩着城市的秩序，他们负着睡眠的安宁；他们陪着夜，陪着落月晨星，风，雨，自己的心。有幻想，幻想终是幻想；有悲哀，悲哀即是悲哀；有悦乐，悦乐就是悦乐：送着它去的，迎着它来的——

“喂，西去！”

“喂，北去！”——只是间或有之的事了。

有挂着太阳的白昼，他们是多么地忙碌啊！毕毕的汽车，星驰电掣一片烟一阵土地溜过去，宛如在钻着什么，贼一样；满脸汗拖着的洋车，吐吐擦擦畏怯地擦过，一辆三辆无数辆；急而粗的气喘，荡成前波后浪，叮当的马车，柔柔的脚踏车，踢里哐啷的贩夫，挑担，徒步的市民：一概都在他们棒端指挥着。

“站住！”应声都停了。

“快走！”随着就有跑啦颠的。

大家忙不是？他们更忙得一塌糊涂。

不然，街边忽然围了大圈人，看热闹呢，撞哭了孩子了。核心处就有许多孩子他娘泼妇似的骂；孩子哭；招祸的，赔补，解释；来了警察了。排解是他，讯问是他，判断也是他吧。不成，牵了小绳带走的也是他。啊，忙死了！跑多少路，费多少心；烈日下，飙风中，拿了飞尘当饭吃。

倒霉，当事者若是阔老，大兵，那就更特别麻烦得糟糕了。

好在，现在是夜喽，东去！北去！只是偶然的玩意儿，不操那份心亦无不可。然，夜又是罪恶的渊薮，奈何？蝙蝠样昼伏夜出的不少呢。抢啊，劫啊，偷啊，逃啊，稳稳的平流，说不定哪里会出漩涡；突然地，不测地，摸拭不到，把握不着：警哥儿才得当心呢！又须胆大。啊，怕人的事哟！小孩子听见会蒙头扪耳朵喊妈妈的吧！

嘟——嘟！——警笛响了。

也许吼着暴风，也许暗得洞黑，哪里失火了，哪里走盗了，碰碰就是财，命，血！急呀！急于星火。

嘟——嘟！——鬼叫似的。夜的秘密。

围，包抄，砰砰的枪声；水龙，处处钟响；开锅了，如滚水的沸腾。正在酣睡中，一个角落里纷乱起来了：哭的，叫的……巡夜的警察，肩上载了千钧重。

可是，逢巧太平夜，四壁厢都冷清清静悄悄的；就让它是炎夏也罢，是三冬也罢，多雨天，大雪夜，或值三五日明月皎洁，独自对了那闪耀的电光，逝去的流星，稀里哗啦的雨柱，不也，不也很是饱孕着画意诗情么？——倒是另一番景象了。

“来啦？”

“来啦。”

“换班来啦？”

“可不是。——天真冷，啊！”

“反正够瞧，交过半夜了。”

听着这样，梦似的短短应答，我仿佛看见两个苍须老人偷偷地递下了一个囫囵的夜。——街城，郊野，无涯的茫渺——

怪可怜怪寂寞的，啊，你巡夜的警察。

喊啊！对了皓月或骄阳，高高地举起短棒说："站住！"

发表于一九三〇年十一月二十六日《华北日报》

题　话

《巡夜的警察》是作者《街头夜》系列之四。吴伯箫老年时回忆："《街头夜》是北京市民生活的写实。那时在西城察院胡同熊观民（当过山东教育厅厅长）家给他两个儿子补习英文、数学。单日晚一次，一次两小时。往往晚饭后从和平门外出发，徒步或坐洋车，趁华灯初上，一路看行人车辆来往，商店在招呼顾客，摊贩在竞相叫卖，嘈杂的喧闹，缭乱的彩色，匆忙的，悠闲的，欢乐或阴郁的人群，在脑海里留下变幻繁乱的印象。'写点什么？'一路走，一路酝酿。"及至辅导结束，东家雇好洋车，打道回府，"午夜作清晨，众人酣睡我独醒，是学李贺探紫囊整理沿途收获的时候。虽然达不到'倚马可待'，而两三千字的短文是可以一气呵成的。写更夫，写老豆腐摊，也写警察。顺利的话，起草，誊清，当夜付邮。"（吴伯箫《无花果》）

请留意两个信息：一是这些题材得自做家教时的北京

夜生活；二是作者的勤快，勤快地观察与写作。

这组《街头夜》确乎生气勃勃，单从文字的组织、表现而言，已是相当老到，属于师大读书时期作者最好的散文了，美文的风致业已十足显现，如一个青春的身体已然发育得生气勃勃，不得不让人惊诧了。《巡夜的警察》简直就是唱给警察的一首赞美诗，“警哥儿”一语更是温馨传神，有诗意，有京味儿，还有幽默，你看最后一行：“喊啊！对了皓月或骄阳，高高地举起短棒说：‘站住！’”

闷

夜，它偷偷地爬上了屋底檐头，树底梢头，远处郊野的桥头。大地仿佛慢慢儿用什么帐幕般的物什轻轻掩了起来似的，追叹着“夕阳无限好，只是近黄昏”。天是黑了。堆上心来的有拨不开诉不出的闷，二三归鸦噪着晚，是在笑眯眯眨着眼睛。街灯剔亮，闪着柿黄金耀的光；我是伫立在海滨楼头，味着夜初景色，捡着昏昏幻梦；迷惘地醉着，糊涂地清醒着。

因了处处挂着的可掬的笑脸，时时碰到俨然的仪容，跟了一朝就闹一朝就哭的小孩们底脉脉天真，自己也仿佛在必要的时候须将个性雕琢着，随了世俗的模子像煞有介事似的摆出样来。脾气不能轻易发，做作又是令人头疼的把戏，左飞右栖都不是，人就在苦的涡流里打起漩来了。有时皱了眉头隐忍着，静静地踏上楼梯，悄悄地关起门来；坐下是漫无头绪的沉思，站起是冒着火花的新恨；心的狂跳下，顺手就想摔碎些什么，或乱击它床铺桌子。啊，困兽的咆哮哟！扯破那窄的囚笼！待，将头埋在臂膀间苦痛地抹了几把眼泪时，拉紧的琴弦就放一番松了。尘污涤清，郁结洗净，展开书册低声吟哦着的，那才是纯真的我自己呢。

今晚，走熟的路又起头了。啊，好难变的心性！

门上锁了。窗子教它大敞地开着，默对了海、街市、苍穹，点着灿然的繁星。人是在木然站着，魂却飞了。回忆，温理，多少零星纠缠的往事：

是故都夏末秋初的一晚，人静矣，更夫寂然的柝声外，有街头传来的小贩冷食摊上叮当的铜碟声，有二三倦蝉从树叶荫浓处透出的无力的嘶——嘶——，有萤火，有碰壁作响嗡嗡飞的甲虫。……月底银光,皎洁得水洗雪泼似的；星是热闹得灿烂。我们，俩，站在柳荫边畔，倚着夜深未撤的网球网，宿露已将它潮湿了的，谈。谈多少时候不晓得，所谈的都是渺茫的将来的话。最后，握住了手，说——

“——往哪儿去？”

“屋中去吧！”——一幕。

三个人整理完庞杂的稿件，吸着烟踏入谈丛了：起初是唏嘘，话语寥落；渐后是兴奋，阔论高谈；再后是疯狂沉醉，一往泻注的江河流，倾吐就无可把握了。公共的灯熄，换上了晕然的红烛，烟尽继之以醇酒；时光的奔驰，在闹钟上标记着，刹那间就是夜阑四点了。

“我们还睡么？让大家坐以达旦吧！”

“长河渐落晓星沉；共剪西窗烛也是雅人韵事。”

“呸！是什么雅人！屋里闷，且出去逛逛吧。”大风，天空有点儿昏黄，星月都迷蒙着，筛下来树底枝叶影，模糊异常。冷吧？你披了我的大氅，我去拿我的围巾来。哈，乘长风呢！哈，破万里浪呢！携了手蹒跚地走着，扶了肩橐橐地跑着，倾了腰突突地奔着——

愿我们如那疾驰的狂风；

愿我们如那洪豁的钟声；

愿我们如那朗然的并列的三星！——两幕。

同了由恩师变为挚友的徐先生畅谈过三四钟头之后，夜虽未央，街上人都稀了。带着涌起的血潮，怀着唤醒的勇气，一切无畏了似的，即便从几乎是辽远的东城归来，不怕人疲倦车也没雇一辆。青年人有什么怕？危险地过日子也有意味！跨起了骆驼般大的脚步，满口里哼着歌呢。眼看的是世界，胸着的是宇宙。若有两翼之便，我当是远引高飞的？啊，那才叫痛快！哪怕街巷里崎岖黑暗，步趋是颠顿坎坷，心里却雪亮的，烛照着赤阳的光辉。想到：即便不取太阳底炫赫，亦当月华的明净；再不逮月华底明净，最低是众星独耀的长庚。

“偌大古都，一人而已！”几乎夸大地吐出这句话来。

——又一幕。

憧憬着以往，以往是逝去的微浪，消渗于岸边浅沙冲碎在峭棱石岩化作飞花水沫了；顾虑着将来，将来是未出土的种子，是花是叶结束实果，全属未可知的事：别操这份心吧！我又回来了。

望望那海心的灯塔，灯塔上一脉时明时暗的红光，仿佛在指示着什么，警告着什么，说：“您疲惫的航行者哟，走向这边来，驶向那边去罢！”——它负着不小的使命呢。

再听听海鼓底鸣声呜——呜——波涛底啸声轰隆泼剌：心就放宽吧！不必愁，愁有何益？不必闷，闷多无聊！忍着苦就是伟人底道路，只要你站稳了脚。

睡钟打了，且曳起万斛忧感，出去看看吧！应当笑啊，哪怕笑是苦的。——就是人人向后扯，自己不也得挣扎着干么？那是责任！

啊，责任来时，闷，且走你的吧！——话是要大声嚷的。

发表于一九三一年七月二日《华北日报》

题　话

一九三一年上半年是吴伯箫在北京师大读书的最后一段，这一段实际上又大半不在北京，而是从这年二月份就到青岛兼任中学教师了。直到暑假前才辞去教职，返回北京参加毕业考试和学业实习，最终又选择了青岛作为他正式入职之地。

对于朝夕相处近六年的老北京和师大师友，吴伯箫有着深厚浓烈的情谊，离别之际，留恋不舍，也是常情，何况吴伯箫本来就是极重感情的人呢。何以遣别情？聚饮、沉醉、辞行、回味之外，就是以诗文抒怀了。

《鸥》两篇，由作者行迹与所用标题判断，当为青岛兼职期间所写。而所写，似乎第一篇《别前夜》为年初去青岛前的别情，这里选收的第二篇《闷》则为来青岛后因郁闷而对师大师友的怀想和对自己的鼓励。

《闷》下笔是“闷”，落脚却在激昂的“笑”，及时当努力，岁月不待人，作者勉励自己：“心就放宽吧！不必愁，愁有何益？不必闷，闷多无聊！忍着苦就是伟人底道路，只要你站稳了脚。”末句更带劲：“啊，责任来时，闷，且走你的吧！——话是要大声嚷的。”

照现时说法，《闷》当然算是响当当的励志之作，然从写作角度，《闷》又是一篇漂亮劲爽的美文。且不说结构上的“兴”的笔法，用了三个往事的片段引发出最后的昂扬，只说语言上一个突出的修辞现象“对称”，令人感觉到吴伯箫散文与传统辞赋甚至六朝骈文的关联。不错，现代美文是天然地有着中国传统散文血统的，不是说周作人散文有晚明小品的风格吗？那么吴伯箫散文受一点汉赋或六朝骈文影响也应该不意外。自然，所谓对称整齐，已是白话的对称整齐，不再是文言的刻意堆砌。这里略举数端，以见其貌：“我是伫立在海滨楼头，味着夜初景色，捡着昏昏梦幻；迷惘地醉着，糊涂地清醒着。”“坐下是漫无头绪的沉思，站起是冒着火花的新恨。”“眼看的是世界，胸着的是宇宙。”“憧憬着以往，以往是逝去的微浪，消渗于岸边浅沙冲碎在峭棱石岩化作飞花水沫了；顾虑着将来，将来是未出土的种子，是花是叶结束实果，全属未可知的事……”

语言上还有一些奇突的用法，如这些句子中的单字独立用法：“待，将头埋在臂膀间苦痛地抹了几把眼泪时，拉紧的琴弦就放一番松了。”“我们，俩，站在柳荫边畔，倚着夜深未撤的网球网，宿露已将它潮湿了的，谈。”

海

那年初冬凉夜，乘胶济车蜿蜒东来，于万家灯火中孤单单到青岛，浴着清清冷冷风，打着寒噤，沿了老长老长的石栏杆步行，望着远远时明时灭的红绿灯，听左近澎湃的大水声音，默默中模糊影响，我意识到了海。旅店里一宵异乡梦，乱纷纷直到黎明；晨起寂寞与离愁，正自搅得心酸，无意绪，忽然于窗启处展开了一眼望不断的水光接天，胸际顿觉豁然了。我第一次看见了海。从那起，日日月月年年，将时光于悲苦悦乐中打发着，眨眼冬夏三五度，一大把日子撒手作轻云散去，海也就慢慢认识了，熟了，亲昵起来了。

忆昔初来时候，地疏人生，寂寞胜过辛苦，常常躲着失眠，于静穆的晨钟声里起个绝早，去对着那茫无涯际的一抹汪洋，鹄候日出，等羲和驾前的黎明；带便看看变幻万千的朝霭，金光耀眼的滟涟水色，及趁潮解缆欸乃荡去的渔船。我曾凑晴明安息日，一个人跑到远离市镇的海滩，去躺在干干净净的沙上，晒太阳，听海啸，无目的地期待从那里开来的一只兵舰，或一只商船；悄悄地玩味着那船头冲击的叠浪，烟囱上掠了长风飘去的黑烟。我也曾于傍晚时分，趁夕阳无限好，去看落霞与孤鹜：就这样辗转相因，与海结了不解缘，爱了海。

爱海，是爱它的雄伟，爱它的壮丽。爱它的雄伟，不是因为它万丈深处有什么玲珑透剔的水晶宫，有海，若有 Oceanus，Neptune 及其挽轻车的铜蹄骏马，和金盔卫士；爱它的壮丽，也不是因为它那银色浮沫中曾跳出过司人间爱与美的维纳斯，及善以音乐迷人的 Siren 女神，或凌波微步，罗袜生尘的宓妃之类：爱海的雄伟与壮丽还是因为海的根底里就蕴藏着雄伟蕴藏着壮丽的缘故呢。不必夸张，不必矫情，只要对着那万顷深碧，伫立片刻，或初夏月明夜扁舟中流荡漾一回，你就会不自禁地惊叹，说说这样大的海这样美的海啊！原来海不止是水的总汇，那也是力的总合呢。栽在它的怀里，你自己渺小得像一片草芥，还是像一粒尘砂，怕就连想想的工夫都没有。你不得不低头，服输。

因为爱海的缘故，读了古勒律己的《古舟子吟》，曾想跳上一只独横岸头的双桅舟，去四海为家，漂泊一世；将安乐与忧患，完全交给罗盘针，定向舵与夫一帆风顺；待到须发苍苍，日薄西山时候，兀自泊上一处陌生的港口，将一身经历，满怀悲苦，向人们传播吐诉，那该是耐人寻味耐人咀嚼的吧。读了盎格尔撒克逊那民族缔造的历史，曾想啸聚一帮弟兄，炼一副钢筋铁骨身子，百折不回意志，去栉风沐雨，冒天险，大张除暴安良，拯贫扶弱旗帜，横冲直撞出入于惊涛骇浪中；只要落落大方，泄得万种愤慨，海寇名家，徽号也是光荣的。人生事事不称意的时候，读了《论语》卷内仲尼老先生乘桴浮于海的话，也曾想，像陶渊明东篱采菊，苏东坡夜游赤壁，就到海上蓑衣垂钓悠然鼓枻地过过疏散生活也好：可惜既非豪俊，又非明哲。亦非隐人逸士，草草白日幻梦殊不足为训已耳。无何，就姑且造若干渔船，到海里去斩长鲸，擒浪里白条，秋网蟹，冬拿海参，改行做个渔户也好吧？再不然，就煮海为盐，拿取之不尽用之不竭的海水与阳光，去穷乡僻壤给只吃得起咸菜粥的农夫农妇换换口味亦佳：只要有海在，便尔万般皆上品了，何必苛求。

正经说：倒是挺羡慕一个灯塔守者。看它孑然独处，百无搅扰，清晨迎着太阳自海上出，傍晚送着太阳向海上落；夜来将红绿灯高高点亮，告诉那迷途海航人，说：平安地走吧。就到家了。这边一路是码头，那边才是暗礁。码头上有好船坞，有流着的金银；有男女旅客，有堆满着的杂粮货物，热闹得很哩！说，这来，是从哪里拔锚的？路程很远吧？海那边可也是闹着饥荒？还是充溢着升平景象呢？说：这来，带的都是些啥样客人，什么货色？有莽汉吧，有娇娃吧，有锡兰岛的珍珠非洲的象牙吧？……尽管谁也不理会，无音的回答，就够理解，就够神秘。若然风雨来了，便姑且爬上灯塔的最高梯，张开海样阔的怀抱，应了闪闪电光与霹雳雷鸣，去听那发了狂似的咆哮的海涛，我知道胸际热情翻滚着，你会引吭高歌的。至若晴明佳日，趁日丽风和，海不扬波，去闲数白鸥飞回，看鱼跃，听塔下舟子歌；那又是不必五台山削发，可以使你坐化的境界了。

海风最硬。海雾最浓。海天最远。海的情调最令人憧憬迷恋。海波是旖旎多姿的。海潮是势头汹涌的。海的呼声是悲壮哀婉，訇然悠长的。啊，海！谁能一口气说完它的瑰伟与奇丽呢？且问问那停泊浅滩对了皎皎星月吸旱烟的渔翁吧，且问问那初春骄阳下跑着跳着拣蚌壳的弄潮儿吧。大海的怀抱里就没有人能显得够天真，够活泼，够心胸开阔而巍然严肃的了。

我常常妄想：有朝一日有缘，将身边羁绊踢开，买舟去火奴鲁鲁，去旧金山，去马尼拉，去新加坡，去南至好望角，北至冰岛，绕那么大大一圈，朝也海，暮也海，要好好认识，认识认识海的伟大。——喂，你瞧！那乘风破浪驶过来的说不定就是杰克逊总统号呢。

一九三四年十二月于青岛

题　话

《海》，以抒情、记叙、铺排的辞赋风格对青岛作了毫无保留的赞美，实在是献给青岛的情歌。

《海》，有着吴伯箫散文特有的风致：热情的抒发，驰骋的思路，跳荡的节奏，昂扬的情志，富丽的辞藻，铿锵的韵律。“海风最硬。海雾最浓。海天最远。海的情调最令人憧憬迷恋。海波是旖旎多姿的。海潮是势头汹涌的。

海的呼声是悲壮哀婉，訇然悠长的。啊，海！谁能一口气说完它的瑰伟与奇丽呢？且问问那停泊浅滩对了皎皎星月吸旱烟的渔翁吧，且问问那初春骄阳下跑着跳着拣蚌壳的弄潮儿吧。大海的怀抱里就没有人能显得够天真，够活泼，够心胸开阔而巍然严肃的了。”——是这样的海。

海上鸥

××兄：

一阵糊涂醒来，春已残了。

不啰嗦，我知道我的错过。三四十日没有音信，教我早该跺着脚发急了；你的脾气总还算和缓得多呢。几次南来的邮件，都毫无迟误地收到了，绿衣人原无愆疚；所以迟迟不报者，要怪当然得怪我；但是教我又怎样说呢？

像酩酊大醉的宵夜中欲吐不遂，像午睡正浓的憨态中突被搅觉，近来的心情又是一变再变了。胸际的滞塞，眉头的苦闷，思想的乖张，铸就了捉摸不定的言语行动，在不知者看来，说不定又是疯痴狂呆吧，我自己也有时觉得怪好笑的。至于什么雨浇得我这般褴褛，哪阵风吹得我这样狼狈，那，问谁去？长白山下怎么来的那些狰狞的魔鬼，黄浦江滩什么罪都涂遍了赤血尸灰？一样，天知道！

几次的来信里都带了疑问的口气写着“可真的失踪了？”那

样的话，那大概根据了上月初旬我悲苦至极时寄给你的一纸短笺而发的吧；那时的心绪确是很险恶呢。对“走吧！走向天涯的尽头处。干吧！干它个血肉模糊”的那种意念是曾经咬了牙齿下过决心的；结果又迟疑踌躇下来者，是吃了拖泥带水的大亏呀！本无可留恋，到头留恋了；原不必顾虑，归根顾虑了。往日的甩甩袖子不惹半点尘土，踏足脚步便线儿奔向前去的豪爽，是随了世故而侵蚀了。重重罗网，处处绑索，都在暗暗地偷出了几分潜力，扎挣的收场徒赚得精疲力竭满颐苦笑而已！唉，恨不得学狮吼作虎啸以吐盈怀郁抑也。

一了百了万般皆了的那扇窄门，也曾于灯昏雨骤意冷心灰的俄顷想发发狠索性挤了过去的，又因为缺少了那操刀持剑或吞下些什么的勇气，所以伸过去的半身觉得冷森森又缩回来了，你瞧，战战兢兢畏首畏尾的那股酸溜溜的劲儿不是那活鲜鲜地摆出来了么？可是告诉你！拾得起放得下说了就算的那种粗豪奔放的灵魂这年头曾经寄托在哪个装腔作势的走肉身上来？在火烧的白天，即便是，挑了灯笼也找不到啊！可悲的不是你我他，是熙熙攘攘比比皆是的玩意喽！

原是盼望了来的，果真来时却又怕了，吓，有什么用？在这里我倒希望会一会燕赵间的豪侠，叨嚎一声那绿林中的难兄难弟，万马阵里，斩将搴旗，打斜取横，敛万颗首级，是时候，做了再说，等，等谁呢？须发苍苍青丝成雪的，那你就老了。滚滚大江流，“逝者如斯夫，不舍昼夜”，老夫子都叹气啦。

……好像同谁呕了气一样，刚方的都沉乎凭空发牢骚，希望你不同我一般见识，看完就将它忘了吧。你是知道我的脾气的，说话时从没有坐在那儿老实过，不是手舞，就是足蹈，转圈子摇头摆尾（不，不用这个字，因有头可摇而无尾可摆也，某校某生是曾以这句话批评先生而被斥退了的）的时候也常有，说得兴奋时谁知跑到哪里去呢？今来，古往，地狱天堂怕都有，反正那条路，走到就算，谁还有工夫迈一步便量量几寸几尺呢？再来又拐弯了。

我近来生活的营幕里又添了一种你从前所有的爬山逛海穿树林的习惯，无论是黎明，是黄昏，或是停午时辰，我常是背了手或叉了腰独自个昂首巨步地去各处遨游呢，我不要伴，伴是累赘，别人亦弗欲伴我，受束缚，哪里都是像空空道人一样云来无踪龙去无迹的，你该知道吧，双足踏上一柱山的绝顶，俯览远眺，引吭高歌的那时候是怎样的胸怀舒畅，开阔？咳嗽一声，会遍山都是回响，去茫苍的天空只差一级跃耳，六七层的红楼顶都踩下了脚底去。耶稣山腰布道时可是这样显了“圣”的？是人就去神不远了。

我也曾在晴明的大好安息日，雇下一叶扁舟，请它漂我到深碧的海面去，吃饼干，捉乌贼，看闪烁万张银波，洒欢欣的眼泪：居然也是海上的户口哪。又曾于料峭的初春寒夜，披了满月，踏着吱格碎沙走那段漫长的汇泉路，孤零零一只瘦影都引起了那寂寞的警察的注意，奇异的眼光干了嗓子悄悄问：“干吗的？”“去听海涛。”我也四字搓作一团掷过去，不知怎么那问答会突然地引起我落寞的新愁。——你看，浪够多高！雪似的飞沫溅上满岸白了，那陶醉不是花香粉香可比的，可惜你在山遥水远千里外的塞北，不然一曲清商不又洒向了那眠愁的渔家么？还记得你说：“怪可怜的！”啊，那数点灯火。

可是，喂！时光的奔驰中我也并不只是玩啦漂泊哪，也做了些儿事，念了几册书，即便是目下还拼命地干呢，为身体健康，我要三天五日地玩一次网球，怕过甚忧郁，要在饭后狠狠地笑一次，二十多岁的人了，脾气还像小孩子，“不失赤子之心”之谓欤？那句话怕不只如此的解释。

月初，春尚好，曾随她们那帮快从学校出阁的女孩子去了一趟济南。那是有着“小江南”之称的好玩的地方——本来论职守凭闲暇是轮不到我的，为是挪挪窠抖日久了积下来的龌龊，所以人家茅庐再顾便出山了。往返五日，收获还不坏：参观了一度监狱，将从前“坐坐囚牢也是一种经验”的好奇心打消了，味儿确实并不好；穿过大巷，看见不少的灰色士兵；游大明湖默记了“三面荷花四面柳，一城山色半城湖”一副对联；再就是车上她们的歌声嬉笑声，别无可述。

济南夜车归来，翌晨又趁了海琛军舰去崂山；萧同行。女孩子们都去了。人虽多，嚷嚷而已，去年的游兴却没处找。留一宵。拾墨晶一小块，谁争都不给；同去年的青竹一样那是留念呢。回来时，海上大风，晕船的一多半；可是呕吐过后个个脸色还都是笑的。她们说："真要命！"也有相当的乐趣哇。抛锚停船时，天已然黑了，抬头都是星。顺口溜出两句话来：

崂山归来兮，满船的风；

俺要回去也，满街的灯。

她们也学着哼了哼，大家都笑起来。

还有什么可说的呢？再来就是樱花了，那是你去年领略过一度而我错过了的。——四月廿四日是开得最热的一天。踏上公园的路边便看见那蒸蒸红云般的绚烂了。和服木屐儿都发了疯似的在树下狂饮歌舞，那可是他们的灵魂？自家的人呢，也都扶老携幼整天地挤在那青草径上，喜气洋洋，仿佛都醉在了骀荡的东风里，说："这才是春天呢！"

于今还不是都过去了？看见的只是落英缤纷。"二月杨花满路飞"——一阵糊涂醒来，春已残了。

海上风寒，晨昏尚需棉衣；平市恐已是挥扇季候耶？

诸友不另，这信大家看吧。太匆匆！

一九三三年四月三十日

题　话

现代散文佳作中有不少属于书信体，如周作人《故乡的野菜》和冰心《寄小读者》，吴伯箫写散文，也很喜欢用书信体，这篇《海上鸥》就是。

离开北京到青岛实习时写的两篇散文也题作"鸥"，

这里又有了“海上鸥”，想来都是比喻自己如鸥鸟那样在“飞行”的旅程吧？这篇《海上鸥》，像是在青岛写给仍在北京的友人的信，可也真是一篇漂亮的好散文。前半是跟友人叙说自己“一变再变”的心情，后半是聊自己“近来生活的营幕”。心情从悲苦至极里摆脱出来，生活里也不乏乐趣和色彩，爬山逛海穿树林，以师长身份随学生们去“小江南”济南一游，回来又乘军舰去了一趟崂山，还有四月天青岛海滨的赏樱……虽说不是专写济南、青岛，可里头关于济南、青岛的信息着实不少，值得看看。自然，吴伯箫自己更是这篇散文的主人公，是那样一个年轻、热情、爱生活而豪情满怀的角儿！

山　屋

屋是挂在山坡上的。门窗开处便都是山。不叫它别墅，因为不是旁宅支院颐养避暑的地方；唤作什么楼也不妥，因为一底一顶，顶上就正对着天空。无以名之，就姑且直呼为山屋吧，那是很有点老实相的。

搬来山屋，已非一朝一夕了；刚来记得是初夏，现在已慢慢到了春天呢。忆昔入山时候，常常感到一种莫名的寂寞，原来地方太偏僻，离街市太远啊。可是习惯自然了，浸假又爱了它的幽静；何况市镇边缘上的山，山坡上的房屋，终究还具备着市廛与山林两面的佳胜呢。想热闹，就跑去繁嚣的市内；爱清闲，就索性锁在山里，是两得其便左右逢源的。倘若你来，于山屋，你也会喜欢它的吧？傍山人家，是颇有情趣的。

譬如说，在阳春三月，微微煦暖的天气，使你干什么都感到几分慵倦；再加整天的忙碌，到晚上你不会疲惫得像一只晒腻了太阳的猫么？打打舒身都嫌烦。一头栽到床上，怕就蜷伏着昏昏入睡了。活像一条死猪。熟睡中，踢来绊去的乱梦，梦味儿都是淡淡的。心同躯壳是同样的懒啊。几乎可以说是泥醉着，糊涂着，乏不可耐。可是大大地睡了一场，寅卯时分，你的梦境不是忽然透出了一丝绿莹莹的微光么，像东风吹过经冬的衰草似的，展眼就青到了天边。恍恍惚惚的，屋前屋后有一片啾唧啨啨的闹声，像是姑娘们吵嘴，又像一群活泼泼的孩子在嘈杂乱唱；兀的不知怎么一来，那里“吱幽”一响，你就醒了。立刻你听到了满山满谷的鸟叫。缥缥渺遥的那里的钟声，也嗡嗡地传了过来。你睁开了眼，窗帘后一缕明亮，给了你一个透底的清醒。靠左边一点，石工们在叮咚的凿石声中，说着呜呜噜噜的话；稍偏右边，得得的马蹄声又仿佛一路轻的撒上了山去。一切带来的是个满心的欢笑啊。那时你还能躺在床上么？不，你会霍然一跃就起来的。衣裳都来不及披一件，先就跳下床来打开窗子。那窗外像笑着似的处女的阳光，一扑就扑了你个满怀。

“呵，我的灵魂，我们在平静而清冷的早晨找到我们自己了。”

——惠特曼《草叶集》

那阳光洒下一屋的愉快，你自己不是都几乎笑了么？通身的轻松。那山上一抹嫩绿的颜色，使你深深地吸一口气，清爽是透到脚底的。瞧着那窗外的一丛迎春花，你自己也仿佛变作了它的一枝。

我知道你是不暇妆梳的，随便穿了穿衣裳，就跑上山去了。

一路，鸟儿们飞着叫着地赶着问“早啊？早啊？”的话，闹得简直不像样子。戴了朝露的那山草野花，遍山弥漫着，也懂事不懂事似的直对你颔首微笑，受宠若惊，你忽然骄蹇起来了，迈着昂藏的脚步三跨就跨上了山巅。你挺直了腰板，要大声嚷出什么来，可是怕喊破了那清朝静穆的美景，你又没嚷。只高高地伸出了你粗壮的两臂，像要拥抱那个温都的娇阳似的，很久很久，你忘掉了你自己。自然融化了你，你也将自然融化了。等到你有空再眺望一下那山根尽头的大海的时候，看它展开着万顷碧浪，翻掀着千种金波灵机一动，你主宰了山，海，宇宙全在你的掌握中了。

下山，路那边邻家的小孩子，苹果脸映着旭阳，正向你闪闪招手，烂漫地笑；你不会赶着问她，“宝宝起这样早哇？姐姐呢？”

再一会，山屋里的人就是满口的歌声了。

再一会，山屋右近的路上，就是逛山的人咯咯的笑语了。

要是夏天，晌午阳光正毒，在别处是热得汤煮似的了，山屋里却还保持着相当的凉爽。坡上是通风的，四周的山松也有够浓的荫凉。敞着窗，躺在床上，噪耳的蝉声中你睡着了，噪耳的蝉声中你又醒了。没人逛山。樵夫也正傍了山石打盹儿。市声又远远的，只有三五个苍蝇，嗡飞到了这里，嗡又飞到了那里。老鼠都会瞅空出来看看景的吧，“蝉噪林逾静，鸟鸣山更幽。”心跳都听得见扑腾呢。你说，山屋里的人，不该是无怀氏之民么？

夏夜，自是更好。天刚黑，星就悄悄地亮了。流萤点点，像小灯笼，像飞花。檐边有吱吱叫的蝙蝠，张着膜翅凭了羞光的眼在摸索乱飞。远处有乡村味的犬吠，也有都市味的火车的汽笛。几丈外谁在哔剥地拍得蒲扇响呢？突然你听见耳边的蚊子嗡嗡了。这样，不怕露冷，山屋门前坐到丙夜是无碍的。

可是，我得告诉你，秋来的山屋是不大好斗的啊。若然你不时时刻刻咬紧了牙，记牢自己是个男子，并且想着“英国的孩子是不哭的”那句名言的话，你真挡不了有时候要落泪呢。黄昏，正自无聊的当儿，阴沉沉的天却又淅淅沥沥地落起雨来。不紧也不慢，不疏也不密，滴滴零零，抽丝似的，人的愁绪可就细细地长了。真愁人啊！想来个朋友谈谈天吧，老长的山道上却连把雨伞的影子也没有；喝点酒解解闷吧，又往哪里去找个把牧童借问酒家何处呢？你听，偏偏墙角的秋虫又凄凄切切唧唧而吟了。呜呼，山屋里的人其不怛然蹙眉颓然告病者，怕极稀矣，极稀矣！

凑巧，就是那晚上，不，应当说是夜里，夜至中宵。没有闭紧的窗后，应着潇潇的雨声冷冷的虫声，不远不近，袭来了一片野兽踏落叶的窸窣声。呕吼呕吼，接二连三的嗥叫，告诉你那是一只饿狼或是一匹饥狐的时候，喂，伙计，你的头皮不会发胀么？好家伙！真得要蒙蒙头。

虽然，“采菊东篱下”，陶彭泽的逸兴还是不浅的。

最可爱，当然数冬深。山屋炉边围了几个要好的朋友，说着话，暖烘烘的。有人吸着烟，有人就偎依在床上，唏嘘也好，争辩也好，锁口默然也好，态度却都是那样谆朴诚恳的。回忆着华年旧梦的有，希冀着来日尊荣的有，发着牢骚，大夸其企图与雄心的也有。怒来拍一顿桌子，三句话没完却又笑了。哪怕当面骂人呢，该骂的是不会见怪的，山屋里没有“官话”啊，要讲“官话”，他们指给你，说：“你瞧，那座亮堂堂的奏着军乐的，请移驾那楼上去吧。”

若有二五乡老，晚饭后咳嗽了一阵，拖着厚棉鞋提了长烟袋相将而来，该是欢迎的吧？进屋随便坐下，便尔开始了那短短长长的闲话。八月十五云遮月，单等来年雪打灯。说到了长毛，说到了红枪会，说到了税，捐，拿着粮食换不出钱，乡里的灾害，兵匪的骚扰，希望中的太平丰年及怕着的天下行将大乱。说一阵，笑一阵，就鞋底上磕磕烟灰，大声地打个呵欠，“天不早了。”“总快鸡叫了。”要走，却不知门开处已落了满地的雪呢。

原来我已跑远了。急急收场：“雪夜闭户读禁书。”你瞧，这半支残烛，正是一个好伴儿。

一九三四年四月六日，青岛万年兵营

题　话

《山屋》，文末注明写于一九三四年四月六日之“青岛万年兵营”。其实“万年兵营”“山屋”都是当年青岛大学后面万年山的附属物，兵营为当年德国人所筑，山屋则为吴伯箫的住处。由文中“刚来记得是初夏，现在已慢慢到了春天呢”，大约可知吴伯箫说的“初夏”应为前一年即一九三三年上半年，那时候《青岛民报》报馆被日本浪人烧毁，吴伯箫开始在已改名为山东大学的原青岛大学工作，从上班方便计，此时搬来“山屋”比较顺理成章。

《山屋》的写法，已然是吴伯箫驾轻就熟、收放自如的一种融叙述、畅想于一体的笔致，或可称之为现代辞赋体散文。依次描写了春夏秋冬山屋内外之风物情怀，语句舒畅，文采斐然，节奏跳荡委曲，意兴昂扬盎然，够灵动，够飘逸。

绿的青岛

青岛，山，水，天空，道路，以及夜色梦境都带些绿森森的色彩与情调，故曰“绿的青岛”云云。

若是我们拿人物来象征地方的话，北京，那座老城，应该是一位才高博洽而和蔼可亲的老先生吧？你看他很坦然地穿着极陈旧的衣裳，质料原是致密绚丽的，高高的“个儿”，赭色透紫满布红光的有福气的面容。胡须长长的，都斑白了。常常衔着一管烟斗，关东大烟叶烧得袅绕氤氲。他坐下去庄重而幽默，立起来又魁伟又大方。啊，多好的人！因为他博洽，他什么都知道；因为他和蔼，什么人都同他谈得来。老头小孩，新学旧派，乡愿西崽，各种人，他都喜欢；他觉得人人都有些许长处，都有可取的地方。别人也都喜欢他；哪怕大家都不言语，仅是沉默着，也仅愿同他在一块儿，留恋在他底身边。他可教导你很多呢。他老，却并不固执，不拘泥；同流合污失去主宰的事，自然更稀罕了。他天天都有点儿变，可是天天都保持着那个老样子。他带给你的是一派绵绵的历史的空气，懿软的长年风度。在他跟前时虽不像少男少女赤恋期中那样火般的亲热，离开来却要像游子思故乡似的想念他了。它的魔力是带些神秘意味的。

上海，那个繁华的地方，应当象征什么呢？我想，是个洋气十足而又豪华奢靡的富商该最恰当吧？中年人，漂亮，又狡猾又诡诈。你看他住着几层高的楼房，那么壮丽；穿了崭新的服装，那么讲究；出入坐的是绿绒里蓝钢汽车，阔绰极了。家里边房房户户都是小姐少爷，老苍头老太婆那里是不时兴了。小姐们一个个都像朵朵艳丽的花，少爷们也是搽粉点胭脂的。他们混在学校里，混在那舶来是牧师同“姑奶奶”所办的学校里，仿佛只学两种课程，也仿佛只有两种课程可学：一种是音乐，一种是跳舞。洋话自然会说喽，国语却腻得“上口”，那也是时髦不是。他们睡觉的时候在白天，农工们正流着血汗挣扎着醒着的白天；玩的时候在夜晚，灯火辉煌星斗横天的夜晚。子午颠倒着，日月在他们都有了另一番的意义。他们喜欢吃葡萄酒，喜欢吸香烟，喜欢用大餐番菜。脾气都大得很，娇得很；金迷纸醉，花钱如浮云流水，一挥百金千金。手头天天几百万几千万的进来，几百万几千万的出去，黄昏时分穷了，黎明时分又富了。生活的变幻是瞬息间的事。他所交结的朋友有洋人，在他要敲诈中国人的时候用着他；有流氓，在他要暗算什么人的时候用着他。有些人很喜欢他，因为他高兴了能把你轻轻地擎上天堂；另有一些人非常怕他，因为他不高兴了又要将你狠狠地摔下地狱。他犯着各种罪恶，但他又讲求各种礼仪。它带给你的是魔鬼的势力。

这样的象征推下去：南京该是一位五十来岁的穷酸名士了？天津是新发富的官僚商人。山西是一坛醋。济南是一座临水的乡村庙宇。西子湖是一朵胭脂。青岛呢？啊，这一气真不短，绕回到本题，恰像一位喜爱穿淡绿衣裳的极美的姑娘。她年轻，可也已及笄了。浪漫一点，但不“很”浪漫；风韵是有的。她稳静的时候有些雅致，顽皮起来又微微有点儿俗气。她会体贴年老的翁姑，拂摩着他底霜白鬍髯，搀掖她底龙头拐杖，给他们不少暮年的安慰。年轻人在她跟前却慢慢地会堕落了，而自己像迷醉了般并不晓得是你天天走向堕落的路途，多危险！她要你在她跟前，但不给你什么益处，什么鼓励；而离开她又是非多大的勇气多大的决心不可，很难解脱的羁绊啊！所以我要说青岛是老年的颐养园，是青年的销金窝。

青岛底春天是来得很晚的。在别处底杨柳树都发了芽长了叶，桃李树都谢了花绽了果的时候，青岛底风还硬得像十冬腊月里一样，落叶树还都秃光光的没有透鹅黄嫩绿的意思哩。三四月天，有的地带胖人们都在热得喘了，那里还得要穿皮衣棉衣。所以那时候到那里去旅行的人，若乘的是胶济路火车，走着走着就觉凉了冷了；归途中往回里返也是走着走着就觉暖了热了，到“天街小雨润如酥，草色遥看近却无”的那境界，已是初夏的时令了。靠海的岛屿，季候变得这样慢确是很奇怪。可是等到一声鹧鸪啼报到阳春天果真莅临了的日子，青岛是有的好看的。单是苍然的山松透的一层新翠就很够使人高兴得嚷出来，再加那野火烧未尽的漫坡。荒草重新披起一袭绿衣，一眼望去几乎就没有赭黄的土色了。

……街里边，住户人家，都从墙头篱畔探出黄的迎春花，红的蔷薇花来；红砖筑就的墙壁上满挂着的爬山虎，叶子也慢慢地一天天的大一天天的绿，直到将整个的一座楼全涂成翡翠色。姑娘们换上各色各样的春装，少奶奶们用了摇篮车推着囡囡在马路上散步的时候，那就是青岛最热闹的季节了。樱花就在这时候怒放。

提起樱花，那的确是很热闹很艳丽的一种花；一行行盛开了起来时，远看真像一抹桃色的彩云，迎风摆动着，怪妖冶的，像泡沫一样的轻松。日侨妇女往往不管游人的拥挤，在花下情不自禁地跳舞起来。男子们也常是就了如茵的短草席地坐下，发狂般的饮酒呼噪。落花时节，趁了大好的月色约三两知己去花下散步，愿意躺在花荫丛中索性度一个春宵的事是常有人作如是想的。醉眠樱树下，半被落花埋，不是很有意趣么？被花妖缠缠，被花星照照，是无妨的。当你看花归来，初度觉得天气有点煦暖，自己有点慵倦的时候，这才是春天呢！

在黄梅雨连绵洒落的日子，海上吹来的雾也特别多，往往三天两日不见丝丝阳光，全岛都迷蒙着胡涂着，那是怪令人烦闷的。身体素来羸弱的人在这时候会疑惑自己生了肺病肠胃病，觉得胸部也郁塞，腰部也酸痛，混身不舒服。但是天空一度晴朗跟着心头一番轻爽；亮蓝的穹苍捧出一轮浴罢的金乌来了，病就立刻好了：也挺妙。

五月梢就有人洗海澡了，夏天就那样在大家不知不觉的时间偷进了青岛。在你还正以为是暮春天气呢，忽然在晌午时分却已经要穿单衣挥扇子了。虽然至终不会怎么酷热。渐渐地外国水兵来了，各处避暑的人也来了，靠海边的房舍就有十倍五十倍的房金涨上去。一个个酒吧生意便陡然兴隆了，灯红酒绿，悠扬的音乐到午夜还兀自响亮不停。听吧：“嘀喽”的声音，OK 的声音，洋车夫很纯熟地呼 jinrikishn 的声音，满街都是。这里那里全碰得到哼了洋歌吹了口哨的人。唔，那是青岛走运的关节喽！

正午，阳光炎热的时候，跑到海水浴场去，多远多远就望得见树荫下云集的车马。汽水、冰激凌、啤酒的旗望子，高高挑着，飘扬处有噪耳的蝉鸣。走下海滩，一排排的木屋前面，卧在软沙上晒的，撑了纸伞休息的，学生样子的“派司”排球的，男男女女，老到有了胡须，小得刚会走的：都来洗海澡来了。水里边真是万头攒动！活泼的像游鱼，灵便的像野鸭，拙笨的像河豚，喳喳哑哑，曲线，健康，海水，粗波细浪，他们哪里知道什么叫作热天，出汗是怎么回事呢？在水里浸着，在沙上晾着，有的人晌午连饭都不回家吃，直待到傍晚才收拾散去。不是夜里都有洗澡的么？日子是过得那样优闲！

海上的落日最美：碧涛映着山黛，银浪翻着金沙，云霓的彩色，瞬息万变。加之以海鸥飞回，翠羽白胸的翩翻；帆影参差，舟楫往还，霞光红万丈，那样的晚景是值得令人流连忘返的。

夕阳落后，天上挂满了群星，市中点亮了街灯，夜景也很宜人。徐徐的海风吹来，凉爽潮润，白昼的半点炎热便完全消解了，身上只感到轻松。出来乘凉的人，摩肩接踵，海滨石栏上有人，沙滩上有人，公共长椅上也都是人。切切私语的，嘈杂喧闹的；浅水滩有人持了火把照螃蟹呢，真就同夜市一般热闹。不然，“轻车不碾纤尘地，十里洋街都似冰”。青岛底马路是有名的，沿了马路走走“边道”Sidewalk，林边山畔听听夜莺，也是很恬适舒畅的，直至夜深还有汽车底喇叭声，游人底咯咯啰啰的声音。……多少蚊子，醒来又是一天了。

青岛八月最热，过了中秋节才慢慢地踱到地道的秋天去。因为什么节气都晚，所以秋也迟到了。论到颜色的复杂、气候的温和、天空的高旷，春秋是相差无几的。单看那重九后遍野的枫叶红就抵得过阳春天那满山的草花了。不只是美丽，简直是灿烂。像一蓬火，像一山笑，像遍洒了鲜血；看了是会令人感慨、奋发、狂热的。到山上去逛，常常将草丛里野兔惊起，猎人的风趣不期然地尝到了。野菊的香，弥漫在山岩谷豁间，驻足听丁丁伐木声，又是樵夫生涯，田家风味。树叶凋零的降霜时节，出门可以看山坡里野火在烧，散烟缥缈，火龙蜿蜒，更是另一种蛮荒的兴致。

这时候避暑的人走了，也没有了那天天喝醉酒的水兵，街上便渐渐地冷落起来。很多酒馆舞场暂时歇了业，青岛底繁荣是随了季候消长的。

年终岁暮才能算是冬天；翌年三月残冬还蝉联未断，冬，那该是比较漫长的一季吧？然而青岛市上唯有这一季没得可说，没得可玩。既稀罕大冰大雪，又很少飓风骇浪，干么呢？只有清晨绝早听一听驻军的号角，嫌它凄凉；夜深人静听一听礼拜堂底钟声，喜它静穆。街头冷清清的，商家夜晚八点就上门，来往的行人那样稀疏寥落。可怜的只是散见的几个警察抱了指挥棒竚立听海啸，及偶尔有的孤零零的洋车夫在索索叫苦罢哩。

啊，绿的青岛，圣诞节过后就匆匆一年了。

可是，我说，青岛底日子在穷人是不好过的，翻过来富人又太舒服了。房子贵，饭贵，人却太便宜了。一切的建筑设施，什物的供给，都是应了富贵人家底需要而置备的，穷人没有份。西式楼房、英法大菜、汽车、洋商洋货，样样都不是土香土色的乡下人所能涉足问津的。没有十万以上的财产不配在那儿住家，没有百元千元的现款不够在那儿闲逛。偶一驻足是可以的，不要留恋；浅尝罢了，深陷就危险了。不是这样么？那别墅，那花园！

也有像“马狐窝”那样的穷人窖，但那是地狱，哪是人间呢！一簇簇的席棚堆挤着，出入都是鬼样子的褴褛人家，穷，病，饥寒交迫着，生活不及富人家底畜生。

再说，青岛这地方太狭小，走走就走完了；太浅薄，一眼就看透了。它不像北京的包罗万有，也不像上海的神出鬼没。你烦了没有可以随便吃吃茶消遣的地方，有的都是草木人去不起的大酒楼大咖啡店，你闷了也没有可以找来谈谈的朋友，有的都去打麻将买马票去了。多别扭！它不能给你什么，你也从它得不到什么，有什么意思呢？人在一个地方住着，不就让它底氛围给你一点熏陶：沉醉也罢，凄苦也罢；不能凭了自己底力量给它一点影响：破坏也好，建设也好。若是既得不到熏陶，又无法影响它的话，那就彼此太无缘了。无缘而硬生生地去结缘，那就太无趣了。冷冰冰路人的颜色，感情淡得纸样薄，要它干么呢！

教会式的教育，学生死得像羊羔；古典派的思想庸俗的言论，挑了灯笼连一份通顺可看的报纸都找不到，别的什么就都可想而知了。有些事不敢做，有枪，有些事不能做，无人，芸芸众生便都听天由命任其自然了。问题很多的事变作没有问题的事了。没有问题的生活，既庸碌，又堕落；有问题而无从解决，最痛苦，最烦厌。在苦痛而又堕落的生活中，随了人家的舒适而并自己也就舒适下去。所以我说：青岛这个地方只适于功成名就的老年人来休养他底风烛残年；不适于奋发有为的青年人蹉跎了黄金般的岁月去徘徊留恋。

“绿的青岛”尽管日日年年的绿罢，我底话却说完了。再听当是“惊沙坐飞”的故事。

题　话

吴伯箫写某地风物，乐于以春夏秋冬的自然时序、地理环境的空间顺序或个人情感想象的心理顺序为结构，《山屋》与《绿的青岛》都是以四季的顺序带动所写内容，而青岛又的确是以季节之特别成为度假天堂的，以此种方法加以介绍最为恰当。春秋之“可看”，夏天之“走运”，冬天之“没得可说，没得可玩”，那是一个对青岛了如指掌的自家人才可讲得出来、讲得到位的。春秋之所以“可看”，是因为“像泡沫一样的轻松柔软”的樱花和“重九后遍野的红叶”；夏天之“走运”，自然是因为白天可以洗海澡，傍晚可以看落日，晚上可以吹着海风乘凉。说到洗海澡，有段文字写得真叫热闹：“一排排的木屋前面，卧在软沙上晒的，撑了纸伞休息的，学生样子的‘派司’排球的，男男女女，老到有了胡须，小得刚会走的：都来洗海澡来了。水里边真是万头攒动！活泼的像游鱼，灵便的像野鸭，拙笨的像河豚，喳喳哑哑，曲线，健康，海水，粗波细浪，他们哪里知道什么叫作热天，出汗是怎么回事呢？在水里浸着，在沙上晾着，有的人晌午连饭都不回家吃，直待到傍晚才收拾散去。不是夜里都有洗澡的么？日子是过得那样优闲！”

顺便交代一句，《绿的青岛》是首次全文收入本集。该篇最初发表于一九三六年济南《青年文化》第三卷第三期，标题即为《绿的青岛》。此前发表于一九三四年二月二十八日天津《大公报》文艺副刊的《岛上的季节》与《绿的青岛》篇幅上有差异，只有《绿的青岛》中关于四季的内容，而少了前、后两小部分。

野孩子

万年山[1]下一带潮湿的地方，有一群野孩子。朝朝暮暮他们都混迹在垃圾堆里。衣裳是那样褴褛的，手脸也涂抹得够肮脏；恰像绿女之于紫陌，繁星之对晴空似的，他们同苍蝇做伴，给垃圾堆平添了一种恰如其分的点缀。六七岁到十一二岁，男女算来总有十来个吧，跑啊跳的有时很觉其乱噪噪呢。他们早晨不知从哪儿来，可是太阳出时他们都从哪儿来了；夜晚也不知回哪儿去，然而黄昏过后又都回哪儿去了。他们仿佛都有个家，也有一对爹妈；又仿佛什么都没有，只是孤苦伶仃的，你看他们白天不是都没人管的么？谁也不管！只任着他们纷纷地从人丛中挤了出来，又纷纷地挤进了人丛中去。他们仿佛是人群的剩余。

垃圾堆里的矿产并不饶富，毕竟是太荒芜啊！烧残了的煤渣，摔瘪了的洋铁罐，算是大宗出息了；余如烟卷头，杂色的破布败

① 万年山：即青岛市青岛山，一九一四年日军占领青岛后，改为万年山。

絮，绳头儿纸屑儿，烂铅碎铜，都是兼收并蓄的，但有毫厘用处就是他们的收获呢。取舍之间，畛域殊微乎其微。

货色的供给，全凭那一部白马拖着的大车，每日一来二去是无定规的，因此这群小小矿工，工作也就没有准时了，挖掘比了玩耍，怕是后者还来得更快勤些。可是他们玩耍的花样也多得很喽，赛得过白云苍狗的变幻。一种玩耍在他们简直就是一种发明，一种创作。他们引起了过路人注意的是这种种创作，使过路人由厌恶而怜悯，由怜悯而喜欢了他们的也是这种种创作。

中伏，天气炎热的时候，垃圾堆受了熏蒸，常常透出一种噎人的奇臭，那奇臭弥漫开来，周围半里之遥便很难得在那里驻脚。我们的小英雄们似乎对此也无偏好，憩息的空里往往跑到山坡的树林里去换换气，去吹吹风。在那里是有他们的建筑工事的。譬如说，从垃圾堆渡上山坡，必要跳过那夏天特有的一条小溪的话，他们便搬石头折树枝在溪上搭起桥来，小桥曲木，居然也颇有清趣。山坡上露天伫立，如火如荼的骄阳是受不了的，他们便在山崖下动手挖出洞来。洞的广袤足够五六个孩子坐下来“赶牛角”玩“鸡毛蒜皮”那种玩意。洞口遮以洋铁片，风雨也可暂避。在古昔蒙昧时候，人们穴居野处，那情景去此怕也不过伯仲间吧？小孩子身上原就赋有不少的蛮性。

又譬如冬天，朔风凛冽地刮起来，砭人肌骨，重裘深居的人有时还禁不住冷得要打哆嗦，你说我们的小英雄只一袭破棉布衣，甚至破棉布衣而无之，他们不会冻得抽筋么？就算小孩子血旺，也当不了什么。为躲避这种霜雪风寒，他们也是有办法的。过路人啊，你得叹服他们的奇绝。在你匆匆走过又匆匆回来的时候，空无所有的垃圾堆上会给你一所碎石土块打墙，枯枝麻布袋盖顶的小屋子看呢。即使工程算不得浩大，你却要记住它建造的神速不是。像柳迎春之出入寒窑，低了头钻进门去，蜷伏下，都快乐得像打呼噜念经的狸猫。拥拥挤挤的那一群,欢笑之声可达路侧。

春秋天，不冷不热，上树爬山是他们顶叫好的游戏了。他们上树的本领可真不错，差不多比得了猿猴。高兴起来就坐在树杈椏里打打瞌睡的时候都有。爬山，你也非佩服他们不可：不怕峭壁，不怕巉岩，也不怕羊肠鸟道的石子嶙峋，惯常赤着脚就奔上了山巅哩。竞赛着，呼啸着，山谷都訇伏地起着回响。有时颇陡的下坡，绿草离离的，他们忽儿不高兴跑了，便索性头脚弯作一团，像抛一方土块似的滚将下来，几时到达平地，才立起来，抖抖土，脸上挂一副骄蹇的笑。路旁有人会替他们鼓掌助兴罢，可是也有人禁不住掉下泪来呢，虽然不知那是高兴还是悲哀。

他们能翻跟头，能做各种各样的鬼脸；好事的过路人有时想给他们一个铜板，要他们耍那么一套，他们不，一转脸就拾煤球去了。仿佛他们并不拿玩意来卖钱。他们会排了队演兵操，因为附近就是营盘；也会百码竞赛，或架了竿子跳高，因为离不多远也有一个运动场的缘故。他们学学堂里的男女挎了膊臂走路，也学去公墓送丧的乐队吹大喇叭，会的把戏太多了，看来他们是那样的聪明伶俐。

他们的吃食不从家里带，那是有着另一种来源的。来源就是兵营同学堂的剩汤残饭。那种剩汤残饭，油水是不多的，也不干净，但充饥不是还有余么？荒馑年，再遇着兵匪灾患，草根树皮都拿来填肚皮呢。世界原是如此的世界，人也是如此的人啊。

在这群小鬼头们中间，仿佛奉养着一个老头儿；看年纪，老得那样龙钟，应当是他们的祖父或曾祖父之流吧，不过仔细观察起来，他们又似乎并没多少血统关系。只是大家领有了这方疆域，便大家不分你我地混了下去；尊敬长者的念头，又使他无形中“有酒食先生馔，有事弟子服其劳”。都是天涯沦落人啊！谁反对垃圾堆就是他们的田园，垃圾堆就是他们的家呢？谁怀疑老头儿就是小鬼们的祖若父，小鬼们就是老头儿的子女呢？

除了那位衰残的老人，野孩子队里还养了一条狗。那是怪瘦的一条黑狗。那样黑，卧在垃圾堆上颜色是分辨不出的。那条狗的生活就如同野孩子们的生活，连五十步百步都不差。吃是同样的吃，住是同样的住，玩也是同样的玩。野孩子爬山，它也爬山；野孩子滚坡，它也滚坡；野孩子翻跟头，它也翻跟头；野孩子拣煤球，它也在煤球堆里爪抓鼻嗅。吃时它吃，睡时它睡，那完全是人畜同科的。就一点差劲处：野孩子相将爬树时，它却不能，只好横冲直撞叫嚣狂吠而已。

野孩子们的习气够多；阳光里扪虱，午饭后小睡，破洋铁筒里养迎春花，喂麻雀，拾山柴烤火，秋来山洞里铺枯草落叶，都是随着季节定转移的——可是他们也吸烟呢！就看来还不满六岁的那个也吸。垃圾堆拣得了烟头就吸烟头，连烟头也没有的，就将那些龌龊的碎纸晒干卷起来当烟吸。喂，过路的人啊，你看了心上不发凉么？

“都是谁家的孩子呢？”

有人在流着冷汗。

我愿意有那一天，万年山下再没有了垃圾堆。万年山下再没有了像垃圾似的那些垃圾堆上的野孩子。只市镇里街头巷口站得有像露西亚似的那由小流氓编练而成的认真而有精神的小冲击队。

“口令！”你听，他们在喊。

一九三四年四月，青岛

题　话

《野孩子》是一篇很特别的散文，写的是民国青岛的另类“风景”——“万年山下一带潮湿的地方，有一群野孩子。朝朝暮暮他们都混迹在垃圾堆里。”写这类算不上青岛亮点的“风景”，自然也不是故意抹黑或觉得好奇好玩，那该是要表达的另一种情愫，这里有悲悯，也有提醒甚至是抗议。他要指斥的是：“谁也不管！”他要提醒的是：“过路的人啊，你看了心上不发凉么？”

看到这另一种情愫，才可能理解完整的吴伯箫。

马

马是天池之龙种。那自是一种灵物。

——庚信：《春赋》

也许是缘分，从孩提时候我就喜欢了马。三四岁，话怕才咿呀会说，亦复刚刚记事，朦胧想着，仿佛家门前，老槐树荫下，站满了大圈人，说不定是送四姑走呢。老长工张五，从东院牵出马来，鞍鞯都已齐备，右手是长鞭，先就笑着嚷：跟姑姑去吧？说着一手揽上了鞍去，我就高兴着忸怩学唱：骑白马，吭铃吭铃到娘家……大家都笑了。准是父亲，我是喜欢父亲而却更怕父亲的，说：下来吧！小小的就这样皮。一团高兴全飞了。下不及，躲在了祖母跟前。

人，说着就会慢慢儿大的。坡里移来的小桃树，在菜园里都长满了一握。姐姐出阁了呢。那远远的山庄里，土财主。每次搬回来住娘家，母亲和我们弟弟，总是于夕阳的辉照中，在庄头眺望的。远远听见了銮铃声响，隔着疏疏的杨柳，隐约望见了在马上招手的客人，母亲总禁不住先喜欢得落泪。我们也快活得像几只鸟，叫着跑着迎上去。问着好，从伙计的手中接过马辔来，姐姐总说："又长高了。"车门口，也是彼此问着好；客人尽管是一边笑着，偷回首却是满手帕的泪。

家乡的日子是有趣的。大年初三四，人正闲，衣裳正新，春联的颜色与小孩的兴致正浓。村里有马的人家，都相将牵出了马来。雪掩春田，正好驰骋竞赛呢。总也有三五匹吧，骑师是各自当家的。我们的，便由比我大不了几岁的叔父负责，叔父骑腻了，就是我的事。观众不少啊：阖村的祖伯叔，兄弟行辈，年老的太太，较小的邻舍侄妹，一凑就是近百的数目。崭新的年衣，咳笑的乱语，是同了那头上亮着的一碧晴空比着光彩的。骑马的人自然更是鼓舞有加喽。一鞭扬起，真像霹雳弦惊，飕飕的那耳边风丝，恰应着一个满心的矜持与欢快。驰骋往返，非到了马放大汗不歇。哔剥的鞭炮声中，马打着响鼻，像是凯旋，人散了。那是一幅春郊试马图。

那样直到上元，总是有马骑的。亲戚家人来人往，驴骡而外，代步的就是马。那些日子，家里最热闹，年轻人也正蓬勃有生气。姑表堆里，不是常常少不了戏谑么？春酒筵后，不下象棋的，就出门遛几趟马。

孟春雨霁，滑汰的道上，骑了马看卷去的凉云，麦苗承着残滴，草木吐着新翠，那一脉清鲜的泥土气息，直会沁人心脾。残虹拂马鞍，景致也是宜人的。

端阳，正是初夏，天气多少热了起来。穿了单衣，戴着箬笠，骑马去看戚友，在途中，偶尔河边停步，攀着柳条，乘乘凉，顺便也数数清流的游鱼，听三两渔父，应着哗啦哗啦的水声，哼着小调儿，这境界一品尚书是不换的。不然，远道归来，恰当日衔半山，残照红于榴花，驱马过三家村边，酒旗飘处，斜睨着“闻香下马”那么几个斗方大字，你不馋得口流涎么？才怪！鞭子垂在身边，摇摆着，狗咬也不怕。“小妞！吃饭啦，还不给我回家！”你瞧，已是吃大家饭的黄昏时分了呢。把缰绳一提，我也赶我的路。到家掌灯了，最喜那满天星斗。

真是家乡的日子是有趣的。

当学生了。去家五里遥的城里。七天一回家，每次总要过过马瘾的。东岭、西洼、河埃、丛林，踪迹殆遍殆遍。不是午饭都忘了吃么？直到父亲呵叱了，才想起肚子饿来。反正父亲也是喜欢骑马的，呵叱那只是一种担心。啊，生着气的那慈爱喜悦的心啊！

祖父也爱马，除了像《三国志》那样几部老书。春天是好骑了马到十里外的龙潭看梨花的。秋来也喜去看矿山的枫叶。马夫，别人争也无益，我是抓定了的官差。本来么，祖孙两人，缓辔蹒跚于羊肠小道，或浴着朝暾，或披着晚霞，闲谈着，也同乡里交换问寒问暖的亲热的说话；右边一只鸟飞了，左边一只公鸡喔喔在叫，在纯朴自然的田野中，我们是陶醉着的。Old man is the twice of child（返老还童），我们也志同道合。

最记得一个冬天，满坡白雪，没有风，老人家忽而要骑马出去了，他就穿了一袭皮袍，暖暖的，系一条深紫的腰带，同银白的胡须对比地也戴了一顶绛紫色的风帽，宽大几乎当得斗篷，马是棕色的那一匹吧，跟班仍旧是我。出发了呢？那情景永远忘不了。虽没去做韵事，寻梅花，当我们到岭巅头，系马长松，去俯瞰村舍里的缕缕炊烟，领略那直到天边的皓洁与荒旷的时候，却是一个奇迹。

说呢，孩子时候的梦比就风雨里的花朵，是一招就落的。转眼，没想竟是大人了。家乡既变得那样苍老，人事又总坎坷纷乱，闲暇少，时地复多乖离，跃马长堤的事就稀疏寥落了。可是我还是喜欢马呢：不管它是银鬃，不管它是赤兔，也不管它是泥肥骏瘦，蹄轻鬣长，我都喜欢。我喜欢刘玄德跃马过檀溪的故事，我也喜欢“泥马渡康王”的传说，即使荒诞不经吧，却都是那样神秘超逸，令人深深向往。

徐庶走马荐诸葛，在这句话里，我看见了大野中那位热肠的而又洒脱风雅的名士。骑马倚长桥，满楼红袖招，你看那于绿草垂杨临风伫立的金陵年少，丰采又够多么英俊翩翩呢。固然敝车羸马，颠顿于古道西风中，也会带给人一种寂寞怅惘之感的，但是，这种寂寞怅惘，不是也正可于或种情景下令人留恋的么？——前路茫茫，往哪里去？当你徘徊踟蹰时就姑且信托一匹龙钟的老马，跟了它一东二冬地走吧。听说它是认识路的，譬如那回忆中幸福的路。

你不信么？“非敢后也，马不进也。”那个落落大方说着这样话的家伙，要在跟前的话，我不去给他执鞭坠镫才怪哪。还有那冯异将军的马，看着别人擎擎着一点点劳碌就都去觍颜献功，而自己的主人却踢开了丰功伟烈，兀自巍然堂堂地站在了大树根下，仿佛只是吹吹风的那种神情的时候，不该照准了那群不要脸的东西去乱踢一阵，而也跑到旁边去骄傲地跳跃长啸么？那应当是很痛快的事。

十万火急的羽文，古时候有驿马飞递：探马报道，寥寥四个字里，活活绘出了一片马蹄声中那营帐里的忙乱与紧急，百万军中，出生入死，不也是凭了征马战马才能斩将搴旗的么？飞将在时，阴山以里就没有胡儿了。

落日照大旗，马鸣风萧萧。

唫，怎么这样壮呢！胆小的人不要哆嗦啊，你看，那风驰电掣地闪了过去又风驰电掣地闪了过来的，就是马。那就是我所喜欢的马。——弟弟来信说，“家里才买了一匹年轻的马，挺快的……”真是，说句儿女情长的话，我有点儿想家。

一九三四年三月，青岛

题　话

此文前三分之二完全写记忆中的童年少年生活，所谓“马”不过是将这些生活贯通起来的由头或线索，这其中有不少鲜活的画面，那真是一条又一条“回忆中幸福的路”。而旧时莱芜的地理、风土、乡俗、人物，就经由作者饱蕴着诗意的文字显现在这些画幅之中，浓浓的故乡记忆和情感使读者不能自已。

后三分之一是由“马”引发的牵连着现实局势的历史遐想，因为的确有现实的隐忧，这些遐想绝不能视为“跑野马”，只可意会为作者之别有寄托。好在结句巧妙，以轻轻一句“儿女情长”把自己拉了回来，又回到故土情怀上去了。

灯　笼

虽不像扑灯蛾，爱光明而至焚身，小孩子喜欢火，喜欢亮光，却仿佛是天性。放在暗屋子里就哭的宝儿，点亮了灯哭声就止住了。岁梢寒夜，玩火玩灯，除夕燃滴滴金，放焰火，是孩子群里少有例外的事。尽管大人们怕火火烛烛的危险，要说“玩火黑夜溺炕”那种迹近恐吓的话，但偷偷还要在神龛里点起烛来。

连活活的太阳算着，一切亮光之中，我爱皎洁的月华，如沸的繁星，同一支夜晚来挑着照路的灯笼。提起灯笼，就会想起三家村的犬吠，村中老头呵狗的声音；就会想起庞大的晃荡着的影子，夜行人咕咕噜噜的私语；想起祖父雪白的胡须，同洪亮大方的谈吐；坡野里想起跳跳的磷火，村边社戏台下想起闹嚷嚷的观众、花生篮、冰糖葫芦；台上的小丑、花脸，《司马懿探山》。真的，灯笼的缘结得太多了，记忆的网里挤着的就都是。

记得，做着公正乡绅的祖父，晚年来每每被邀去五里遥的城里说事，一去一整天。回家总是很晚的。凑巧若是没有月亮的夜，长工李五和我便须应差去接。伴着我们的除了李老五的叙家常，便是一把腰刀、一具灯笼。那时自己对人情世故还不懂，好听点说，心还像素丝样纯洁；什么争讼吃官司，是不在自己意识领域的。祖父好，在路上轻易不提斡旋着的情事，倒是一路数着牵牛织女星谈些进京赶考的掌故——雪夜驰马，荒郊店宿，每每令人忘路之远近。村犬遥遥向灯笼吠了，认得了是主人，近前来却又大摇其尾巴。到家常是二更时分。不是夜饭吃完，灯笼还在院子里亮么？那种熙熙然庭院的静穆，是一辈子思慕着的。

“路上黑，打了灯笼去吧。”

自从远离乡井，为了生活在外面孤单地挣扎之后，像这样慈母口中吩咐的话也很久听不到了。每每想起小时候在村里上灯学，要挑了灯笼走去挑了灯笼走回的事，便深深感到怅惘。母亲给留着的宵夜食品便都是在亲手接过了灯笼去后递给自己的。为自己特别预备的那支小的纱灯，样子也还清清楚楚记在心里。虽然人已经是站在青春尾梢上的人，母亲的头发也全白了。

乡俗还愿，唱戏、挂神袍而外，常在村头高挑一挂红灯。仿佛灯柱上还照例有些松柏枝叶做点缀。挂红灯，自然同盛伏舍茶、腊八施粥一样，有着行好的意思；松柏枝叶的点缀，用意却不甚了然。真是，若有孤行客，黑夜摸路，正自四面虚惊的时候，忽然发现星天下红灯高照，总会以去村不远而默默高兴起来的吧。

唐明皇在东宫结绘彩为高五十尺的灯楼，遍悬珠玉金银而风至锵然的那种盛事太古远了，恨无缘观赏。金吾不禁的那元宵节张灯结彩，却曾于太平丰年在几处山城小县里凑过热闹：跟了一条龙灯在人海里跑半夜，不觉疲乏是什么，还要去看庆丰酒店的跑马灯，猜源亨油坊出的灯谜。家来睡，不是还将一挂小灯悬在床头么？梦都随了蜡火开花。

想起来，族姊远嫁，大送大迎，曾听过彻夜的鼓吹，看满街的灯火；轿前轿后虽不像《宋史·仪卫志》载，准有打灯笼子亲事官八十人，但辉煌景象已够华贵了。那时姊家仿佛还是什么京官，于今是破落户了。进士第的官衔灯该还有吧，垂珠联珑的朱门却早已褪色了。

用朱红在纱灯上描宋体字，从前很引起过自己的喜悦；现在想，当时该并不是传统思想，或羡慕什么富贵荣华，而是根本就爱那种玩意，如同黑漆大门上过年贴丹红春联一样。自然，若是纱灯上的字是“尚书府”或“某某县正堂”之类，懂得了意思，也会觉得不凡的；但普普通通一家纯德堂的家用灯笼，可也未始勾不起爱好来。

宫灯，还没见过；总该有翠羽流苏的妆饰吧。假定是暖融融的春宵，西宫南内有人在趁了灯光调绿嘴鹦鹉，也有人在秋千索下缓步寻一脉幽悄，意味应是深长的。虽然，“……好一似扬子江，驾小舟，风狂浪大，浪大风狂”的汉献帝也许有灯笼做伴，但那时人的处境可悯，蜡泪就怕数不着长了。

最壮是塞外点兵，吹角连营，夜深星阑时候，将军在挑灯看剑，那灯笼上你不希望写的几个斗方大字是霍骠姚，是汉将李广，是唐朝裴公么？雪夜入蔡，同胡人不敢南下牧马的故事是同日月一样亮起了人的耳目的。你听，正萧萧班马鸣也，我愿就是那灯笼下的马前卒。

唉，壮，于今灯笼又不够了。应该数火把，数探海灯，数燎原的一把烈火！

题 话

《灯笼》也是一篇有关乡土记忆的美文。写的是作者童年时期在家乡与灯笼有关的不少往事，譬如和长工李五打着灯笼到村外迎接晚归的祖父；又譬如作者自己小时候上“灯学”专用的“小纱灯”以及喜欢“用朱红在纱灯上描宋体字”的记忆。

《灯笼》写于济南北郊的一所乡村师范学校，一九三五年十一月发表于天津《益世报》副刊“益世小品”，后来收入《羽书》集在一九四一年出版了。第二年，山东济南一个姓吴的文人把吴伯箫《羽书》集里的《灯笼》改题为《灯笼篇》，署上他自己的名字，寄给北京《吾友》杂志又“发表”了一次！没想到这篇属于剽窃的《灯笼篇》却被当时年仅十余岁、后来成为著名诗人的邵燕祥读到，文中“那浓郁的乡风诗情”深深吸引了他。没过多久，少年邵燕祥看到《吾友》杂志上有读者来信，揭发《灯笼篇》是从吴伯箫《羽书》里剽窃的，随后杂志社也发表启事，公开了这个文章剽窃案。

如今《灯笼》又被选入部编本八年级下册《语文》课本了，可见好散文是不会过时的。

夜　谈

说不定性格是属忧郁一派的，要不怎么会喜欢了夜呢?

喜欢夜街头憧憧的人影。喜欢空寂的屋里荧然的孤灯。喜欢凉凉秋夜唳空的过雁。喜欢江船上眠愁的旅客谛听夜半钟声。喜欢惊涛拍岸的海啸未央夜还訇磕地回应着远山近山。喜欢使祖逖拔剑起舞的阵阵鸡鸣。喜欢僻街穷巷黑阴里接二连三的汪汪犬吠。喜欢午夜的一声枪。喜欢小胡同里蹒跚着的吊儿郎当的流氓。喜欢直响到天亮的舞场里的爵士乐。喜欢洞房里亮堂堂的花烛，花烛下看娇羞的新嫁娘。喜欢旅馆里夜深还有人喊茶房，要开壶。喜欢长长地舒一舒懒腰，睡眼惺忪地大张了口打个喷嚏；因为喜欢了夜，这些夜里的玩意便都喜欢了呢。

是的，我喜欢夜。因此，也喜欢了夜谈。

火辣辣的白天，那是人们忙手忙脚在吩咐人或听人吩咐的时候。庄稼老头正犁耙，锄头，汗一把泥一把地在田间苦辛劳碌；买卖家正拨动着算盘珠响，口角飞沫，毫厘丝忽地计较着，在彼此勾心斗角地要着聪明；工人们心手都变了机器；学堂里，先生们在拿了不是当理说，学生在闹着鬼，偷先生睡晌觉的那点闲暇。这些，想谈话，谈何容易？要谈且等到夜吧。要谈也最好是夜吧。

夏天夜里，在乡间，刚刚放下晚饭的筷子，星星就已撒满天了。庭院里蚊子多，也多少有点见闷热，替祖父拿着狗皮垫褥，提了水烟袋，走到村边绕了杨柳树的场园时，咯咯啰啰说着话的地上已坐满了人了。披着蓑衣的，坐着小板凳的，脱了鞋就拿鞋当了坐垫的，铺了苇席叠了腿躺着的，都乘凉来了。老年的爷爷，中年的伯叔，年轻的兄弟，都亲热地招呼着：

“吃过了么？”

“这边坐坐啊。”

有说着欠欠身的，也有说着就站了起来的。心上真是平安而熨帖啊。先是会吸烟的吸一阵子烟，不会吸烟的去数数星捉捉萤火，慢慢地就谈起闲天来了，慢慢地就说起故事来了。有长毛造反，有梁山伯祝英台，有“那年大旱一连七七四十九天，田中颗粒无收”。说鬼，说狐仙，说家长里短，真有味哪。害怕了时往人缝里挤挤，听得高兴了，随了大家一块儿笑笑。望着一直黑到天边的茫茫大野，看着星，看着萤火，看着烟斗一亮一亮的微光，心是冲淡宁静的。人是与夜合融了的。一个流星扫过了，大家嚷：“你瞧那颗贼星！”路边走过一支灯笼，狗咬起来了。

“狗！”有人在呵叱着。

问：“上哪儿去的？”

“赶店的呢”或“到城里去的”，那提灯笼的回话。

心上一惊往往接着就平安了的。眼看着灯笼远，远。跟前故事又开头了。偶然也来两口二簧，梆子腔。你听，“金牌召来银牌选……”还是小嗓。

这是夜谈。这是乡间的夜谈。这样夜谈是常常到丙夜才散的，是常常到露重了才散的。是常常谈着谈着有人睡着了，打起呼噜来；有人瞌睡了，打起呵欠来。有谁家孩子的妈唤她的孩子：“还不给我回来睡觉！”孩子揉着困眼，不愿走，可是走了。又有谁家丈夫的老婆喊她的丈夫：“我说，还不回家么？”听话的老实的丈夫，也是不愿走，可是也站起来走了。这样你走，我也走，人就渐渐地稀，话就渐渐地少了。到人散净了，狗也“啊哼”一声舒起懒腰来，留下的就只有吱吱的蝙蝠飞，嗡嗡的蚊虫叫，仿佛还在谈得热闹。

有远离乡井的人，栉风沐雨地漂泊，山啊河地跋涉，想着家，迈着疲惫的脚步，好歹在太阳快落的时候赶到了一家野店。进门，跺跺脚上的尘土，擦一把脸，擤擤鼻子。到屋里，喝茶呢，怪渴，喝了几杯；不想吃东西，也胡乱地应酬了点儿，不过应当收拾睡的时候，却偏偏睡不着了。对了一盏灯，孤零零的，又乏，又闷，又愁，简直想落泪，想哭。忽然，这时候车门开处，又进来了一位客人，挑担子的吧，推小车的吧，赶了毛驴卖酒的吧，不管，也是投宿的就好。你看他，进得店来，也是跺跺脚上的尘土，擦一把脸，擤擤鼻子，屋里来喝茶吃饭。起初你本来毫无心绪去招呼他的，只是愁得想落泪，想哭。可是后来你招呼他了：

“从哪儿来呀？”

“往哪儿去啊？”

你问他贵姓，他也问您贵姓，不是慢慢地就熟了么？慢慢地就谈起话来了。同是旅途的客人啊！同病是会相怜的呢。说着话，彼此都感到了几分亲挚，几分慰藉。就这样，你忘掉了你的孤单，也不很愁苦了，悄悄地你就踱到了梦中。哪怕醒来枕上仍复有着泪痕，总比你听一夜更夫的柝声，在床上泥鳅似的辗转不寐好喽。

若然是他乡遇故知呢？那就更该喝杯酒贺贺了。你们不会坐以待旦么？话一夜是说不完的。高兴了紧紧握住了手，难过了涕泪阑干，或拍着肩膀彼此会心地笑笑，谁知道都说些什么话呢？夜是寂寥的，你忘了；夜是漫漫儿长的，你也忘了。你只感到兴奋，只感到袭上心来的莫名的脉脉欢喜，莫名的阵阵酸辛。

这又是一种夜谈。

要是，外面风声一刻紧一刻，处处暗探包围得水泄不通，一帮革命党人，却还兀自在一间小小的顶楼上，或一所闷气的地下室里，燃一支细烛，光微弱得呼吸都嘘得它灭，在会谈些什么，理论些什么呢。切切喳喳的说话声，怕全凭了眼睛去听才懂。可是人并不慌张，倒是镇定锁住了每颗热烈的心的。用眼里灼灼的光芒互相喜悦地对看着，仿佛在期待着一个人，在等着一道极严重的命令似的。好久好久，正疑惑着：

“怎么还不来？”

“该不会有差错吧？”

忽然，不敢相信地听着轻轻敲了三下门，望过去，从门缝里挤进来的是一个破布蓝衫的青年。正是他，清瘦的身躯，犀利的眼光，紧闭的嘴唇，像钳着铁一般的意志似的。大家下意识地肃穆地立了起来，欢迎他；又下意识地肃穆地坐了下去，听他说话。

先是女孩子样的，大方而漫烂的笑，给每个矜持的灵魂投下一副定惊的药剂，接着那低微而清晰流畅的声调响起来，就像新出山的泉水那样叮咚有致。说陷阱就像说一个女人的爱；说牢狱就像讲一部古书；说到生活，说它应当像雨天的雷电，有点响声，也有点光亮，哪怕就算一闪即过的短促呢，也好。说死是另一种梦的开头，不必希冀也不必怕，那是与生活无关的。说奸细的愚蠢，说暴动的盛事，也说那将来的万众腾欢的日子。一没留神，你看，各个人都从内心里透出一种没遮拦的欢笑了，满脸上都罩上那含羞似的红光了。振奋了，激励着，人人都像一粒炸弹似的，饱藏着了一种不可遏抑的力。

这也是一种夜谈，听这种夜谈是不会打盹的。

夜谈是有味的。除夕大年夜，一家老小，守岁喝黄米酒，烧大盆火，同话祖宗遗事；零乱的爆竹声中，那夜谈是弥漫着天伦之乐的。两个看坡的老人，地头上禾稼丛里，领一条狗，曳一杆猎枪，在夜色凄其的时候，吸烟说杂话，听禾苗刷刷地长，那夜谈是有田野风的。几个青年人捧了一位蔼然可亲的老先生，向他质疑问难，说诗经里的郑风，讲希腊神话，娓娓动听的那博雅谈吐，是充满着书香的。偶语弃市，眉眼便代替了唇舌；楚囚对泣，眼泪说一腔抑郁。“开琼宴以坐花，飞羽觞而醉月”，管它闲情还是逸趣呢，夜谈总是可爱的。

不信，你来，大大的一壶白开，小小的一坛醇酒，一听香烟，若干份上海小报，烤白薯，赛梨萝卜，几卷禁书；替你约两三个知心朋友，在花香的春夜也好，雷电风雨的夏夜也好，萧萧风唧唧虫鸣的秋夜也好，深冬大雪夜也好；月白如水的时候，一夕数惊的时候，别后重逢，都随你；请你谈，作彻夜的谈。那么，联床西窗烛下，该是你睡不着觉的时候了吧？

喂，伙家，就请移驾夜谈如何？

题　话

夜谈，对不同的人或许有不同的触动与回忆，在吴伯箫这篇关于夜谈的散文里，你也许感觉到的是温馨，是慰藉，是热情。

开头一段，作者连续用了十余个“喜欢”，把他对夜谈的好感推到了几乎无以复加的高度。接着就回忆了他个人经历的乡村场园夏夜的聚会，想象了投宿的旅人与邂逅相遇的新朋故知促膝夜话的场景，也描绘了富有时代性的“革命党人”怀抱理想、神情庄重的夜会……以及有味的除夕守岁、地头夜话、书香雅聚种种情形。在现代城市生活越来越趋于快节奏和网络化的今日,这种种氤氲着温馨、慰藉、热情的人间夜谈，几乎已是相当奢侈的幻想了。

因为稀缺，所以向往。

《夜谈》也是一篇现代辞赋体的散文，或者也可以说是散文诗。

天冬草

仿佛是从儿时就养成了的嗜好：喜欢花，喜欢草。喜欢花是喜欢它含葩时的娇嫩，同初放时的艳丽芬芳。喜欢草则是喜欢那一脉新鲜爽翠的绿同一股野生生蓬勃的氤氲。我还没见过灵芝，也伺候不了兰茝之类，坡野里丛生蔓延的野草而外，以冬夏长青为记，我喜欢天冬。

喜欢天冬，要以初次见了天冬的那次始。说来就须回瞩远远的过去了。那还是冬天，在一座花园的客厅里，围炉闲话的若干人中有着园主的姑娘在。她是光艳照人的，印象像一朵春花，像夏夜的一颗星，所以还记得清楚。记得清座边是茶几，隔了茶几摆得琳琅满目的是翡翠屏，是透剔精工的楷木如意，是漆得亮可鉴人的七弦琴。而外，再就是那么几架盆栽了。记得先是细叶分披的长长垂条惹了我的注意，又看见垂条间点缀了粒粒滚圆的红豆，好奇，因而就问起座侧光艳的人来：

“是什么草？”

“这文竹么？——噢，叫天冬草呢。”

“可是冬夏长青的？”

“嗯，正是，冬夏长青的。”

“结种子的吧？”

“啊，结种子。这红豆就是。”

“红豆？‘红豆生南国，春来发几枝’可就是这——”那边略一迟疑，微微红了脸，像笑出来了几个字似的说：“大概不是。”

“总会种了就出吧？请摘我几颗。”

就那样从水葱般的指端接过来，握了一把珊瑚色珠圆的种子，天冬与我结了缘。于今，转眼已是十年了。望回去多么渺茫想来又多么迅速的岁月啊！听说那花园的姑娘早已出了阁，并已是两个宝宝的母亲了呢。

在故都，厂甸，毗连的书肆堆里，我曾有过一爿很像样的书斋来着。屋一门两窗，同别人分担也有个恰恰长得开一株老槐树的小小庭院。屋里两三架书，桌一几一，数把杂色坐椅。为粉饰趣味，墙上挂了几幅图画；应景儿跟了季节变化也在花瓶水盂里插几枝桃杏花，散乱地摆几盆担子上买的秋菊之类。虽说如此那自春及冬称得起长期伴侣的却是一盆天冬草哩。

提起那盆天冬，也是有来历的。原初一个柔性朋友，脂粉书报之暇，很喜好玩那么几样小摆设，窗头床头放几棵青草红花。人既细心，又漂亮，花草都仿佛替她争光，赚面子；凡经她亲手调理出来的，无不喜笑颜开带一副欣欣向荣生气。她有的一棵天冬，就是早早替她结了累累红豆抽了长长枝条的。可是，也许花草无缘吧，有那么一个时期，忽然那漂亮人像喜欢了一株大树似的喜欢了一个男子起来，并且慢慢地弄得废寝忘食，这是很神秘的：男，女，尽管相隔了千里远，或竟智愚别于天渊，就是一个美得像带翅膀的天使，一个丑得像地狱里的鬼，可是不知怎么有那么一朝一日，悄悄地他们就会靠拢了来哩。甚而好得像迅雷紧跟了电光的一般。巧妇笨男，俊男丑妇，是如此撮合的吧。这也是妒嫉的根源。一边亲近，另一边就疏远，直到漂亮人去同那“大树”度蜜月的时候，屋里花草就成了九霄云外的玩意了。未能忘情，她才一一替它另找了主，分送了朋友。结果我有的就是那盆天冬。

一则自己爱好，再则也算美人之遗，那盆天冬，就在那一个冬天得了我特别的宠幸。施肥哩依时施肥，灌溉哩勤谨灌溉。梳理垂条，剪摘黄叶，那爱护胜过了自己珍藏的一枝羽箭，同座右那张皱眉苦思的贝多芬像哩。朋友来，总喜欢投主人所好，要竭力称赞那天冬，并将话远远牵到那前任的园丁身上，扯多少酸甜故事。因此，天冬在朋友当中便有了另一番情趣。那绿条红豆间也就常常晃着一个渺不可企的美的影子了。

今天卖花担上新买了一盆天冬，又将旧衣服——许多往事——给倒了一回箱。实在说，这是多事的。你看，那伊人的馈赠呢？那好人儿呢？那一帮热得分不开的伙计呢？唉！最怕吹旧日的好风啊！

现在，且将一盆天冬摆下，书室里也安排个往日的样子吧。管它外面偷偷挤来又偷挤去的是魑魅还是魍魉哩，进屋来好好收拾一下残梦要紧。敝帚千金，自己喜欢的就是异珍。出了门，尽管是千万个人的奴隶，关起门来，却是无冕的皇帝哩。怎么，有天冬草在，我便有壮志，便有美梦，便有作伴丽人；书，文章，爱情友谊也有吧，自己就是宇宙了呢。怎么样，小气的人啊，你瞧这天冬草！

人，往往为了小人伎俩而愤慨，碰了壁便丧气灰心，其实干么呢？木石无知，小人非人，为什么要希冀粪土里会掏得出金呢？与其有闲去盼黄河水清，乌鸦变白，还是凭了自己的力去凿一注清流养一群白鸽的好。烦人的事先踢开，且祷祝着心长青，有如座侧天冬草；并以天冬草红豆作证，给一切抑郁人铺衬一条坦荡的路吧。

一九三四年八月廿八日，万年兵营雨夜

题　话

《天冬草》写于青岛山屋时期，发表在当年北京的《水星》杂志上，却没有收入《羽书》，直到吴伯箫最后一本散文集《忘年》出版，才把它收进去。

此篇托物言志。物，就是天冬草。天冬亦称天门冬，是多年生常绿草木，丛生多蔓，花色白，浆果成熟后为红色。作者回忆了在曲阜孔家和北京厂甸与天冬草结缘的故事，又从眼下新买的一盆天冬转向“言志”。所言之志集中于篇末两段，表达的是一种达观的人生态度，简而言之就是：“烦人的事先踢开，且祷祝着心长青，有如座侧天冬草；并以天冬草红豆作证，给一切抑郁人铺衬一条坦荡的路吧。”

荠菜花

春在溪头荠菜花。

荠，是一种极不稀罕的野菜。到处生长几乎像烧不尽的野草一样。属蔬类植物，羽状有缺刻的叶子常瘦削而欠肥润。四瓣白色的小花，也是细碎而不美无香的。可是不知怎么，在初春食品中，它却算山野美味呢。青菜摊上与嫩瓜鲜韭有同样高的价格，厨师傅的菜筐里经常亦是同水鸭、山鸡、蘑菇、木耳并驾齐驱的。“谁谓荼苦,其甘如荠。”诗经里不也有这样很高抬的话么？不错，看来三月阳春是会沾恋在溪头荠菜花的。

午饭桌上，简单的蔬菜中今天忽然添了一碟苦菜蘸甜酱，到口颇有异致，问问来历，说是几个女孩子送的，咀嚼品味之余，不禁由苦菜想起荠菜，由荠菜想起很多很多春天的事来。

是啊，一个人是会凭借了点点滴滴的物什，憧憬到一大堆悠远陈旧的事上去的；您，不晓得怎样，于我，这却成了牢不可破的习惯了。丙夜时分一声“硬面饽饽”,带来的是全套北京的怀念，苍然的城阙，壮丽的宫殿，走不完挤不开的街巷胡同，同各种人的忙碌与闲暇，都随了那声音像海市蜃楼般的在脑海里浮荡起来。一挂红纸封的万头火鞭，着眼就是曩昔的升平年景及祖父在时家庭的一团和乐。西红柿给我一个女人的影子；天冬草使我记起那帮永远谈不倦的血性伴儿。鸣蝉声里要燥热打瞌睡，蟋蟀唧唧令人感到凄凄别离。啊，就这样，荠菜花孕蕴了百千种景色，拨弄着够多的惆怅与欢乐呢。

譬如放风筝罢，就是同荠菜花分拆不开的童年盛事。

自然，提起风筝的原始，那是与荠菜花丝毫无关的，《询刍录》载："五代李邺，于宫中作纸鸢，引线乘风为戏，后于鸢首，以竹为笛，使风入竹，声如筝鸣，故曰风筝。"《独异志》："侯景围台城，简文作纸鸢，飞空告急于外。"但那些又与我何干？要说的还是自己的事啊。

放风筝，你得先记牢那时在吹着徐徐的东风。天气正有点料峭，又有点煦暖。"麦才青而覆雉"，望去垄垄绿浪起浮，粼粼波动，像一抹碧海。芊绵的堰山春草，踏上去绵软软的，缀以不知名的杂色野花，也直如幅幅锦绣。细细谛听，草溪水在活活流了，有黄鹂鸣，有布谷鸟这里咕咕，那里咕咕，一颗烂漫的童心就忽而上天忽而下地地随了处处啼鸟跳动起来。

说着，已经被风筝线牵到坡里去了。同伴有十四岁的叔，有十二岁的小姑，自己该是八九岁光景吧，赤子之心，还真够热。

小姑说："剜荠菜去！晚上好包饺子。"

叔说："也带便剜'琉璃嘴'。"一壁哼出那首唱过千千万万遍的山歌："琉璃嘴，跑煞腿，剜不了来，噘着嘴。"风筝上的弓子嗡嗡响了。那边长工五爷爷耕着地，正刮喇打一声响鞭，喝着两头黄牛一东二冬地走。"哈噫！"牛走快了点；"喔噢！"拔回头了。

就这样，吃了早饭出去，在坡里，岭头，山腰，平衍的田畴，乱跑乱笑，风筝线上不觉就打发去半天工夫。晌午了，玩也是会饿的，正巧小二却给五爷爷送了饭来。"老掌柜的教您家去吃饭啦！"小二看见我们远远就嚷，老掌柜是说的祖父，老人家那时六十多岁了。我们笑笑，不说话，却牵着风筝挨近了饭担子去。家里对耕地的掌作伙计，饭食照例是优待的：面食，起码还得来个香椿炒鸡子。不用让，五爷爷的一份几乎是大家抢着吃了。没有筷子，手抓就怪现成。先生，您会笑话罢？俺原是野生生的。

猫猫虎虎填满肚皮，就在犁耕跟前睡一小觉的事常有。偶尔得那么一个半大小梦，往往都是飞。飞，从风筝你会知道它的来历的。醒来，牛还在反刍"嚼沫"，五爷爷几袋旱烟却吸完了。嚎的一声，黄牛又得拖了犁耙三江四支地走起来。就这样扯着风筝弦上悠扬的单音歌，直等看过照眼的夕阳，才收拾家去。祖父往往捋着胡须笑着说："喂，少爷小姐们，太辛苦啦！接着放一宿不完啦，还家来干什么？"听着虽怪不好意思，回头却还是高兴着去找浆糊补缀被柳枝挂坏了的蝴蝶风筝的翅子。

再说打秋千罢。

三月三日架秋千的时候，荠菜也正当行时。看见荠菜，不由得也教人记起打秋千来。秋千听说本是山戎之戏，齐桓北伐，才传入中国。不知确否？起初仿佛只许在皇家宫院中玩。顶会享乐的唐明皇曾呼之为半仙之戏。开天遗事里就有“天宝宫中，至寒食节，竞竖秋千……”那样的话。看来黔首细民原是无缘蹴足的。后来慢慢大众化了，莫非是“君子之德风”的缘故？总之向来就是草木之人的在下，儿时是曾做过半啦仙人的。

乡下打秋千，好处不完全在立在踏板上荡几个来回会有飘飘然羽化登仙之感，妙的还在玩秋千的时候，架秋千的地方，同打秋千的人。“寒食东风御柳斜”时候正值绿柳才黄，远山横翠；从小寒到谷雨八个节气，适当全盛，二十四番花信风，恰踵至沓来。棉衣甫卸，单袷上身，人人都有着大病初愈般轻松。严冬畏缩的肢体才算舒展开来。农事还不很忙，你说干么呢？春耕之暇最好玩玩秋千了。

“绿杨树外出秋千”，地方正好。一边树树桃花，一边株株杨柳，最富莫如帝王家，他有这样恰当的院落么？人是无猜的乡下人，朴实，纯真；连男的都会红了脸害羞。行不独自去，三三两两俱；彼此招呼着叔叔大爷，姑姑姐姐，那亲切是没有虚饰折扣的。秋千虽不必彩绳画板，但这一个送送，那一个蹴蹴，使得满脸汗，还嚷着不累不累。凑巧，有新嫁娘，坐在秋千板上被丈夫送一回，两个脸都会从脖根红到耳梢，笑是止不住的。扭扭捏捏的小家气，就全做燕子飞了。燕子飞，秋千索上正有点仿佛呢。

乡间说的“六月六爬城墙，一百天不害脚冷”，那自是胡说八道骗着小孩玩玩的老实话；三月三打秋千却应当会消病祛灾的。早头里欧美的新潮还未泛滥到中国，人们不知道啥叫户外运动，但三月曲水会，九九登高节，五月龙船，清明踏青，不必乱嚷嚷却都得了户外的实惠了。说句矫情话，不怕您说落伍，我倒愿意把篮球放起，去树丛里打打秋千呢。

啊，荠菜花，唤起的往事不少啊。整个春的意念仿佛就包含在这寥寥三个字里。因为它，我想起菜园左近捕鸟的故事来了。想起麦未黄时蚕桑的忙碌来了。想起了桃杏花，想起了紫陌红尘，同红尘中熙来攘往的看花人。也想起柳絮、榆钱、蒲公英、漫天飞的麻雀。儿时再能玩玩那些儿时喜欢的玩意呢？于今恶梦的魔障将美梦的虹光遮了，默默中只听见炮声，只嗅到血腥；人世间再不会有姹红嫣紫的春天，人也再不会有第二度童年啊！

头上的飞机正轧轧怪响，偏偏东邻农家传来一脉荠菜的饭香，这种苦趣，要说如何可说呢？还是沉默的好罢！时乃颠狂东风舞，白日当头，一九三六年四月二十日也。

题　话

从荠菜说起，为何题作《荠菜花》？因为开头引了“春在溪头荠菜花”那句名诗。

荠菜、荠菜花，又均不是本篇真正要写的，只不过由荠菜、荠菜花起头，“想起很多很多春天的事来”罢了。

从写作的角度，应该算是“兴”的笔法。

想起哪些春天的事呢？

先引经据典说了放风筝，再由放风筝回忆儿时与略长几岁的叔叔、小姑到“坡里”玩耍的事，又想到不少打秋千的风俗和经历。这期间，引经据典之外，另一个显著特点是用了不少山东莱芜方言词汇和民谚。方言词汇如“坡里”“怪现成”“猫猫虎虎”“嚎的一声”，民谣民谚如“琉璃嘴，跑煞腿，剜不了来，噘着嘴”“六月六爬城墙，一百天不害脚冷”。中间还有长工五爷爷“哈噫”“喔噢”使唤耕牛的吆喝声……这些，仿佛都是跟《灯笼》《马》《夜谈》相呼应的乡俗文化内容，也是吴伯箫与周作人、朱自清、李广田作品的共性所在。这样的现代散文，某种意义上是可以作民间文化读本的。

可吴伯箫也总有自己的个性，《灯笼》也罢，《马》也罢，《荠菜花》也罢，又不完全是单纯的田园牧歌笔录，他的怀旧，仍然另有所“兴”，你看：“几时再能玩玩那些儿时喜欢的玩意呢？于今恶梦的魔障将美梦的虹光遮了，默默中只听见炮声，只嗅到血腥；人世间再不会有姹红嫣紫的春天，人也再不会有第二度童年啊！”

何以言及炮声、血腥乃至文末的“颠狂东风舞，白日当头”呢？莫非是写着写着跑了题？非也！看看文末“一九三六年四月”的时间，稍有点历史常识者当不会猜不透“白日当头”的含义吧？

至于这样一“兴”再“兴”的写法究竟好不好，那是仁者见仁智者见智的事，只好听凭个人的修辞喜好了。

啼晓鸡

犬守夜，鸡司晨，殆与人之食色相似，那是天性。

从很早就向往于“鸡犬之声相闻，人至老死不相往来”那种古朴的乡村生活。狗吠深巷中，鸡鸣桑树颠，渊明翁归田园居里的名句，也是从心底里爱好着，玩味不置的。这还不是什么遁世思想，有以寄迹山林；实是田野风物，那竹篱茅舍，豆棚瓜架之类，所给与的熏染过深的缘故所致。

在都市里，烟囱，楼厦挤得满满的；处处都是摩托车霓虹灯，金与肉的辉映。人们黄昏起床，黎明就寝，昼夜生活压根给它翻了个儿，对守夜司晨的鸡犬之声他们怕很生疏吧。那同古昔战场上长矛盔甲一样，在氯气炮坦克车的队里，怪嫌寒乞的。于今，报晓么，有自鸣钟，有早号，汽笛；防护么，有警察，红头阿三。鸡狗禽兽之裔，还不滚一边去！你看，一更二更敲着梆子过夜的更夫，都躲到僻静的城角落去了呢。

可是，虽说如此，对喔喔的鸡啼，汪汪的犬吠，还是觉得有些亲近。无论在哪里听到，总仿佛遇故知还乡里般情味，这也许是没落的表征吧，对这点没落却是固执着的。你且想想看：秋天，晌午时分，老大的太阳，正煦暖地晒着，温都都的；在乡间，一个小村落里，谁家禾场上秋收后一大堆草垛的顶上，高高站了一只丽花大公鸡，骄傲地昂着头，尾上长长的飘翎招展着，那样洒脱，那样美，映了日光在熠熠闪耀。它遥遥地先兀自向四方眺望一会儿，忽然伸长了脖颈，“哥嘟嘟。”响亮地叫起来了。停一息，听了听什么，“哥嘟嘟，喔……”又叫了一声。紧跟着，村南村北，村东村西，不知有多少雄鸡，百数十个吧，也一齐答了应声；这里喔喔，那里喔喔，远远近近，嚷成一片地闹着。你不神往么？草垛跟前，谁家烂漫天真的孩子，手指点在腮边，红红的脸，都看呆了呢。“咯咯哒，咯咯哒。”你瞧，偏偏那边又来了母鸡生了蛋的呼唤，真教人高兴！要是太平丰年，家给人足的时候，在这一阵正午的鸡啼声里，你想象不到家家的饭菜香，及那食桌边熙熙和乐的情趣么？

犬吠呢？你且别怕。虽则踏入一座山庄或走近一家宅院的时候，总会有瘦的，肥的，波波嗡嗡的大小狗，以凶凶嘴脸向你袭来示威；然而它不至就伤害你的，不过虚张声势，迎你过来送你过去而已。若真的在一家门口伫立稍久的话，那吠声便会给你唤出一个人来。“狗！谁呀？”清脆娇婉的声音，说不定还是一位桃花面素朴的姑娘哩。要是熟，就请进做个客人；不熟，“这家杏花开得真好！”或“枣都红满树了？”说了一句话就走也行。

那条狗，一壁厢，却已用亲熟的目光注视着你，摇了尾巴了。

怎么样，可过瘾？

若然有工夫，以袖手旁观态度，看看鸡斗，瞧瞧狗打架，不也有趣么？你看那胜者的趾高气扬，败者的垂头曳尾，就很令人兴感。甚而爱管闲事，以同情心驱策，都想打抱不平。可是我不劝你去学唐明皇：因了喜欢民间清明节的斗鸡戏，便在宫中修了鸡坊，选六军五百小儿，养千数长安雄鸡，来驯扰教饲。那是满可不必的。“软温新剥鸡头肉。”不客气，咱们万岁爷晚年原有点儿荒唐。养狗，而至喂肥了无所事事，去看它赛跑，逗裙边旋风呢，也无聊：酒色财气，鱼鸟狗马之什，成了癖，是都足以使人不争气，堕往泥潭里去的。

要真的像孟尝君的食客，鸡鸣狗盗，也罢了。本来么，鸡叫开关，偏偏夜才三更，不到鸡叫时候，你就学那一声，骗一回塞边鸡，骗一回守关人，有啥关系？总比愁白了头发还过不去关好得多不是。看来伍员是比较笨的。“绛帻鸡人报晓筹。”《周礼·春官》中就有所谓祭祀夜呼以警百官早起的“鸡人”在。

说回来，犬以守夜吧，夜里犬吠却有点怕人。特别那一阵紧一阵慢，村犬狺狺然地齐声乱吠，就往往把孩子们关在了被里。以为哪里又遭了毛贼了。大人们也不敢睡熟，惯常坐起来，放土枪，警备万一的不测。鸡啼呢，就好：长夜漫漫何时旦？当你在旅床上辗转不寐，风雨夜雷电交迫的时候，鸡啼一声，就有了盼头了。尽管是漆黑漆黑的夜，总敌不住一遍遍的鸡声相催，慢慢地东方欲白，月没星稀，就黎明了，就大亮了。

农家春耕季节，鸡叫头遍长工就起来喂牛，鸡叫三遍就带了犁耙绳索上坡。最怀念：闪灼的星天下，料峭的春风中，鸡啼声里，犬吠声里，那伴了三头耕牛，两只猎狗，一车农具的上坡人啊。咯啰啰地说话，隐约约的人影，犹如梦中。在跟前你不愿同他们一块儿走走么？于我是迷恋着的。还有，除夕夜阑，祠堂前，家人正围绕着发纸马、烧金银锞、放鞭炮的时候，五更鸡啼也一声声繁了起来，那情景又是怎样地静穆、深远呢。很多人童年记忆的网里，对此怕就打着很密的结吧。

鸡鸣的时辰真怪：在夜要欲曙天，在昼要日当午；阴雨也罢，冷暖也罢，到时辰就喔喔地啼了起来。且是那样有尺寸斟酌的。你万物的灵长啊，康德老先生那有名的哲学散步，虽以时间的准确，惹了人的异常叹服，但比之唱晓雄鸡，不是还有点距离么？是不想，想来确够神秘。

有闻鸡起舞的故事，有长鸣鸡的传说，有野鸡群鸣的古磨笄山。朝有“束带待鸡鸣”，夜有“鸡声茅店月，人迹板桥霜”。——喂，你锁在都城的朋友，笼里金丝雀与夫架上鹦鹉听够了，何妨于星月夜，驿桥边，胸怀郁悒时候，去听一听那千户万户的鸡鸣犬吠声呢。它是可以给你很多慰安很多鼓舞的。不信，前路茫茫正自踌躇当儿，隐隐的雄鸡啼处，山那畔村舍就不远了。

一九三四年十月，于“山屋”

题　话

人是自然的产物，在自然环境里生活，人就心安；现代城市给人带来空前的方便，但并不能替代乡村给予人的那种安心，故而飞机、高铁坐久了，反而还是会怀念“从前慢”的日子。

吴伯箫从乡村进入北京、青岛、济南这样的城市，但他也始终保持着对童年乡村生活的眷恋，他的不少乡土风物题材的散文都写在城市生活中。譬如《啼晓鸡》就是从北京到青岛后写的。

开头三段写的就是这种心情。从第四段开始，具体写“对喔喔的鸡啼，汪汪的犬吠，还是觉得有些亲近”，自然又不局限于鸡鸣犬吠，乃是如一篇白话文的“赋”一样由鸡鸣犬吠生发开去，有关于幼时乡村风物的记忆，也有关于相关历史人物的畅想，文字是灵动的，心意是拳拳的，读完了，不免也就开始怀想从前更近自然的生活。

雨

雨，有廉纤的春雨，有滂沱的夏雨，也有沥沥淅淅愁煞人的秋雨。追了狂风来的暴雨急骤，雾蒙蒙的牛毛细雨多愁；黄梅雨，阴气蔽远迩，连绵烦腻，也有润如酥的天街小雨。春雷一动，多雨季节雨就多起来了，一路屈指数去，是不胜其啰嗦的。

说起雨，要说那是孙悟空在翻着跟头撒尿捣鬼儿，或如《周礼注》《山海经》指为毕宿屏翳所司，都未免荒诞不经。但科学就直认地上水蒸为汽，汽升变云，云遇冷成雨呢，又微微少那么一点神秘。原来雨的来踪去迹是宇宙间很像煞有介事的一件奥妙哩。领路的风啊云啊，陪驾的雷啊电啊，尾从的霞彩啊虹光啊，就都是诡奇变幻，莫可蠡测的。无从说，也就不说了吧，另起头，且说一点跟了雨走的小事。

譬如，有缘去做牧童，荒郊雨牧那种事该是有意思的吧？你想：阴霾霾的天，你出门了；约三五伙伴，牵一人一匹的耕牛，在村头蹒跚的时候，牛蹄声中你们打量着欲雨的苍穹，说：“喂，伙计，阴天罢哩，可别掉点儿啊！”也互相打量着傺侲阿拉的衣饰。不知怎的那么巧，都是戴一顶箬笠，披一袭蓑衣，脚上加了绊的草鞋，裤腿直挽到齐膝，真够神气呢。你们一壁哼着短歌，一壁打着花皮哨，一壁几头耕牛，也哞哞地叫着；踢橐在稼禾夹持的路上，到东岭或南洼去哩，可是爬了几个斜坡，穿过几条曲径，不觉竟然到了。一望绿油油的芳草芊绵，紧接了那连阡累陌一直铺到天边的丛茂的谷子高粱，不是说：“就在这儿放吧。”一低头手里绳子那端拴了角束了耳朵的黄牛却已“牧刷牧刷”啃起草来了。

替牛轰着牛虻，打着吸饱了血的滚圆肚子的苍蝇，将谁家媳妇的好故事讲完了，口里咀嚼着余味，耳边听活活流的溪水，没事儿，便仰头看云彩。嘿！怎么一会儿就阴得这么厚？原来天已阴厚了，暗暗得像黄昏。可是因为那几天连阴惯了，你并没慌，经验告诉你那是不会就有急雨的。你只嘟囔着“先下小雨没有雨，后下小雨不晴天”的话。就在你嘟囔的当儿，像着了一个咒诀的迷似的，那白茫茫的细雨就纷纷落了下来。不一会儿，眼底的村舍人家也就都笼罩在烟雨中了。

不是贪光看雨么？没留心，牛吃了人家田里的豆子了；没留心，谁偷拔了人家的落花生了；没留心，那边另一伙“放牛小子”吆喊起来了；那情景，白天也会使你做梦的。

待到村子里家家户户都从屋顶上冒炊烟的时候，牛的肚子便一个个圆了起来，就溪边饮饮水；口唤着：哞哞哞哞，捉一路鞘翅“山水牛”，逮一路蚂蚱，也唱：“东虹呼噜，西虹雨，南虹出来卖儿女。”一蓑雨露，处处蛙声；到家，晚饭应是加倍香的。

翻转来，也常常倾盆大雨将人锁在了家里，那么门房里，窝棚里，场园屋里就该热闹起来了。孩子大人，一挤一大堆。睡懒觉的，玩纸牌的，说笑话的；用苧麻结草鞋拿玉蜀黍皮编蒲团的，拉了胡胡唱梆子戏的，都有吧？乡村农家，雨天就是假期，忙煞也无活干呢。就只那样玩着玩着吃午饭了，玩着玩着吃晚饭了；外边的雨是从早到晚滴里搭拉洒个不歇的。愁对浓云，眨眼就是一天。——虽然这依旧悠闲有趣。

但，雨天就都那么有意思有趣么？唔，也不尽然喽。为淫雨连绵而墙倒屋塌，而河堤决口，而大好庄田沦为泽国，而啼饥号寒孩子哭老婆叫，也很够凄凉呢！

再不然，一个人在途上，做伴的只有一个推行李的车夫；你们正前不靠村后不靠店的时候，兀的来了彤云，来了急雨，你该怎么呢？搔首顿足是无益的，只好就道旁凑巧的三两株槐树或柏树底下躲躲了。可是偏偏闪电啦劈雷啦，又一个劲地逼向你来，格隆隆隆，好家伙！胆子全飞了。那时一个陌生的荷锄农夫走来你会喜欢吧？怕老远老远就招呼：“老爹，这里避避雨啊。”亲切有如旧相识。因为虽说邂逅相遇吧，终于是患难中啊。霎时，雨小了，云也薄了，便勉强再走。向晚了呢，仿佛店家也不远。走，一推一挽，客人也成了苦力。拖泥带水，汗如雨注，是不暇顾及的。出门的栉沐苦辛，尝个尽够尽够。转眼店家到了，望见那车门口的茶棚，几乎就使你喜欢得落泪。饥甘糟糠，寒衣短褐，日暮途穷当儿，有个归宿就是万幸，潦草一点是不妨的。进得店去，店小伙倒还懂事，赶着替你扫房子、打脸水、起火、做饭，很周到哩。饭后，你不管屋是茅屋，炕是土炕，席是芦席，一则身上潮湿，再则也忒疲倦，倒头便睡了。可是你不晓得啊，正当你熟睡中做好梦的时候，淋头雨却整整浇了一夜：村边河里，水涨两人深，行路人谁都走不了。那时你会想得起阎罗殿里的对联么？“不请自到，想走不能！”珍馐千金价，怕也食不下咽了。

有穷乡僻壤，可是也有通都大邑，假如你趁平沪通车，过蚌埠，渡下关，下江南，一路上雨送着你，雨迎着你，那该又有怎样的情趣呢？即便不提那“南朝四百八十寺，多少楼台烟雨中”吧，只沿途的烟柳色，稻花香，牛背短笛，数不尽的头巾，箬笠，雨伞的影子，还不够你留恋么？若然乌衣巷，花牌楼，夫子庙前，于大清早雨霏微中听吴侬软语的卖花声呢？不必远年花雕酒，我知道你会醉的。

“夜船吹笛雨潇潇”，舟中遇雨总带点诗意吧。若船上的人是道貌岸然的，隐士呢？是鹤发童颜的，渔父呢？你便会于水光接天处听得他悠然鼓枻的幽趣了。还不必说那类似的红袖乌纱的故事。

一言蔽之，只要成不了水灾雨总是好玩的。即使带得来多少愁绪，然而就是那个愁字又何尝无意义？更何况，雨前有云；雨中有蛙；雨霁有嫩草，有落花，有带露芙渠，有点水蜻蜓，有清新空气，有好太阳，有舒畅畅的笑脸，有飞燕，有鸣蝉，有弄水鸭，有光了屁股涂满身泥水的野孩子呢！

“天涯何处无风雨？”且风雨联床剪一回西窗烛话一回夜雨吧。“夜雨闻铃断肠声”，忽然记起唐明皇为思念贵妃而特别谱就的“雨淋铃曲”来了。

一九三四年十月七日于“山屋”

一九三五年十月二十一日发表于《北晨学园》

题 话

吴伯箫这篇《雨》,同他不少散文一样,以“雨”为题,写的其实是:“另起头，且说一点跟了雨走的小事”。荒郊雨牧，农家雨话，旅人雨宿，这些都是乡村雨事，显示出吴伯箫农人后裔本色。可又毕竟是从乡村走入城市的知识人，就往往同时流露出城市文化的印迹，如《雨》后段江南旧京及舟中遇雨的穿插。

写幼时记忆，却用了北京土话“掉点儿”和南方土话“傢伲阿拉”，有点“隔”，连同《萤》诸文中某些典故，似乎也都有些刻意修饰之嫌。

萤

读《北史·隋炀帝纪》，看到这样一节："上于景华宫，征求萤火，得数斛，夜出游山而放之，光遍岩谷。"不禁拍案叫绝。以为杨广这小子弑父即位之后，造两苑，置离宫，广兴土木；又南巡至江都，沉湎酒色，狂纵逸乐，奢侈竟殃及萤火，总算他是异想天开，会得享受。同时关于萤的事，也像阔别了许久的幼年游伴一样，忽而记了起来。

《礼记》上说："腐草为萤"；昆虫学上讲：萤于夏间就水草产卵，十余日为成虫。两说自以后说可靠，而前说却比较来得有趣。但无论如何，萤之为益虫是公认的，以其食田间种种害虫故也。

萤有两种：雄者体黄头黑有复眼，翅鞘柔软，点线密布；雌者无翅，形如蛆。尾端都有发光器。呼吸时空气传入，生氧化作用，遂发出美丽的微光。至于它为什么要在屁股上放光，是否如鸟鸣关关，鸡鸣呜呜，有着"光棍夺雏"那种"你在哪里""我在山后”的叫声似的以男女相慕而表示幽会处所的意思，不得而知。但总该多少有点用意，不只是预备给风姿美丽机悟敏速的晋车胤尚书来囊以照读的罢。嗳呀呀，如负薪如挂角，映雪囊萤那些先贤勤学的故事可真是脍炙人口令人景仰不止的哩。

可是“轻罗小扇捕流萤”，不是很好的一幅婉娈多姿的图画么？是的，捉萤火的游戏谁的记忆里都该有几幕的。记得某年夏天，在南京，于雨后的夜里，伴了两个房东的小姑娘，到鸡鸣寺脚下一家农场散步的时候，我就很为捉萤火博了几阵天真的欢笑。小桥畔，籐萝架下嬲着小孩子讲故事，那怪好听的吴侬软语，恰应着桥下潺潺水声，至今还清楚得像树巅头叫着的黄鹂。

旧京北海，三五男女划船到荷花深处，也曾以两匹萤火为媒，赚得一曲短歌。那晚，星烂如沸，夜景好得很呢。人是微醉之后，远别之前，游兴阑珊相将散去的时候，记得大家都有点痴迷。萤火把玩一会儿就放了的。说：教它去罢，朝生暮死，太不容易。

玩萤火最好的幕数，当然要算在乡下喽：譬如夏夜村头场上，坐的是二三十有胡没胡的庄稼老头，吸着旱烟，在谈家常闲话；跑着闹着是一群孩子，在逐吱吱飞的蝙蝠，数天上繁星。风从田里徐徐地吹过来，夹带着浓浓的禾稼香气。有“瞎撞”虫成群地嗡嗡乱飞，碰在哪里都毕剥作响。也有蚊子嘤嘤地叫着。夏夜是热闹的啊。忽然，那里一个萤火虫，带了手电似的一明一灭地亮起来了。先触动了王老伯的感慨：“你看今年雨水少，连萤火虫也稀罕了。”紧跟着是李大爷的附和：“可不是，白天知了也噪得特别厉害。”这样你来我往，慢慢地便惹起了孩子们的注意。一跑一窠蜂，对准了萤火就围攻起来。推推挤挤，不是眼看着萤火逍遥远荡，大家落一手空，就是活活将一个甲虫抢烂了，彼此数一套懑怨。偶尔成功，把一个捉在了手里，那份高兴是说不出的。叫爸爸，唤妈妈，爱惜如获异珍。不是睡觉都要放在枕边叫它发亮么？梦里怕都是满天星的幻境呢。

《酉阳杂俎》里说，常山有萤火芝，食一枚，心中一孔明；食至七枚，七窍洞彻，能夜书。这萤火芝不知谁吃过没有，我倒想验证验证。我的希冀还不只是能夜书而已，是想从比邻的心里看出他寇仇的存念；绮裳华服的里层透视出那龌龊的形容啊！

唉，“秋叶辞条，不假风飚之力；太阳跻景，无俟萤爝之晖。”王俭的话是对的，在现今电灯、汽灯、霓虹灯、水银灯争着发亮的都市的夜里，星月的光辉都已失了宠幸，谁还理会一种并不美丽的甲虫的尾巴上一点点亮光呢？

萤啊，为了你陪伴过异乡人度尽无眠的终宵，为了你烛照过夜行人旅途的遥遥；虽说是小小的虫罢了，光也是微弱可怜的，但终不失是光明的散布者呀。去，倩天翁作主，一匹匹都给你颗星的座位。

一九三五年七月七日于青岛

题　话

此篇一九三五年夏天在青岛“避暑”时写。本来，吴伯箫年初就离开青岛，转任济南乡师教员了，只是一来恋人犹在青岛，二来王统照、老舍、洪深这些友人也在青岛，且应王统照、老舍之约与几位文友在《青岛民报》开辟《避暑录话》副刊，遂于暑假来青赁屋居住，七月初写了《萤》，月底写了《阴岛的渔盐》，都发表在《避暑录话》上，后收入《羽书》集。

应该说，跟《马》《灯笼》《夜谈》《荠菜花》同属一个系列，《萤》也以乡土风物为题。记忆和知识，都围绕"萤"一一展开，妙的是结尾处诗意的点化，竟然把"萤"一下子提升到"星"的位置，真似乎有一份化腐朽为神奇的笔力。

话故都

一别两易寒暑，千般都似隔世，再来真是万幸了。际兹骊歌重赋，匆匆归来又匆匆归去的时候，生怕被万种缱绻，牵惹得茶苦饭淡。来！尔座苍然的老城，别嫌唠叨，且让我像自家人似的，说几句闲杂破碎的话吧。——重来只是小住，说走就走的，别不理我！连轻尘飞鸟都说着，啊，你老城的一切人，物。

生命短短的，才几多岁月？一来就五年六载地拖下去，好不容易！耳濡目染，指磨踵接，筋骨都怕涂上了你的颜色吧；不留恋还留恋些什么？不执着还执着些什么？在这里像远古的化石似的，永远烙印着我多少万亿数的踪迹；像早春的鸟声，炎夏的鸣蝉，深秋的虫吟似的，在天空里也永远浮荡着我一阵阵笑，一缕缕愁，及偶尔的半声长叹。在这里有我浓挚的友谊，有我谆谆然师长的训诲，有我青年的金色的梦境，旷世的雄心，及彻昼彻夜的挣扎与努力；也有我掷出去，还回来，往返投报的情热，及情热燃炙时的疯狂。还有，还有很多；我知道那些逝去了的整整无缺的日子，那些在一生中最可珍贵的朝朝暮暮，我是都给了你了，都在你和平而安适的怀抱里，消磨着，埋葬了。

因此，我无论漂泊到天涯，或是流浪到地角，总于默默中仿佛觉得背后有千万条绳索在紧紧地系着，使我走了一段路程，便回转头来眺望你一番，俯下头去想念你一番，沉思地追忆关于你的一切：当我于风雨凄凉，日晚灯昏，感到苦寂的时候，我想到在你这里那五六个人围炉话尽的雪夜，和放山石，采野花的那些春秋佳日。当我进退维谷，左右皆非，感到空虚的时候，我想到在你这里过骆驼书屋，听主人那忘机的娓娓不倦的谈话，和那巍然宏富的图书馆里，引人入胜的各家典籍的涉猎。在异乡受了人家的欺骗，譬如那热血所换到的冷水的欺骗，我只要忆起你这儿的友人曾信托我，帮助我，在极危急的时候拯救我的各种情形，我便得到很多的安慰；即使抚今追昔，愈想愈委屈，而终于落泪吧，但内心是充满了喜悦的，说："小气的人呀！我是有朋友的，你其奈我何！"

因此，我念着你西郊的山峦，那里我们若干无猜的男女，曾登临过，游览过，啸遨过：大家争着骑驴，挨了跌还是止不住笑；我念着你城正中昂然屹立的白塔，在那里我们曾俯瞰过你伟大的城阙，壮丽的宫院，一目无边的丰饶的景色；我念着坐镇南城的天坛，那样庄严，使你立在跟前，都不敢大声说话；我念着颐和园昆明湖畔的铜牛，最喜欢那夕阳里骄蹇的雄姿；我念着陶然亭四周的芦苇，爱它那秋天来一抹的萧索；我念着北城的什刹海，南城的天桥，拥着挤着的各色各样的人，各色各样的事；我念着市场的那些旧书摊，别瞧，掌柜的简直就是饱学；我念着，啊，这个账怎么开呢：那些残破的庙宇，那些苍翠的五六百年的松柏，那些灰色的很大很大的砖，一弯臭水的护城河，沿河走着的骆驼同迈着骆驼一样脚步的牵骆驼的人。真是！什么我都想念呢！只要是你苍然的老城的，都在我神经的秘处结了很牢的结了。说来你不信，连初冬来呼呼的大风，大风里飞扬着的尘土，我都想。

苍然的老城，我觉到，绵亘在兴安岭以南，喜马拉雅以北，散布在滚滚的黄河，滔滔的长江流域的，星罗棋布，是多少城池，多少市镇，多少名胜古迹啊，但只有你配象征这堂堂大气的文明古国。仿佛是你才孕育了黄帝的子孙，是你才养长了这神明华胄，及它所组成的伟大民族。虽然我们有长安，有洛阳，有那素以金粉著名的南朝金陵，但那些不失之于僻陋，就失之于嚣薄；不像破落户，就像纨绔子；没一个像你似的：既素朴又华贵，既博雅又大方；包罗万象，而万象融而为一；细大不捐，而巨细悉得其当；真是，这老先生才和蔼得可亲，庄严得可敬呢。

华夏就是这样的国家，零星的干犯，是惹不起她的气忿的，她有海量的涵容；点滴的创伤，她是不关痛痒的，她有百个千个的容忍；不过一朝一夕，时光慢慢地过去，干犯她的，要敬畏她了，要跪倒在她的面前，求她的宥恕了；一处处创伤要渐渐地复原，渐渐地健康起来了。如檐滴之穿阶石似的，一切锢障都在时光的洗炼中屈服在她的腕下了。苍然的老城，你不也正是这样的么？

多少乳虎样的少年，贸贸然地走了来，趾高气扬，起初是目空一切的，但久了，你将他的浮夸，换作了沉毅。忽而一天，他发现了他自己的无识，他自己的藐小；多少心胸狭隘的人，米大的事争破天，不骄即谄，可是日子长了，他忽然醒过来，带着满脸的惭愧，他走上那坦荡的大方的道路。芝兰之室怕连砖瓦都是芬芳的吧，蜜饯金枣酸瓢也发起甜来。饱有经验的老人是看不惯乳臭的孩子的，富有历史涵养的地方草木都是古香古色。不必名师，单这地方彩色的熏陶，就是极优越的教育了。何况，在这里，街街巷巷都住持着哲人、诗家、学者呢？对你，不只是爱慕，简直是景仰。“我懂什么呢。”有人这样说。“在此老死吧！”也有人这样说，是大有来历的。

晨昏相对者六年，在第六个夏天，我因为什么事情不得已而将远去，那时我是怎样地愁着，依依的可怜啊！为了你这儿的人们，使我眷恋不舍，一壁整着行囊，一壁落着眼泪，就像第一次离开慈母准备远行一样，那滋味是够凄凉的。脚步迟滞地踏上火车，心随了车轮的辗转而步步沉重，彼此间的牵线，步步加紧，那是不多不少的永诀的情况啊！长年漫漫，悬想之情总算够受了：地方愈远，思念愈深；时日愈久，思念愈切。直将这重负继续担下来，到今天，我有了归来的机会。

旅途上我是怎样的喜欢，又怎样的惧怕呀！喜着眼前的重逢，怕着久别的生疏。提心吊胆，终于到“家”了。望见你那更加苍老了的城垣，还带着亲热的容光，仿佛说：“来了么？……”那一阵高兴是说不出来的。我知道敌人的炮火，曾给你过分的虚惊，我见了一砖一石一草一木，都郑重地问“别来无恙”的话。及至看见你依旧那样镇静，那样沉着的时候，我便禁不住手舞足蹈了。可是你的确又苍老了许多呢。虽说老当益壮吧，但那加添了的一条条皱纹，总不能不使爱你的人们增加几分担心。

现在几天的光阴，又轻轻度过了，梦一般。在几天之中，我温习了多少陈迹，访问着你的每一条大街，每一条小巷，抚摩着往日的印痕，追忆着那些甜的酸的苦的故事，又是一度欢欣，又是一度唏嘘，又是一度疯狂。我很满足，因为你没把我忘记。

展眼我又要走了，那怎么办呢？在这临行时的前宵，听着你午夜的市声，熙熙攘攘，喘着和平的气息，我怀了万分惆怅。但想到你的长存比得过日月的光辉时，我也知道自慰。后会有期，珍重吧！希望再度我来，你矍铄依然，带着你永恒的伟大与壮丽，期待我，招呼我。

明朝行时，但愿你满罩了一天红霞，光明里，照顾我到远远的天涯。

一九三三年夏

梦到平沪夜车

不必送啊。说着说着站台上还是挤满了衫袖。

“上车吧！”

“回去吧！”

……铃声锵锵朗朗地响。

红旗卷起，绿旗展开了，丢着帽子，摇着手帕，呜——那一声汽笛！隔窗的一群小女孩在呜呜咽咽地哭呢。车蠕动了。我攀着铁的栏杆，踩着车门前的踏板，是怎样想一发跳下来：“干么走！”几乎是怨恨的心绪。想着一个人底寥寥数语：明天不送你，好好的！望着朋友们归去的背影，苍然的古城一点点移向后去了。黯然地走进车厢，木然地坐下，眼底满是模糊的影。喔，漫漫长途，上路了。

时候是傍晚，夕阳偏斜地洒着余辉，地上投着树木房屋疏冷散乱的阴影，离开雄伟颓壮的女墙，便是点缀着若干村舍的近郊了。不敢面对旅伴，彼此都是带着太多的委屈，姑且向了车窗望大野指去。

……一尊古塔，一座红庙，刻镂着百千年的历史文物，沧桑变迁，像斑发老翁拄了龙头拐杖，捻了霜点的胡须在庄严地蔼然地拖了悠长的音调，话崇祯皇帝吊死煤山和圆明园被焚的遗事，那唏嘘慨叹，使人听了黯然凄然。一拱桥，一树鸦，静静地铺衬了料峭的初春晚景，即使一切沉默哑然，却都是满怀说不出的心事。偶然三五行人，彳亍阡头陌畔，有的牵了骡马，有的肩了橐囊，踢踢秃秃的脚步与隆隆的车轮融合协调着，谱就了一曲向晚的音乐。是那里村集散了？将是归去的乡人吧。远望，缕缕炊烟袅绕着秃树杈桠，“渡头余落日，墟里上孤烟。”平安的晚餐哟。

想到了人家的欢聚，便感到自己的漂泊；满车人像堆挤着满车货，个个懵懵懂懂的，都已起始点头打盹了。真寂寞！恨不得将车窗捣碎，就旷野中擒一匹生马，趁了沙漠吹来的朔风，狂也似的在山里林里荆棘的丛里奔腾一回驰骋一回。

忽然眼里噙了不知从哪儿来的泪。“没出息的人啊！”心里想，“什么事值得如此感伤？太脆弱了！若是一举一动都要这样沾滞，将来多危险，能成得什么事呢？凡事往远处大处看。儿女情肠，孩子癖气，是拿不出门的。”可是没有用，愈想愈想的结果，噙着的泪反而簌簌落下来了。

隆隆……渐渐地，日落，黄昏，车头闯进了紫夜去。窗外边，黧黑，黝暗，恰像杳无涯际的深渊。村舍的浓黑，树木的淡黯，岗峦的起伏，绘就了崎岖百折的虚线，深深浅浅的墨泼。地平线上远远的偶尔一点亮光，闪动着，跳跃着，不知是鬼火还是夜行人挑的灯笼。唔，真是在做梦呢。高一些看，那点点，点点，直撒到天边的星，星。

车厢里也已亮了灰黄的灯光。乘客们都偎依着踡踞着睡了，疲惫的旅途啊都这样可怜。他们都在做什么梦呢？宁静和乐的故乡？艰难饥饿的荒旱，宝宝祖母底糖果？青年爱妻底温馨？还是风，雨，突突的枪声？啊，做着各种的梦吧。你看，一个蹙了眉头苦丧着脸，一个唇边挂着微笑，唉！醒也是悲欢，梦也是悲欢；这网罗，这樊笼，谁是自由人呢？正笑着忽然哭起来了。正哭着忽然笑起来了。解不开的谜哟！

夜有点凉了。

正是，夜有点凉了。

红灯，绿灯；一站，又一站。真凄凉！站旁连卖东西的都如此寥落。

——烧饼哩！

就只这一个单调的喊声，如许冷清。听了我真想问问：

“喂。伙计，你不睡觉么？这样凉的夜！同伙们呢，都哪儿去了？你穿的衣裳可够厚？你可是提了烧饼的篮子还在饿着？”

天啊！我要呼一声“天”了。

敌人说：“苍天救助我，教我底敌人毁灭吧！”

谁底虔诚他都要，谁底虔诚都没有回响。可是我还要呼一声“天”呢。谁都不懂的怪事啊！自己也是糊涂的。

天生的忧郁癖气，不知怎么爱上了夜晚。一点不想困，便醒着做起梦来了。不在跟前的许多人，久成陈迹的许多事，都挤到眼前来了：逛山跑得喘；夜宴醉了一大半；红烛夜话的满屋男女；未央夜街头的豆腐摊；山巅的诗句："铁马铜驼卧夕阳""人与树齐高"……沉淀在脑海里的尘灰，翻开来还是这样新鲜；真是的，生活为什么这样多变！

天津到了。半小时的停留里：坐电车，跑租界买东西，吃宵夜饭，急急跑回，隆隆车又开了。我原是过路的旅客。这些原都是梦境。唉！谁不是过路的旅客呢？谁不是在做梦呢？在这一段匆匆的旅途上，生老病死，悲欢离合，都只是旅途中一幕幕的梦境啊！百里千里，渴睡着的工夫便已到了；十年百年，悠悠忽忽地就过完了。都是够朦胧够潦草的。

隆隆……车行疾也。

假寐一会儿，醒来是中宵夜了。夜景那样凄其。

"喂，唱个歌怎样？"问旅伴说。"慰情聊胜无"，两人呕哑地哼哼起来。离开慈母的两小，本该有人照顾的，却在兀自相互地哄着，眼里都含了泪。我们彼此的情景，有着如此的比拟呢。有点孤单，亦足相与慰藉，前路，隆隆……地走吧，不怕！

沧州站，栏外盏盏油灯下，都摆了烧鸡。闻香下马，是名产，姑且买只尝尝，一人一条腿，大吃大嚼。相对了笑笑，满手满嘴油。得算享福喽，不是？

再走，隆隆……一觉，两觉，三站，五站，德州了。"吹角连营”，那么些马那么些兵。东方偷偷地白，天慢慢地亮，火红的太阳出来了。

火红的太阳出来了。把流波般的思想，让它一幕幕地消逝，只随了车头，隆隆，隆隆，猛烈地向前冲去。

题　话

假如没有留下特别难堪的记忆，一般说，人对自己住过的地方或许都是留恋的吧？吴伯箫散文也有一个贯通着的情感性主题，就是对故地故人的怀念。几乎每迈出人生的新步履，都伴着频频的回首。在老北京回忆曲阜、莱芜，在青岛回忆莱芜、北京，在延安回忆青岛，到二十世纪六十年代，又在北京回忆起延安来。

譬如读大学待过六年的老北京，在离开两年后的重访中，吴伯箫竟如隔了十年八年归来的游子，情怀若潮水奔涌，连续几天遍游旧京各处，且于返鲁前夕一气呵成一篇《话故都》，情怀之炽烈，文字之绮丽，足令读者为之动容。

“生命短短的，才几多岁月？一来就五年六载地拖下去，好不容易！耳濡目染，指磨踵接，筋骨都怕涂上了你的颜色吧；不留恋还留恋些什么？不执着还执着些什么？在这里像远古的化石似的，永远烙印着我多少万亿数的踪迹；像早春的鸟声，炎夏的鸣蝉，深秋的虫吟似的，在天空里也永远浮荡着我一阵阵笑，一缕缕愁，及偶尔的半声长叹。在这里有我浓挚的友谊，有我谆谆然师长的训诲，有我青年的金色的梦境，旷世的雄心，及彻昼彻夜的挣扎与努力；也有我掷出去，还回来，往返投报的情热，及情热燃炙时的疯狂。”

是这样的人生，这样的情感，还有什么好说！

个人情怀之外，也还有着更广大的牵连，这是吴伯箫散文惯常有的延伸。接下来便是“多少名胜古迹啊，但只有你配象征这堂堂大气的文明古国”引发出的更多更热烈有关家国民族的畅想。或以为这种畅想有游离于“故都”话题之外之嫌，不过想到北京古城的历史文化地位，和她之于华夏文明的血肉关联,也就并不觉得是作者故意跑题。

对故都的情怀，在此后写的《梦到平沪夜车》《我还没见过长城》中也有不少抒发，见人格、性情之外，也略显不足：就是作者太倚重一己的感受了，客观平实的故都旧影描述就显得粗疏淡薄了些，不够细腻丰腴了。

羽　书

羽书，或羽檄，翻成俗话，应是“鸡毛翎子文书”“鸡毛信”。这东西仿佛是很古就有的。《汉书注》里说：“……以木简为书，长尺二寸，用征召也，其有急事，则加以鸟羽插之。”《史记》里也有“以羽檄征天下兵”的话。出于古诗词的，更数见不鲜，如：高适的《燕歌行》里“校尉羽书飞瀚海，单于猎火照狼山”，岑参诗里的“羽书昨夜过渠黎，单于已在金山西”，都是。想来，羽书是用之于紧急军事的无疑。因为，古时候虽有睿智如诸葛先生者，能发明木牛流马用作战争利器，但用电波来传话、递报的事却还没人晓得。信鸽呢，难得役使自如；蜡丸书呢，又嫌麻烦费事；于是檄文插羽毛，意使急行如飞，就算尽紧张迅速之能事了。不信，那木简的另一面所常写的“速速速”的字样，就很敌得过于今电文上的“十万火急”。

童年在家乡当小学生的时候，曾朦胧记得有过“鸡毛翎子文书”下乡的故事。说朦胧，那是岁时月日记不清的意思；留的印象却很深很深，至今回想，还历历在目。

是一个黄昏。黄昏，在中年人易多闲愁，“闲愁似与黄昏约”；在小孩子就易生恐惧。那晚也是。都吃了晚饭罢，巷口有的是立着谈闲天的人。有牵了牛到村边湾里去饮牛的。家家门口的狗在冷打慢吹地吠着。也有谁家妈妈唤孩子的声音。空气很平静，不，又有点儿异样的浮动。忽然一个邻庄的小伙子跑来了，满头是汗。对，是冬天，有点风呢。那人穿着短袄，扎着腰，戴一顶瓜皮毡帽。跑到人丛里，站定了还喘。说是找庄长。问：“什么事？”他喳喳着说：“鸡毛翎子文书！”声音很低，但很清楚，很有力。站在周围听的人脸上都立刻罩了一层严肃与矜持，互相看看，也偷偷回头瞧瞧，气氛恰像深秋的霜朝。我那时虽还小，是头一次听说“鸡毛翎子文书”，但也打了一个寒噤，为什么却不知道。

有人把庄长请来了。不知谁去的，那样快，一请就到。仿佛原就在眼前似的。那人从腰里掏出文书来，又戚戚喳喳地说：“口子镇，啊啊，初五鸡叫赶到！三个，啊啊，每人一根白蜡杆，两束干草。啊啊，一庄传一庄。不得有误！不去的烧……”他说着，大家一壁听，一壁看他手里的一个木牌，那就是文书了。方方的，下端有柄，顶头插两根鸡毛，正面写字，是“速速速”。听着看着，人人的嘴都闭紧了，身上顿时充满了小心与力！庄长接过木牌来，手都哆嗦了。即刻吩咐，结果是家里一匹马应差出发了。骑马的是铁蛋百顺。

记得，天紧跟着就黑了，漆黑。我被父亲看了一眼，就跟着回家去了。

狗仿佛都不再吠，沉默锁住了全村，像暴风雨的前夜。

那晚，家里的马回来似乎已半夜了。大门是上了锁又开的。

过了几天，忘记是几天了，初五。口子镇上发了大火，烧的是各村带去的干草。县长的轿子在那里被农民捣毁了。坐轿子的是上头派下来的量地委员，受了重伤。县长听说是化装成庄稼老头逃跑了的。穿着破棉鞋，棉袄露了瓤子，也戴一顶瓜皮毡帽。说是一天没吃饭，叫了人家“大爷”，人家才给了一口饭汤喝；都传得有名有姓。

后来事情怎样进展不很清楚，只知道当时城里好几天没有官。要丈量地亩的也不丈量了。

这是一回“鸡毛翎子文书”的事。从那直到现在没再听说哪儿还闹过这玩意，可是总觉得哪儿是在闹着。速！速！速！很快就集合了大帮人，烧着大火，千万根白蜡杆底下，有人被打倒了，有人被赶跑了，生活总要变变样子。那“鸡毛翎子文书”像雷公电母，又像天使，它散布着风雨，也常是带着幸福，在飞！

八月十五，把异族侵略的敌人一宿中间从中原版图上肃清，民间是有过传说的。那真是悲壮，痛快，可歌可泣的历史的页数！可是谁发的命令呢？多言的嘴是怎样用秘密的封条封拢的？觉得神妙了。我想，传递消息会用的是“鸡毛翎子文书”吧？虽说山遥水阻，交通多滞塞不便，但你晓得，羽书是会飞的！虽说中原版图辽阔，足迹殆难踏遍，然而，速速速，羽书是飞得快的！虽说，敌人已布满了中原，混进了户户家家，做了户户家家的主人，但，你要明白，忿怒锁在了每个中国人的心里，血液都被狠毒煮沸了，即使怒不敢言，笑里也可以藏得住刀子！哪怕它敌人再多些，只要下深了锄，自然会连根也拔尽了的！

啊，“鸡毛翎子文书”飞啊！去告诉每个真正的中国人，醒起来，联合了中国人民真正的朋友，等哪一天，再来一个八月十五！

一九三六年二月四日大风夜

我还没有见过长城

真惭愧，我还没有见过长城。

记得六年故都，我曾划过北海的船，看那里的白塔与荷花；陶然亭赏过秋天的芦荻，冬天的皓雪；天桥，听云里飞，人丛里瞧踢毽子的，说相声的；故宫与天坛，我赞叹过它的壮丽和雄伟；走过长长的西长安街，与挤满了旧书及骨董的厂甸；西郊赶过正月十五白云观的庙会，也趁三月春好游过慈禧用海军费建造的颐和园，那里万寿山下有昆明湖，湖畔有铜牛骄蹇。东郊南郊都作过漫游，即无名胜，近畿小馆里也可以喝茶，吃满汉饽饽。还有走走就到的东安市场，更是闲下来蹓跶的大好地方。可是，六年，西山温泉我都去过，记得就没去什刹海。为此，离开了故都曾被人嫌弃说“太陋”。说：“什刹海都没逛过，还配称什么老北京！”当时真也闭口无言。有一年发狠，凑巧有缘重返旧京，记得还没有进旅馆的门就雇好了去什刹海的车子。夏天，正赶上那里热闹：地摊子戏，搭台的茶座，直挨着访问了个够。印象仿佛并不好，心头重负却卸去了。记得第二天，才有空去文津街，进国立图书馆。

现在想：什刹海不见算什么呢？没去看长城才是遗憾！啊，万里长城！去北京只不过几个钟头的火车。

万里长城，孩提时的脑子里就早已印上它伟大的影子了。读中国古代史，知道战国时候，魏惠王、燕昭王、胡服变俗的赵武灵王，都曾段落地筑过长城，来卫国御胡；秦始皇遣蒙恬斥逐匈奴之后，又因地形，制险塞，从临洮至辽东将长城来了个连络的修筑，广袤万余里；工程的浩大，那不是隋朝的运河，非洲的苏彝士所能比拟的。秦始皇焚书坑儒，建阿房，销兵器，千百年来在人们的脑子里留下的是一个暴君的影子。独独万里长城至今亮在祖国人民的心里，矗立在祖国连绵的山上，成为四千余年文明古国的标志。这不是因为万里长城是秦始皇的什么丰功伟绩，而是因为它是几千万古代劳动人民血肉的结晶！

曩昔，在万年书屋，听主人告诉：有一次趁京绥车，过南口车站，意欲去青龙桥，偶尔站台小立，顺了一目荒旷的山麓望去，遥瞻依地拔天的万里长城，那雄伟的气象，使你不觉要引吭高呼。嵯峨的山巅上是蜿蜒千回的城墙，是碉堡，是再上去穹窿似的苍天。山下是乱石，是谷壑，是秋后的蔓草婆娑。西风刷过，那一脉萧萧声响，凄凉里含了悲壮，令人巍然独立，觉得这世间只有自己，却又忘怀了自己。很记得，主人说时，从沙发椅上跳起来，竖起大拇指，蔼然的脸上满罩了青年的光辉。记得从万年书屋出来的归途，披了皎洁的三五月，自己迈的是鸵鸟般的大步。

又一回，一个青年画家朋友，谈到自己绘画的进步，说几乎像英国拜伦一觉醒来成了桂冠诗人一样，是逛了一次长城，才将笔法放开，心胸也跟着宽阔了的。那谈吐的神情，也简直令人疑惑他生生吞下了一座长城的关口。是呢，听说太史公司马迁周览了名山大川，文章才满蕴了磅礴的奇气。江南风物假若可以赋人以清秀的姿容，艳丽的才藻，塞北的山峦与旷野是会给人以结实的体魄，雄厚的灵魂的。啊，长城！

从山海关一路数去，你知道么？像喜峰口、古北口，像居庸关、雁门关，一个个中原的屏藩要塞，上口真要有霹雳般的响亮呢。一夫当关，万夫莫敌，守得住一处，就可保得几千里疆域。啊，真愿意挨门趋访，去问问古迹，温温古名将的手泽，从把守关口的老门丁和城下淳朴的住户那里，听取一点孟姜女的传说，金兀术与忽必烈的史实。但是我还没去！

朋友，你可想过，在长城北边，那黄河九曲惟富一套的地方，带一帮茁壮的男女，去组织一处村落，疏浚纵横支渠，灌溉田亩，作一番辟草莱斩荆棘的开垦事业么？那里地土最肥，人烟还稀。你可想过，在兴安岭的东南阴山山脉的南部那一抹平坦的原野，去借滦河、饮马图河的流水，春夏来丰茂的牧草，来编柳为棚，垒土为壁，于“马圈子”里剔羊毛、养骆驼、榨牛奶么？那工作顶自由，顶洒脱。不然，骑马去吧！古北口的马匹有名哩。凑煦日当头，在平沙无垠的原野里，你尽可纵身于野马群中，跨上一匹为首的骏骥，其余的会跟你呼啸而至的。不要怕那噱噱嘶声，那不是示威，那是迎迓的狂欢，你就放胆驰骋奔腾吧，管许将你满怀抑郁吹向天去。“毡幕绕牛羊，敲冰饮酪浆”，那边塞寒冬霏雪凝冰时的生活，你也想尝尝么？住蒙古包，烤全羊，是有它的滋味的。汉王昭君曾戎装乘马抱琵琶出塞而去；文姬归汉，也曾惹得胡人思慕，卷芦叶为吹笳，奏哀怨的十八拍。巾帼中有此矫健，难道你堂堂须眉就只知缩了尾巴向后退么？

唉，说什么，朋友，我还是没见过长城！在恨着自己，不能像大鹏鸟插翅飞去；在恨着自己，摆不脱蜗牛似的蹊径，和周身无名的链索。投笔从戎倒好，可惜没有班仲升的韬略。景慕张骞，景慕马援，但又无由出使西域，去马革裹尸。奈何！唫，“匈奴未灭，何以家为！”汉骠骑将军霍去病那才算有骨头！无怪他六出伐匈奴，卒得威震异域。

我还没见过长城！但是，长城我是终于要见见的！有朝一日，我们弟兄从梦中醒了，弹一弹身上的懒惰，振一振头脑里的懵懂，预备好，整装出发，我将出马兰峪，去东北的承德、赤峰；出杀虎口，去归绥、百灵庙；从酒泉过嘉峪关，去安西、哈密、吐鲁番。也想，翻回来，再过过天下第一关，去拜拜盛京，问候问候那依旧的中国百姓！

长城，登临匪遥，愿尔为祖国屏障，壮起胆来！

一九三六年二月十七日

题　话

《羽书》和《我还没有见过长城》都属于“惊沙坐飞”系列。“惊沙坐飞”，原句出自南朝文学家鲍照《芜城赋》，感慨广陵的今昔对比和历史变迁、王朝兴替，其中写到广陵的荒芜衰败时有言：“白杨早落，寒草前衰。棱棱霜气，蔌蔌风威。孤蓬自振，惊沙坐飞。”“孤蓬自振，惊沙坐飞”两句意谓“孤蓬忽自扬起，沙石因风惊飞”，吴伯箫拈出其中一句为题，用以形容一九三六年日益严峻的抗战形势。

《羽书》由童年记忆中家乡一次农民暴动起兴，借助“羽书”意象呼应全民抗战情绪之高涨、急迫，文末呼吁：“啊，‘鸡毛翎子文书’飞啊！去告诉每个真正的中国人，醒起来，联合了中国人民真正的朋友，等哪一天，再来一个八月十五！”

《我还没有见过长城》，劈头一句：“真惭愧，我还没有见过长城。”立片言而居要，实一篇之警策，也就成为了带动全篇的一句。长城，其中文之寓意，凡中国人谁不晓得？以此语立意属文，于山雨欲来风满楼的情势之下，不可谓不及时、恰切，其酣畅淋漓的文字、浓烈豪放的情怀，打动、振奋了许多读者。

“惊沙坐飞”系列诞生在抗日氛围中，构成吴伯箫散文一个富含时代大主题的特殊品格，也预示着吴伯箫散文写作新的路径，即更贴近抗战一线的纪实性战地通讯的写作。

说　忙

我不信神，但基督教的《圣经》我却愿意读。我爱着“创世纪”里耶和华那几天的工作：奠定了天与地，分就了黑暗与光明；又敛水为海，填土为陆；吩咐陆地生草木结种子；海里撒下活蹦乱跳的游鱼；天空放出飞鸟；伸手挂就太阳皓月与群星；说句话便满坡走兽；更撮泥作人像，哈气变作活的男女。爱它，不在从那时我们才有了祖先，才有了光、水、空气的供给；而是，你说怪不，为了耶和华那一阵的忙碌。那忙碌里是渗透着无上的生动与欣悦的。虽然，“第七天他完结了他所做的工作，他从他所做的一切工作休息下来。”他也有闲暇的；但，这种安息日的闲暇不正好是他忙的结果同另一期忙的预备么？忙，于此看，那应是属于上帝的意旨的。

《史记》上说：周公戒伯禽曰：“我一沐三握发，一饭三吐哺，起以待士，犹恐失天下之贤人。”这三握发三吐哺的来头，应当算得了忙的。禹王治水，“劳心焦思，居外十三年，随山刊木，定高山大川”，曾三过家门而不入：这也应当归到忙一类里去。古时候天子勤于政事，有天未明而起，日既暮而食，“旰食宵衣”的说法；晋征西大将军陶士行初为广州刺史，日运百甓习劳，曰：“吾方致力中原，过尔优逸，恐不堪事。”看来都忙得可以。余如诸葛孔明的“鞠躬尽瘁，死而后已！”“知其不可为而为之”的圣人仲尼，其“于乡党，恂恂如也，似不能言者。其在宗庙朝廷，便便言，唯谨尔。朝，与下大夫言，侃侃如也；与上大夫言，訚訚如也。入公门，鞠躬如也；君召使摈，色勃如也；趋进，翼如也。君命召，不俟驾行矣。”那种忽而温恭诚实，忽而和乐正直，忽而端庄静敬的忙碌态度你看得见么？他老先生是曾于齐太师学韶，三月不知肉味；晚年读易，韦编三绝的，也曾说过“发奋忘食，乐以忘忧，不知老之将至”的话的，算来，也总够忙了。

啊，忙！晋朝共被同寝的祖逖与刘琨，一个闻荒鸡夜鸣，就拔剑起舞；一个恐人着先鞭，要枕戈待旦：这类英雄，你说他们做梦会做到悠闲么？要知道，那是后来演过“击楫中流”的人物——但是，这些神祇帝王，降至公侯将相的忙，于胼胝手足栉风沐雨的草草劳人是不足为训的。虽说那与以酒为池，悬肉为林，使男女裸，为长夜之饮的殷纣王之忙于荒淫不可同日而语，与朝朝寒食夜夜元宵的唐明皇忙于饮宴之乐亦各异其趣，但终久不是“日出而作，日入而息”，从手到口的好好百姓所忙的一类啊！陈涉说：“王侯将相宁有种乎！”是的，仿佛如此，帝乡不可期，还是转回头来看看田野风光罢。

在还太平的乡村，只要寒暑适度，旱涝均匀，人们一年到头是有出汗的日子的。在春天，东风解冻时候，他们就已收拾犁耙绳索预备躬耕南亩了。跟着他们一道儿忙的：是满坡春草绿，一园桃杏花。树树鸣禽声里，妇女们将过冬的棉衣拆洗添补另缝单夹。粮食短，日子难过，榆钱、野荠菜、杨柳嫩芽，就只好拿来抑发他们的口腹之欲。春困，更兼日长，知道人们从早忙到晚，倒头睡下，是连个好梦都疲惫得无暇做的。慢慢天热了，是夏天。有了蝼蝈、螳螂，有了蚯蚓、蟋蟀，“王瓜生，苦菜莠，腐草为萤”，人们的忙便会跟了汗流在这时候加紧起来。清晨趁早凉，要早起；夜晚怕热炕，要迟睡。忙完了蚕桑，是麦子；忙完了麦子，是谷子高粱。喝凉水，吃剩饭，葱蒜以避五毒。“儿童不解供耕织，也傍桑荫学种瓜。”连顶无用的孩子，都有得忙呢。忽然凉风至，白露降，寒蝉鸣，说一声秋，人们就更慌起来了：谷禾要收，果子要摘，房子要补，棉衣要做，就是人人都有手千只，也还是有地方放有去处用的。转瞬，冰冻了，雁来了，是冬藏日子，饥寒也跟着追踪而至。要敲冰取水，袖手饮牛；白昼匪讯，午夜虚惊，几时熬到年梢岁暮，父老相聚多少吃顿团圆饭了，然而一阵年忙逼过了除夕，元旦却又是另一年了。在农家什么时候有休歇呢？什么日子终不忙呢？去到三家村里问问看，三岁童子他只会指给你祖父的新坟作例。

说来又岂止村舍儿女如是呢。在都市里拥来挤去的商人，手里一只算盘就拨动着终天算不完的匆忙：出入交易所的大腹贾，时时在捏着汗绞着脑汁。借借还还的小商店小货摊，就锱铢计较，争执着毛儿八分。你想夜里做梦他们不会跟了一纸钞票满天飞么？小伙计熬不惯夜，掌柜面前站着就打盹了，实在一天天太忙太倦啊！工厂里发吼的马达底下，又有多少人在晕眩着头脑忙乱着手脚呢？手工业的铺家，更是只有睡得少做得多，面黄肌瘦的学徒，和赶不出货来急得喝烧酒打老婆的师傅。

啊，忙！什么都在忙着。太阳系的星球听说一个个都在忙着自转公转而亿万年不休歇哩。休歇的时候应当就是毁灭的时候吧。人类从远祖到现在，一代代在忙着生、老、病、死；而构成人身体的细胞，又是忙着它的新陈代谢作用的。草木无情，也是一年一枯荣，忙着发芽、长叶、开花、结实啊！你说什么不？——原来忙里孕育着生动，如同闲里之充满了死寂。因了动，所以户枢不生虫，流水不腐臭；人也因了忙而才有竞争、互助、进步。不然蜉蝣一朝，被懒惰拖着过了一生一世有什么用呢？

就说闲，仿佛也是忙里偷闲才有意思：谁不喜欢炎炎夏日下锄地的老农从地头树荫一袋烟里边所得的慰藉呢？谁不喜欢泥水匠、木匠一番工作过后休息时那几杯浓茶一阵戏谑呢？又谁不喜欢破一天工夫读完一卷好书，到傍晚时分对着笑也似的夕阳去咀嚼书里真理那种深湛的滋味呢？跋山涉水之后，野店里的夜是睡得格外甜的。“好事多磨”，亦应以此理释之。

顾炎武说：“北方之学者，饱食终日，无所用心，难矣哉！南方之学者，群居终日，言不及义，难矣哉！”两个“难矣哉！”

怕正骂着他们一个闲字。是呢，公事房里看闲书说笑话，回家来吸大烟打牌；责任推给一层层的上司，公事派给一级级的属员，而悠悠然说国家民族怎样，人生大道如何，一套套不兑现的鬼话：你说这样的一群不该像猪一样一个个送往屠宰场么？厚禄高官，他们留下来的是人类的沾污与耻辱。

到这里才想起：为什么孙中山当年致力国民革命的时候，被人逼到了肇和舰上，够窘促了，还镇定下来称大元帅发号施令。科学家爱迪生一生观察，实验，到了八十岁的老年已有百多件的发明，但他还不死心，到断气的前几天还要拄了手杖到实验室里去做橡皮草的研究。苏联对一个突击队工人斯塔哈诺夫的工作成绩要那样重视，甚至有了所谓“斯塔哈诺夫”主义和运动。这些都为什么，我也知道了。

因此，凡是从日出到日落为了什么在忙着的人我都喜欢起来。想到美国总统威尔逊为了自己一点点世界和平的幻想，在欧战结束的期间拿一个忠厚风度的学者去与法国死了都要立着葬的那老虎宰相克理孟梭和以老奸巨滑称的英国路易·乔治，在巴黎和会上煞有介事地折冲樽俎的情景，我就不禁起一种畏敬之心；虽然结果他的理想失败了，没得到国人的谅解而致抑郁身死。听到为了反抗罗马黑衫党无理的侵略而遍山燃烽火，宫门击鼓向国人宣称要身先士卒战到最后一滴血为止的阿比西尼亚王赛拉西那一股不屈不挠的英勇精神，我就愿意像诗人拜伦之参加希腊革命一样，跑到非洲投到阿王脚下去作一个任他驱使的士兵。日本的西园寺翁，不管他的国籍如何，我是爱他的忠君爱国的赤诚的。——我爱医院一个好医生，爱一个为子女憔悴着的慈母，也爱一个黎明即起孜孜为善的庄稼老头。

啊，忙啊！“生年不满百，常怀千岁忧。”告诉你三脚都踢不醒的懒种，起来！世界是大的，人是多的，时代的轮子是不住辗转前进的。我们应当振奋起来干些什么才好呢！万世名也罢，蝇头利也罢；为自己，同时更为人人。不然，卧榻之旁，岂容他人酣睡，你的空闲也难得久长啊！

你，却应当去学夏天的蚂蚁爬，春来的蜜蜂飞。

一九三六年三月十六日，济南

题　话

《说忙》，写作的特点是铺排与励志。铺排，是吴伯箫早期散文艺术特点之一，即吴伯箫散文善于像古代辞赋一样，在叙述或抒情时按一定次序排列出结构、语气大致相同的句群，从而增强文章的气势和感染力。《说忙》当中这样的铺排不少，比如第四段写乡村人的农忙，就按照春夏秋冬的时序，以铺陈、排比的句式历数人们的辛劳：“清早趁早凉，要早起；夜晚怕热炕，要迟睡。忙完了蚕桑，是麦子；忙完了麦子，是谷子高粱。喝凉水，吃剩饭，葱蒜以避五毒。”所谓励志，当指吴伯箫散文从积极的人生观出发，在文中总是传达出积极、健朗、进取之精神，给读者以鼓舞。人的性格、气质不同，文风自然也有差异，吴伯箫散文往往有快的节奏和高的兴致，这跟他喜动不喜静的性格有关，并非刻意装饰。其实，“忙”就是积极、健朗的表现，相信读过《说忙》的读者会留下深刻的印象。

铺排、励志之外，《说忙》还有一个特点，就是引经据典多，《圣经》《史记》、顾炎武、孙中山，还有不少隽永的农谚。

几棵大树

在这绿肥红瘦春夏交替的时候，天气正寒暖适度；城里的朋友，不断地有来我们乡下蹓跶蹓跶散散心兜兜风的。到这里，往往主人还没迎出柴门，远远便听见客人嚷道：“你们这儿风景真好！”到屋里，一杯白开喝不完，先又急着说：“到外面逛逛吧。”出去到村落左近，浴着煦暖的东风，踏着芊绵的草地，一路数着各色的野菜花，看齐刷的麦垅，他们往往是赞不绝口的。若于水车井边坐下，指点着怪近的山峦及一眼弥望的旷野，凑巧那里传来耕田人喝牛的声音，或村舍人家一声鸡叫，他们会冲口而出地说：“简直是世外桃源。”

啊，“世外桃源！”在我们终日锁在乡下，为繁重的责任苦寂得像念倦了经的古刹的老僧一样的人听了，你说不奇怪么？初想真觉有点奇怪！可是仔细想过一通或到城里忙了一天，于傍晚披了夕阳回来再看见那一绿绿到天边的景色时，才会恍然于那朋友的惊喜是有道理的。原来住惯了芝兰之室的人就难乎其为芳香了。恋爱期中的Angel等结了婚生了孩子也就管家婆一样味同嚼蜡了，耳濡目染觉得平平无奇的这郊野风光实在有它的伟大可爱处，院子里的几棵大树，就是这样想过了之后，回头来被我特别注意起来的。

要说大树，忽然又想起从前居处的海棠院来。海棠院，够多雅驯，仿佛贾家蘅芜院似的，应属丽华金屋飞燕兰宫之类；而其实，这里说的只是北苑学校一处图书馆的院落而已。那院落不挺大，两株海棠就将院子遮得满院树荫了。自然那两株海棠是有相当密茂的。我爱海棠：喜欢吃又甜又酸的海棠果，喜欢看又艳丽又浓郁的海棠花，所以在北苑学校时，那个院落我就叫它海棠院了。同时也是朋友们读书、闲话、散步、喝茶的场所。关于它，记忆里有过三五月夜大家话尽终宵的事，有过佐以兰陵酒炒苜蓿肉高歌数曲的事，也有过年近古稀的前辈先生因××嫌疑于树下被捕的事。印象都很深很深，不过这海棠院落虽有往事点缀在脑海里留下了不可磨灭的痕迹，但与要说的有着大树的庭院相比，却像玉如意与宫殿建筑较量有了差别了。差别就在后者有的是几棵大树的缘故。

要说的树，是美国白杨。听说是清末这里办农政学堂的时候栽的。现在都已合抱粗，十几丈高了。一直上伸的躯干，密匝匝的叶子，一株株看齐了似的排着，两行可四五十株。叶子的绿，绿得一尘不染，干净得恰像乡下姑娘刚浆洗过的竹布衫子，真喜欢人！那叶子是无风自鸣的，终日里窸窣作响，音韵幽怨可听。

若有忧郁人是极容易引起“白杨多悲风，萧萧愁煞人”那种情绪的。细雨微风中，那声音有些抑郁，足以发人深省，移人沉思。狂风暴雨中它呼啸里就带出悲壮，人也会跟着烦忧起来。但我喜欢它的还是在午夜同清晨的时候。

在午夜小睡初醒，四壁静悄悄的，连个猫叫都没有的时分，满院里只弥漫着它那簌簌的啸声，枕边一念袭来，你不会以为你正乘了一只轮船向大海滑行，以为依旧岛上山屋，卧听上潮时惊涛拍岸的音声么？那么再入睡时你的梦境就该更美了；起码怕就是《金银岛》或《古舟子咏》的故事。在清晨，我爱那树巅头传来的一片鸟声，有干咳的啄木，有唱着“不如归”的布谷，有喽喽喳喳吵嘴似的喜鹊、麻雀、“长尾巴郎”。若是公冶长，总该打开窗子说声“喂，朋友，早呵！”的罢？即不是，也应赶快起来，向院子里高举了双手去打打招呼。那清新的空气同清新的感觉是会令人忽儿觉得年轻起来的。

在圣贤桑梓的曲阜，看孔子手植桧，子贡手植楷，在泰山脚下的岱庙瞻仰唐槐汉柏，都极爱好，因为它肩负着几千年历史的陈迹啊。古圣先贤的手泽，神明华胄的光辉，仿佛都在它那老干秃枝，皱裂的皮层，及偶然的一丛苍翠的叶子里蕴蓄着，透露着。谁不喜一处破落的书香人家正对了垂珠门楼的一棵古槐呢？他创业祖先在那儿拴过高头马，挂过百灵笼，老年来领孙子看过蚂蚁爬树的。一世的荣华，几代的富贵，古槐都曾经历过目；败家子的浪荡行为也给它添划过年轮。又谁不喜欢山河跋涉的途中，就道旁一株古柏荫下去揖向一位蔼然的长者问问路，歇歇脚，听取一点关于那老树的传说与故实呢？“前人种树，后人乘凉”，但种树人往哪儿去了呢？你曾否产生过这样的疑问？

是的，就这面前的几棵树说，现在是这样高大了，当初是谁种的来着？种的时候他可曾想到这树后来的种种？一年年一枝枝一叶叶，是怎样长成这样子的？树巅头架过多少鸟巢？有多少鸟曾在这儿栖止，唱歌或竟轻轻掠过？啊，当这树还幼小的时候，总该有人是天天挑了水灌溉，拿了刀斧修剪的罢？后来长大有荫，也总该有人清夜眠不得，披衣于树下徘徊，望望树隙里露出的疏疏的星，踏着地上珊珊晃动的散碎日影，去寻那么一点闲愁的罢？现在我是在这儿与它朝夕晤对，它给我的慰安不少呢。寒冬我看过它秃枝顶上麻雀的朝会，浴着朝暾的啁啾，给人多少温馨；日夕群鸦噪晚，打发去若干不适的意趣。深秋的缤纷落叶，添人一脉凄凉；春来枝叶萌发，也给心头播下一线生机。于今行将是盛夏了，叶子长得蓊翳起来了。浓厚的荫凉，如友人杜君所说：“恰巧当了凉棚呢。”虽说遮得屋里光线微微暗了些，但门窗开处那一抹森森然的绿是令人愉快的。

前些日子正当种树季节，朋友们又设计于树下的甬道旁边栽了两行小柏树，掘土担水，整整忙了两天，一个无花的庭院又平添了不少生色。时满月余，小树都绿起来了，有欣欣向荣景象，大概是会活下去的；可是栽树的人却说不定什么时候就要走了。我常常想：后来的人对这样匀整的小树该作如何感想呢？二十年后：小树都长得有点像样子的话，自己有兴会重来当又作何想呢？喜悦罢？感慨罢？惆怅罢？知道，“城郭依旧人民非”，朋友们准是到不齐的。唉！“前不见古人，后不见来者；念天地之悠悠，独怆然而涕下。”陈子昂先生的话说到自己心里了。

其实感伤是不必的，像这样粗大的白杨，顶老才二三十年，顶多才四五十株，又有什么值得忒留恋呢？有缘到南洋去罢，那里有热带的椰子林棕树林；有缘到北美加拿大去罢，那里有高可直冲霄汉广可千数百顷藏得住狼虫虎豹的杉树林。碧天所笼罩，赤地所擎托，哪里不可以栖迟呢？“四时行焉，百物生焉。”有着太阳光的地方，万物就滋长起来。有那么一天，肩起一束行囊，且山海河岳的漫游去罢，处处参天乔木，怕又美不胜收了。

像大树一样，尽着向上长；你也尽着向前走罢！“无树不成村”，路也是宽得很呀！

一九三六年五月底，济南桑园

边　庄

从水北门出了以小江南称的T城，沿了一脉弯弯曲曲的清流走去，一路数着石桥绿柳，荷塘鱼湫，约摸二十来分钟，远远听得鸡啼声，捣衣声，卖油盐酱醋的小贩吆喊声的时候，抬头就是边庄了。

踏进边庄最初感到的是它那淡淡苏州似的风味。先是一道溪流直劈村中穿过，画成了一条水衢；两岸住户人家出入通以石板桥，恰合《天净沙》“小桥流水人家”那般的情趣。桥畔植桃杏花；桥下浣衣，洗菜，泛边嘴鸭子，最足令路过人士步趋迟迟。若凑巧是暮春三月，人面桃花竞红时节，有人在门墙上大书其“去年今日此门中”的时候，那更是有好景看的。

边庄因有流水相绕，所以周遭多种稻水田。在水田夹持的高处，菜圃畦陇也自成阡陌，四季中莴苣、胡瓜、白菜、番茄之类是最饶富的。就是早啊晚的晨曦暮雾里那种菜人伴了家里妇女在车水打镳铲疏苗垒畦的景况，亦很令人向往。

村边树株极蓊翳密茂，村里房舍就都被那大棵的槐柳树掩蔽起来。若不是时时有犬吠，有出入行人，有小孩子在溪头捉虾摸鱼，你总会疑惑那只是一丛树林，住户是稀疏寥落的。说呢，这边庄南首就有一家掩映在两株老槐树下的茶馆在。说是茶馆，其实也不只是渴了喝喝水的地方，也兼营杂货，带卖烧酒、鸡子、茶豆腐干、山东锅饼一些吃的东西。因为房子收拾得还亮敞干净，村边通城里的一条大路上行人也不少，所以生意来得颇兴隆旺盛。这种茶馆的来头，不知你喜欢不？

且请几个那里的主顾出来认识认识，看您意见如何。

在乡间最受人亲近的要算须发斑白的老人罢。假定是拼了一生劳碌，用血汗赚下了一宗田产宅子，养儿嫁女，孙子外孙也添了几个；到年近古稀，忽然想也该享点清福了，于是便将捏紧的双手一松，将家业支掌完全交给了年轻晚辈，而自提了长烟袋，福气地在街头巷尾，谈谈经验中古老的琐事，说说教少年人红脸的媳妇什么的趣语来悠然自娱，这种挺慈祥挺和蔼的人物，这里是有的。拉了半天客人赚了几吊大钱，不必再跑啊喘的就够凑付一天了；于是便在小铺里买了一支香烟，捕捕吸完在空车上呼呼睡起大觉来的洋车夫，这里也有。也有春忙时候在日头底下晒了一天，在水田里浸了一天，累得筋疲力竭，于傍晚时分荷锄锹歪斜走来的农夫。也有赶路客人，到此掸掸身上尘土，洗洗脸，再收拾清楚去城里会亲友的。也有玩画眉鸟，唱无腔曲，穿多领衣裳，自己以为英雄而只够讨人厌的青皮。不少啊！南来北往的，日必以十数二十数计。若然你有闲，在茶馆坐那么两三个时辰，你很可以晓得很多事增长很多见识哩。

茶馆的事说得太多了，左近一堵水闸却不好意思不顺便提提。闸是设在小清河上游的。因为水位提高了，下行船可以一帆风顺驶去；故每当向晚日衔半山，野景正自无限好的当儿，闸边就般集了民家船只。等开闸不及，船户就往往先煮火烧饭，风箱响声伴着活活流水，缕缕炊烟，情味是备极深长的，加以船首垂钓，船旁撒网，船夫兼做了渔翁，更有多少意思。一会儿闸开了，你看桅杆竖处，笨重的白帆挂起，舵掌正了，你不想在岸头纵身一跃，去与船家为伍，顺流下去么？顺流下去，去看看两岸的覆雉麦陇，新生谷禾，与夫水旱灾后的断堤衰柳，颓垣荒村；即无猿声啼不住，船上一宵，怕也景物全非了。

不去乘船远游，就兀自在村边翘首南望，佳胜亦复不少。就中胶济途上往还的过车即很够使人立尽若干无语的黄昏。铁路是东西横卧着的。每逢火车冲了朝暾或夕阳蜿蜒开来的时候，你看那突突冒的浓烟，催催促促的声响，那样急，仿佛在逐追着什么或逃避着什么似的，你不自觉地就会深深叹息一句说：啊，归来者迫切的心情啊！不是？离站远远的，车厢里已有人在归整着行囊呢。为了一站站在期待着的父母妻孥，伫立参观者的心里也会替车上行旅忙乱起来。就不说夜深人静时那鸣的声惊人魂魄的汽笛了。

村后景色又自不同：一眼弥望的是菜圃，是稻田，是另一些疏落庄村；是近的孤坟，远的淡山，是天边五簇三丛，若荠的树株。从那里赶了集回来的，牵着得得的毛驴向东去了。推了独轮车，顺上田间大道走着的，越走越远了。漂泊的游子啊，就在这茫茫大野中向田间寻一个诚朴的老农话说桑麻罢，他该会带给你亲切的故乡的况味。

听说夏天来时，这里荷花最多最旺，十里荷香是不稀奇的。特别当三五之夜，星月皎洁时候，在门前，柳树荫下，听取一片蛙声，看点点萤火，捉嗡嗡响的大蚊子，要睡也不忍睡去。就算白天罢，树树鸣蝉，遍野鹭鸶，衬以款款飞的点水蜻蜓，也尽够玩赏。何况秋来还有浓郁的熟稻香，萧萧的芦荻呢。

回头看，边庄里边，哪家的姑少奶正鬓边插花，骑了马，要拜别归宁，“得意春风快马蹄”，又一家黑油大门上的联语也恰巧红得新鲜。说来唐突，我真要移家边庄了。

题　话

老舍在济南，曾为济南写下了若干篇美文，吴伯箫自1935年初离开青岛到济南工作，历经两年，是否也有写济南的文字留下？

有，可只有两篇，且落笔在济南北郊，是为“郊野风光”。

原来吴伯箫当年任教的济南乡村师范，地址便在济南北郊，先在北园白鹤庄，后又迁至黄台桑园。

《边庄》所写，或为乡师前期所在北园附近确有“边家庄”之名的地方。《几棵大树》是写树，却同时涉及两处校园，有两棵大海棠树的海棠院是北园时期“学校一处图书馆的院落”，正面写的“几棵大树”则为黄台桑园校内原先农政学堂时期所植。

《边庄》第一句：“从水北门出了以小江南称的T城”，水北门多称北水门，T城便是旧时济南二字的英文拼写法（Tsinan），北水门是老济南的北城门，在现在的大明湖北面，从这儿往北走，就是民国时期老济南的北园、白鹤庄、边家庄一带。

这一带与济南城区不同的是，因属于城外，是乡村，而水系较城内尤多，故而稻田成片，荷塘处处，水衢柳荫，小桥流水，春夏秋时节，确有浓浓的江南风味。北园产大米，其中有一种浅紫色大米最是香甜。故吴伯箫谈及边庄给他的最初感受为“淡淡苏州似的风味”，就不能说不真实恰切。接下来所写，除了住户人家的水乡风貌，又依次详详实实写了庄南首一家茶馆和惯常出入茶馆的老主顾们，又顺便写了“左近一堵水闸”以及“舣集”闸边的民家船只和船户的日常生活，还写了村南的胶济铁路、村北的菜圃稻田、夏天的十里荷香，以及庄里边鬓边插花正欲骑马归宁的姑少奶……如今高速度城市化的时代，“边庄”已难寻旧时倩影了吧？

那么，海棠院里两棵树影婆娑的海棠，桑园校部那两行四五十株“一直上伸的躯干，密匝匝的叶子，一株株看齐了似的排着”的美国白杨，当初给了青年作家以灵感和畅想的，如今又怎样了呢？

记乱离

告诉你们哟，离散了的学生们！在一个月前还被你们偷偷地呼着“青年校长”的人，现在是穿了一身“二尺半”，披了一条武装皮带，变成一个不折不扣的军人了。在每个人不与死搏斗便不能活下去的这伟大的时代，生活的变幻真像白云苍狗，放下书本，扛起枪杆，正如瞬眼前的高楼大厦瞬眼后沦为断井颓垣，是莫可预测的。须知这一九三七年日寇发动的侵华战争，是我们神明华胄五千年来空前的浩劫，凡是黄帝子孙谁都有份，谁都无可逃脱的。

我们，四百人，为了救亡，将我们底学校，那和平日子弦歌的乐土，忍着痛白白地抛弃了。总还记得吧，出发的那天早晨，大家冒了大雨后仲冬的寒冽，鸡叫就起来，不点亮灯，彼此摸索着收拾行囊，四百人竟也听不到一点什么杂乱的声息。沉闷是那时的悲歌啊！

一声集合的号音，将我们赶到广阔的操场去，记得微茫的星光下，黑黝黝整齐的队伍里发出了多少悲壮的嘘唏。我们不是也点了灯去礼堂么？举行休业式，顺便也互相话别。记得静默后大家不约而同地呼“中华民族万岁！”那响彻霄汉的声音，真足振顽起懦，吓破敌人底狗胆。说什么话的时候，告诉你们不要难过，偏偏几个女孩子要嘤嘤地哭出声来，弄得大家都禁不住落了眼泪。仿佛已别离了多久，各人心里都充满了拨不开的想念与委屈似的。后来我们终于出发了，校门前大家郑重地举手敬礼，落在“枪在我们底肩膀”那歌声后边的，是那么整齐的房舍，精致的校园，满藏的图书仪器，同千万种回忆与怀念。那时，你们每个人心里都在问着吧，“什么时候回来呢？”“什么时候大家再在此相见呢？”也说“亲爱的学校！亲爱的先生同学”吧？路慢慢地远，心也慢慢地沉重起来。不是？频频回首，“挥手泪沾襟”了。

离开学校，命令是集中训练，从东海边岸以产梨著称的莱阳到临沂去，旱路是七百里遥远，代步的虽也有脚踏车，但大半却只能步行。记得晓行夜宿，风霜苦辛，凡过即墨、高密、诸城、莒县，整整走了九天。脚上磨起泡来的，嘴上生起疮来的，比比皆是。可是你们都不以为苦，觉得同前方枪林弹雨中浴血抗战的将士比，算不了什么。看看你们风尘满面，走路一瘸一拐的样子，偏偏又笑着说那种“不累不累”的大话，真觉怪可怜，但又是多么喜欢人的青年底心啊！只要同你们在一起，仿佛什么疲劳都可云消雾散，什么懒散人都该奋发鼓舞似的。

可是临沂的集中，使我们失望了。混蛋的，只知逃退的那时的山东长官，不给训练的经费，没有训练的计划，不派负责的人员，像烈火上浇了冷水一样，人们底心全灰了。那时候，前面是火急地需要工作，周遭却布满了那样多牵扯的绳索；你们抑制不住内心的热情，胸际的郁闷，你们继续地前进了。有的去西安，预备参加八路军，那曾用游击战获得辉煌胜利的队伍。有的去洛阳、开封，准备学驾驶飞机。也有的到徐州加入了某战区的军队。记得你们走的时候，与你们分别作过彻夜的长谈。把各种将来会遇到的困难详细说给你们听。问你们，钱够不够？你们说："不要紧，我们有双脚跑路，有两手做工，只要劳动就有饭吃；万不得已，流落为乞丐也是情愿的。"问你们可会想家？你们说："国还顾不了，要家干什么！"那回答里流露出的铁一样的意志，问话的人倒觉得惭愧了。告诉你们，到外边自己就是自己，身体要格外注意，该吃的时候好好地吃，该睡的时候好好地睡，乍寒乍暖是没人关心你的。旅伴就是弟兄，团体就是家。记得那时你们一壁笑着答应着，一壁眼里却含满了泪水。又后悔在那离乱的时候说那些触人伤感的无聊话了。实在人们相聚太难，相别又是那样的不容易啊！想起了将你们一个个从慈爱的父母手中领出来，却随便地将你们撒手遣散，内心着实负疚太深。若不是一颗钤记的责任拴着我，我真愿意带你们走，管它是天涯还是地角！总觉大家在一起，即便互相关照是小事，至少可免掉悬悬之苦啊！常常想：你们虽都已将近成年，总还是些孩子；没自己跑过三百里以上的远路，没有半年离开过亲友家乡，能做些什么呢？真怕你们带的那一点点钱用尽了，前路又渺渺茫茫的时候，会遭受什么委屈和苦困。

你们走后，在临沂有几天我像失群的老雁，又像一个勤苦的老农离开了他底锄头和田园，流不出眼泪，也唱不出歌。孤寂、烦闷、无聊，使我犯了日常劝止你们的那些坏习惯：喝了两次酒，也吸了够多的纸烟。后来，你们远远从西安寄信来了，我才稍稍高兴了一点。那长长的信里，说你们怎样乘免费火车，又怎样步行；翻山越岭，走过多少崎岖的路；早起晚睡，吃过多少异乡的苦头。怎样遇着敌人底飞机，躲飞机将护身的借读证书都失掉了。又怎样宿野店、逛古迹、遇散兵……读你们底信，一会儿喜悦，一会儿兴奋，一会儿悲酸，心绪真复杂得无可言说。当时曾按你们告诉的通讯处写过回信给你们，不知收到没有？翘首云天，令人悬念不止！

告诉你们啊！现在我也同你们一样，远离乡井随军工作了。家乡正因了敌人底节节进逼，同“青天”军队底望风逃窜，受着非常的摧残。敌人铁蹄下的我们底父母兄妹现在怎样的情形，真不敢想。每每读到报纸上敌人奸杀焚掠那种种兽行的记载的时候，辄令人心痛如割。且让我们将愤恨记在心里，变成一种与日俱增的诅咒，让复仇的手臂，握紧了锋利的刀枪，对准敌人底头颅厮杀吧！

入伍来虽不过二十多天，经历却颇多新奇、紧张，值得记忆的事。将来有机会，愿意一件件告诉你们。写这些话的时候，我正在淮河舟中，带了一帮像你们样的男女新兵向寿州进发。昨天在正阳关，听旅馆隔壁一个剧团排演《放下你的鞭子！》，唱各种救亡歌曲，令我特别想起了你们。因为他们每一句剧词、每一曲歌声，都是你们曾经演过、唱过的。“先生，你不知道一个人挨饿的时候那种疯也似的心情啊！”香姑娘这句话该还熟悉吧，可是我们扮香姑娘的漱芳同学哪里去了呢？“起来，不愿做奴隶的人们！”《义勇军进行曲》的声调，也是沿途处处听得到的，然而我们底救亡歌咏团却风离云散了。想来真不胜浩叹！啊，人生是什么奇怪的东西呀！它给你快乐的时候，同时也给你预备下够多的痛苦。今天说着笑着的人们，明天也许就相对哀哭。要末就将心肠变硬些，不然，在这吃人的世界，这险恶的旅途，微微脆弱一点的人是会发疯的！

你们身体都很好吧？都在参加着什么工作？一块出发的人也还都在一块么？想家来着？疲劳的夜里可有故人底梦境？——寿州城北八公山，是晋谢玄击败苻坚的地方，当年风声鹤唳，草木皆兵，苻坚败得的确够狼狈。我们在这里，差不多天天有敌机空袭，危险是很危险的，可是我们也有着下棋等捷报的谢将军底从容与镇静啊，单等哪一天，同敌人来一次淝水之战，让去苻坚还差千万级的侵略者片甲不回。

一九三七年底

题　话

《记乱离》是抗战全面爆发后吴伯箫写的第一篇散文，记叙了七七事变后他作为莱阳乡师校长带学生从长途流亡到最终“遣散”的过程，是战争开始而山东教育界应对混乱无序局面的真实记录，文献价值高。同时，也抒发了教育者吴伯箫对无奈“遣散”学生的愧疚之情。当然，此文还记录了吴伯箫在抗战爆发后面临的重要人生选择，让读者知道了吴伯箫也有着投笔从戎的经历。在文章后面部分，也写到他从正阳关带学生军乘船往寿州进发的情形。

此文用了书信体，以老师对学生倾诉的口吻写成，后来还用书信体写过《致同学》（在此篇基础上改写为《引咎篇》之一、之二）等，这在吴伯箫，应该是教师身份和责任的文学性体现吧。

踏尽了黄昏

“你看不觉已经天黑了，回去吧。也许要点名。”

“今天谈得真痛快！岂止是他乡遇故知，离乱中这里重逢，简直犹如隔世。”

延安，星期六最热闹。“车如流水马如龙”，并不够形容人们底拥挤。况且车马原就是很稀少的。真是呢，一道南北大街，几条东西衢巷，都被人们填满了，有着升平世大城市里底元宵节或往昔春天来泰山碧霞宫底庙会那种景象：一注洪流，万头攒动。

“进城了么？”

“工作忙啊？”

大家举举手，招呼着，交换了这样几句简短的话，便匆匆地迈着愉快矫健的脚步擦着肩膀走过去了。“哪里来的这许多人呢？”有人会问吧。是，哪里来的这许多人呢？看样子，一座破砖残堞的古老城池，几幢满生了瓦松的歪斜的街屋，人，就是挨个挤着像罐头里的凤尾鱼似的也容不下这许多。他们，告诉你哟，除了土着的自卫军、少先队、工人、商人、妇女而外，那穿了兰灰制服，红领章，皮带绑腿，雄赳赳大兵气派的是抗日军政大学底学生，短衣便装，红白符号，活泼泼走路都要唱歌的那是来自陕北公学的；左胸挂了一枚远看像天鹅样的鲁迅像，神气仿佛有点吊儿郎当而确实有几下子的那是鲁迅艺术学院底画家、音乐家、文学家——尽都是青年男女！他们从中国各个角落不远千万里路跋涉而来，说是不愿做亡国奴，来学自由与真理，抗日的技术。

是他们将这座近乎荒芜的古城活跃起来了。将衰残的躯壳注满了新鲜的血液。他们日常都住在四山的窑洞里，深居简出，过着严格的集体生活：学习，工作。像八路军不作战的时候一样，你是不知道他们都荫蔽在什么地方的。七天一度的星期，才是他们自己活动的日子：买点什么东西啊，拜访几个朋友啊，找个还有块把钱的老乡“打游击”一餐便饭啊，或者度过了“神秘的礼拜六”相约出来散散步啊，——都唇边挂着健康的微笑，身上笼罩着一脉充满了力的紧张。跟着这样的队伍一道走，怕你不觉也会挺起腰板迈鸵鸟般的大步吧。

“山拱来了，他在找你。”就在这样人摩肩的街上一个匆忙地走过的朋友如此告诉了我。

在延安，星期六的街上，你说不定会碰见什么人，也说不定会听到什么人的消息：十年八年不见面的，被捕入狱而消息杳然的，特别在芦沟桥事变后从 × 人底魔掌缝里逃了出来的：亲戚、朋友、血肉兄妹，以为今生今世早成了永诀了，忽然却无意中碰在了一起。看他们落着眼泪紧握了手的欢笑啊！

提起了山拱，立刻浮在眼前的，是去冬海滨的流亡……鲁南临沂的暂住，临汾沦陷……西安日报登载的找人启事，同大慧信里底话语："根据了你告诉的地址，一月中间我已发出三十几封信给拱弟，结果都像石沉大海一样连点回响都没有，真令人焦急，拱弟是我从母亲手里带出来的，也是从我底身边他开往山西；他底下落不明已成了我底心病，家没有了，就这样一个亲人啊！有方法再替我打听一下吧，算拜托了……"

半年来消息都是坏的一面，仿佛我也负了一部分责任。

不想，天上掉下来的一样，他竟然到延安了，如同醒了一场恶梦。

跟了朋友"山拱来了"那一句话，找他跑遍了全城。傍晚时候还是在街上碰到。"哎呀。""啊呀。"远远望见，跑了拢来，握住的手就再也分不开了。良久才说："找你半天了。"

"谁说不是！听说你早在这里，昨天找你整天都不在，满腔高兴几乎全冷了，今天却终久碰见了你。"

"令姐老来信问你，听说为你都病了，——吐血！"

"是么？——真是！打游击，通信不易啊！——她还在潢川？"

"不，已到长沙去了。"

"在这里也碰到一个妹妹，一见就哭了。问我：七姐呢？——好在我现在已磨炼得不会落泪，不然也哭起来的笑话。"

“走着谈谈吧。——你怎么头发全落了？人也仿佛老了。”

山拱原是十六七岁的孩子。高中学生。肩膀宽宽，腰笔直，有着丛密的头发的。一眼看见他依旧血色充足而茁壮的面庞，额端的头发却稀疏了，不觉动问。

“病啊，整整一个月，差一点回了老家。现在还算好呢。头发已长起了许多。”山拱有些慨叹地说：“想不到能活着在这里见你。真高兴！”

结尾的话说得有些孩子气，眼睛是那样活的。

像一切人久别重逢一样，我一气告诉了他朋友们谁在这里，谁在那里，谁底情形如何。

“来延安就已海阔天空了。不用说再遇到这样多朋友，听到这样多朋友的消息。——啊，告诉你哟，在山西我打了半年游击呢。那生活真有意思。我们同敌人作战过三次，三次都是胜利的。得过不少战利品，马、大衣、军用毯。您瞧，我穿的大衣就是。上边还有日本名字呢。”说着撩起衣角，指给我“古贺屋”三个字，还写得有什么联队的字样。

“你亲自打死过敌人么？”我问得多笨。

“打死过的。”老弟有些眉飞色舞，“不然怎么会有军用大衣！敌人草包得很，不值一击。风吹草动他们就乱放枪，真干的时候他们却要跑了，每次都是很狼狈的。不过，作战要将敌情侦察清楚，不然会遭不必要的损失。有一次大意了，我们十七个弟兄去摸营，就牺牲了五个，有三个还是咱们山东老乡！——我现在心变得硬得很。解决了战斗我骑马到战场去，他们五个伏躺在山坡上，死得自然很惨，血肉都模糊了。我心里却不觉什么。掩埋来不及，我就用大衣给他们盖了盖。又听见枪声，我才骑马回来。那时看死仿佛同睡觉一样自然，心上连点波澜都没有。在我病中，有人问我想不想家？我说：想家干什么？反正他们死了我也无能为力。我若死了，家里也是无从知道的。——时代太伟大，战争太残酷，脆弱的儿女情肠是多愚，眼泪也淹不煞敌人哟！”

说这些话的时候，山拱像一个久经风霜的老战士。战争的熔炉里锻炼出来的，硬得像钢铁。

“你进步得真快！士别三日当刮目相看了。”我说着，心里浮起的是羡慕与钦敬。

“游击队底生活苦么？”

“苦，自然有相当的苦。我们曾有过三天没有饭吃，也曾穿着夹衣在雪里过夜，但是精神却很痛快。你不喜欢么？当月亮皎洁的夜里，你同几个弟兄在山头放哨，数着星，从树杈椏里一只乌鸦底展翼，去小心底查看敌人底动静，缩紧的心里，活跳着火热的发亮的意念；想到在枪托上自己扛着的是一队人底安全，是民族解放斗争中争取胜利的负担，你就会感到你底任务是多么神圣多么伟大了。要不怕引起敌人底注意，说不定你会引吭高歌。

“知道你是喜欢骑马的，在游击队里我可真过够马瘾了。有空我们可以赛赛。我常常于黄昏的时候骑了队长底马到自己底警戒线以外去，往往惹得敌人放枪才跑回来。危险里讨生活，生活才泼辣有意义……更喜欢骑了马放枪打靶。”

话继续着。

“在前线我们都不穿军装，多半都是老百姓装束。有趣得很！小棉袄，布带扎腰，过冬再舒服不过，爬山也是最方便的。同老百姓搞得好，家家都有你的饭吃。过年过节他们都会来请你。去年除夕我们就是在一户小康人家过的，一样吃清水饺子——那才是四海为家呢。”

听话的人仿佛也坐在了岁晚的炉火旁边。

“的确，”青年战士滔滔地说下去：“游击队是脱离不开群众的。不是都说么？游击队是鱼，群众是水，彼此亲密合作，才能游泳自如。譬如我们底给养，就完全仗着向群众动员粮食；我就曾费过五天工夫向农村动员过三百石杂粮。哎，说起来老百姓真可爱，将道理说清楚，处处为他们底利益打算，他们是什么都可以牺牲的。亲见他们把粮食从地里掘出来，那样珍贵着，却又那样大方，一文钱不要一石石送给你，哪怕眼里衔满了泪还是甘心情愿的。看了那种情形，为他们去死真没有什么不值得！”

说话人底心那样热，又那样兴奋。

“怎么想起到延安来的呢？就那样干下去不也很好么？”

“好是好，军事知识太差啊！你看连我们队长都是干政治的。随营学校的那点操场上半瓶醋的训练，那哪儿成！作战只能摇旗呐喊给敌人一点点小的牵制，不能痛痛快快给敌人以致命的打击，以大规模的歼灭。所以我决意来，要好好地学学军事。”

话是那样强韧有力，意志是那样坚定的。

“来这里好好干干也好。”我说：“虽说这里学习期间不过短短的七八个月，有很多东西可学哩：什么坚定的政治方向，灵活的战略战术，艰苦的工作作风，那是这里人大家都晓得的。”

“啊，我要干！”高兴得又像一个孩子了。“一直锻炼得像一个铁人，成一个常胜的战士。——中日战争还需要比较长的岁月，到毕业的时候，我想还来得及重上前线。——遭受过敌人蹂躏的地方，民众比较容易动员，亲自上过火线，听过炮声，与敌人肉搏过的就更知道军事知识的重要了。”

“是的，我早就想受一点严格的军事训练，跟着广西军在安徽一带跑了半年，对行伍的事我也感到了极浓厚的兴趣。”看了那兴致勃勃的样子，不觉自己也鼓舞起来，说。

“是么？一块儿干吧！”算作约定的凭证似的又握起了手来。

忽然转念，他又问我：“诗人到哪里去了？”

“还不是同太太一道逃到了四川去！有几个钱的大都到峨嵋一带去了。”一壁想着诗人的胆小，一壁这样回答。

“实在呢，到那里去也好，天府之国的风物，加上三峡底险峻，嘉陵江底秀丽，很可以开一开诗人底脾胃；不过当暴风雨来得再厉害些的时候，他们又将怎样转他们底舵呢？——于我倒更喜欢热辣辣的血肉故事！——喂，可是你不会笑话不？同我一块来的还有一位女同志呢。”

“那有什么可笑话的，真的革命的女友，倒是工作中很好的帮助与鼓励。——过几天给我介绍认识好么？”

年青的朋友红了脸，接着很严正地解释说：“在我病中，在我不省人事的时候，她看护我整整一月。感激她，就熟了。倒是很能吃苦的人。徒步七百里，背了自己底东西，从没说过疲倦泄气的话。比男同志还来得矫健呢。人也极理智，总劝我不要感情用事……她也要干军事队。”

“好的。——发电报给七姐吧？双重的好消息啊！她会高兴得跳起来哩。”

“不，写‘航快’吧。多说些话；电报军用忙啊！”

就这样谈着谈着，不觉出了城，在清凉山下的延水堤畔踏尽了黄昏。入晚的延安城正静静的，四郊响遍了救亡的歌声。

一九三八年十一月二十八日

题　话

抗战改变人生的最一般方式便是让多少知识分子从城市从书斋从学校真正走到了中国最广大的乡村土地上去，亲眼看到了最广大普通民众的生活本相。路翎小说《财主的儿女们》蒋纯祖走的是这样的路，英国奥登的《战地行记》和穆旦的《出发》《原野上走路》也是这样的路。这或许正是战争给予人生另一面的意义吧。这另一重意义，吴伯箫在一九三八年冬晋东南行程所写的《踏尽了黄昏》中作过正面表达。他写一个流亡中走失的学生经过半年多参军打仗的磨炼忽然出现在延安，抒发那种“士别三日当刮目相看”的“羡慕与钦敬”之感,又引述青年战士的话:“缩紧的心里，活跳着火热的发亮的意念；想到在枪托上自己扛着的是一队人底安全，是民族解放斗争中争取胜利的负担，你就会感到你底任务是多么神圣多么伟大了。”

怀寿州

是以这样的心情想起了寿州的。

想起寿州，如同想北平，想青岛，想那登了泰山底绝顶才更感到它底辽阔广饶肥沃的故乡……心是沉重的。像幼稚的儿女想念慈母，病也似的忧郁。真是，一山，一水，一寸土地，一个稔熟爱好的脸孔，在想念里都开着绚烂的花啊。影子晃来荡去，撩拨不开。什么时候才能回去呢？想：回到那祖国底一切地方，一切的人……

寿州，淮南古城。

一九三七年十二月三十日早晨，雾是那样的浓重，像一幅野鸭绒的絮被将安徽田家庵周围的田野都笼罩了起来，庐墓房舍也都荫蔽得一塌模糊。终久是岁暮了，即便在南方天气也有相当寒冽。湿雾掠过秃树，枯草都凝成了雪一样的霜花，很美丽，又很寂寞。说是寂寞那是只就湿雾霜花汇成的氤氲所给人的情绪而言，其实田家庵村头那时正集合着 ×× 集团军总部底大批人马准备出发；即便人们都默守着严格的军纪肃然无哗，“沙场秋点兵”的那俨然的行列，同前前后后萧萧的马鸣，对一个初入行伍的人还是极紧张极热闹的。“出发吧”！——命令下来了，新任上尉处员的我跟了大家一块儿跨上了马。

那次出发的目的地就是寿州。

马是骑惯了的，路又是平阔的大道，拉好了辔头，让马自动地得得走去，马上人很有工夫想自己底心事，欣赏沿途的景物。记得右手有并不高峻的婉蜒山岭，左边是深深浅浅一抹水色的瓦埠湖。想着：“寿州即古之寿春，当淮淝二水合流处，为南北交通枢纽，楚尝徙都于此，汉淮南国亦于此建都。虽为寂寞之小邑，然于历史上颇占重要地位……”那么一段什么书上的记载，蓦抬头一座三面环水像建筑在什么海岛上的苍老城堞已远远在望了。若是秋天，水里满生了芦苇荻花，会令人想起《水浒传》的梁山泊来吧？城倒是静静的,稳当地盘踞在那里……感到多的是野鹜齐飞。

将湖水中分，入城的有一条长长的弯弯曲曲的石堤；堤边散乱地晾着渔网，一摊一堆的白鳞小鱼在晒着干……过两孔拱桥，近城的地方有一幢被风雨侵蚀得发着苍褐色的粗糙的石碑，“淮南古城”四个道硬的大字，古香古色地告诉你寿州到了。

城里石条铺的街道，因了日久年远被独轮手推车窄窄的轮铁辗转碾压，像蠹虫剥蚀过的树身一样留着一条条走来极坎坷的深沟，证明这座城的确是很老了。沿了漫长的大街两边的商家，除了几户安着煮肉大锅的民众饭馆，门头比较大一点的绸缎庄广货店都紧紧地上着门板，只半开着一扇街门，行人稀稀的，冷落中带着忙乱，全城透露着逼近火线的恐慌与萧条的景象。问问居民，知道因了溃兵的骚扰，敌人飞机的空袭，当地有几个钱的都到乡间去了，但能糊口的人家也都是白天入山躲飞机，晚上才回来吃饭、睡觉。战争的烈火在到处伸着它底焰苗啊！

学校停闭了。各机关除了应兵差抓夫而外，工作都懒散得很。全城的消息，只靠一家省立民众教育馆无线电收音。每每当加了红笔圈点的新闻张贴出来之后，惹得挤在墙根下看的人都不断地发出咳叹与嘘唏。济南失守了，敌人海军陆战队从青岛登岸了：都从那里传来。自然也有令人看着津津乐道的捷报，同战场上可歌可泣的英勇故事。作为“慈善机关”的道院在散布着夸大着各种谣言，大批地发着难民证，老百姓心里惶惶的，总部不到，也许不等敌人来，寿州就成了空城。

将民众安定下来，替商店开了门，招来了主顾使卖菜卖鱼肉的朝市重新苏醒了活了起来的，是总部底“戎”字招牌。老百姓说：“你们戎字兵好，戎字远看像“成”字，不打人，不骂人，公买公卖，替我们打日本……”是啊，一些小小故事早将当地老百姓安抚好了：他们说，有两个掉队失了联络的广西兵，自己底干粮吃完已饿了两天了，老百姓看他们疲惫送饭给他们吃，他们还迟疑地说：“我们没有钱！”留他们住宿，无论如何不到家里去，说在门洞里就已经很好了。因为他们总记着司令长官告诉过的话：“死了不要紧，不要丢了广西底人，破坏广西底军风……买东西要给钱，不随便进人家底家屋……”

这样在寿州，给养是不缺乏的。民众作成了军队底左右手。田家庵前线的争夺战能支撑两个整月，不是没有原因的；跟着戎军总部的少校也就能在那里平平安安度过了异乡的旧历新年。

学生军的青年朋友，你们还记得么？是在寿州我们聚在一起的。照壁街复兴居是我们底招生办事处，将爷巷小学是我们的考场。记得你们从临近的县份爬山越岭地跑来，家失了，偶然凑巧就兄弟般挤在一家小店里等一个入伍的机会。女孩子有的是从没有出过家门的小姐，这时也预备当兵上战场了。记得朱我华录取了，却被家里扣住不让出来，大冷的早晨他只穿一条短裤赤着脚裸着上身还是跑到了招生处，那件事受感动的不只我自己，你们都争着送衣服给他，也争着去说服他底父亲。——同你们谈谈，知道你们每一个都是悲惨的离乱故事中底角色：“别的不挂念，想的就是母亲。”“逃出村庄五六里地，还望见我们的家在烧呢。”“南京失守后，我是攀着一块木板在乱射的机关枪弹中泅过了长江的。”这些是你们告诉的片片断断的话，每一段话都蕴藏着够多的悲酸，团体比就家庭，彼此信托地交换了关照与同情。记得听说敌人纵火焚毁凤阳城，李静淑姊妹就偷偷地哭了，连饭也不吃……安慰你们都没有方法。

唐立藩同志你现在到哪里去了。——那样聪明，愉快，又那样努力工作的人啊！想得起编辑壁报“铁军”的时候，我们在被炸去一角的县立中学的后楼上点灯直到夜深的事么？津贴里凑钱买的一点点木炭烧完了，手冻得发木，你们六个人还都在埋头写作。为了明晨的早操，陈教官催你们两次去睡觉，你就可怜相地哀求着："教官，还有两行，完了就睡；我们轻轻地走，绝不打扰人就是了……敬礼！"惹得陈教官都笑了。——一样是责任，一样是热心……

小徐——恕我忘记了你名字。——你还常常演戏吗？想起你演"流浪者底歌声"的情形来，至今还感动着：正阳关，临时借用的大新舞台，你化装成一个叫化子上场了。披着麻花袋，脸涂得黑黑的，打着寒战用哭也似的调子你说："我是东北人，九一八后无家可归；逃到关内，又正碰上芦沟桥事变发生，沿海各省，到处狼烟；无以为生，只得沿街行乞，卖唱度日；现在给大家唱一个松花江，唱得好也不好的请父老们帮我几个钱买点粥吃。"……歌声起了，全场观众咽住了呼吸那样肃静，跟着一句句凄惋的歌词，悲哀透到了每个人底心底。悸动的情绪将眼泪挤了出来的怕不止一个两个吧？结尾时呜咽的氛围里舞台上叮当抛满了钱声……

叶，好么，想念你！一块儿，入伍的就我们两个，困难袭来时只有你可以给一点慰藉。记得平时我们都忙着学生军底训练工作，彼此想不起朋友，也无暇想家。不过旧历除夕却将我们底记忆搅醒了，委屈着，眉间都锁紧了郁悒……那晚总部有化装晚会，怕热闹我们没去参加，你说："越热闹的地方越感到寂寞。"看学生军聚餐之后，半培仓小学一间小屋里才开始了我们底除夕大年夜。将木炭火烧得旺旺的，踏着黑沉沉夜底街巷去买一瓶酒，买一些肴菜、糖果，很像过年的样子啊！不过喝了酒，却想不起那时为什么都没有话说。沉默，沉默！忽然你自言自语似的："不知家里怎样了？"听那酸酸的语尾知道你在落泪用话岔开，你笑着，微微不好意思。

就那样，烤着柿红的炭火，送完那一个漫漫长夜。

元旦，绝早，第二中队去八公山打靶。人人都很兴奋。还记得那时给他们讲的一段简单的话："……古时候文人讲究元旦试笔，试笔要先写龙虎字，那大概是最吉利，希望梦笔化花，像龙虎样飞黄腾达。现在我们却是元旦试枪，将枪口对准我们底红日靶，希望每一颗子弹消灭一个仇敌……

"过年放爆竹，那是各地差不多的风俗吧？诗里有'爆竹声中一岁除'那样的话；我们今天过年不放爆竹，我们来放枪，放爆竹若是如传说一样在驱逐邪魔鬼祟，那么放枪正是为打倒比邪魔鬼祟还要凶恶可恨的日本法西斯蒂……

"我们底靶场，是在八公山。下面流过的是淝水。在这里晋朝谢玄曾将投鞭断流的秦苻坚底大军，打得风声鹤唳，草木皆兵……这正象征着我们神圣抗日战争的必胜……

"靶场比就战场，好好打呀！保证每个人弹无虚发，百发百中……"

话，是的，说得有点平常，青年学生兵听了却大为感奋。政治工作是有效的。结果每人一排子弹，最低十二环；诨号"高射炮”的大个子郝君，打了差不多满靶：四十八环。

寿州出产一种透亮的冰鱼；春初出产一种鲜嫩的野菜；“老鹳嘴”饭视为珍味；也很不名誉地出产有名的鸦片烟斗，曰：“寿斗”。名人出过孙家鼐，是晚清的学务大臣，官至大学士。他底孙女是衍圣公底夫人。至今寿州孙家称望族。……

不过我怀念的不是这些，而是那些共同生活了很久的青年朋友，七百学生军。人都年轻得还只能算是孩子，对国家，对抗战，却具着那样大的燃烧的热心。我们寒风里站岗，他们深夜里行军，他们对一个政治问题狂也似的热烈辩论。同他们在一块，老年人也会年轻起来的吧？我是深深感到过他们底热的陶醉的。

在东战场战争激烈，寿州紧张的时候，有一天夜晚我接到命令：翌晨开往前线，去慰劳难民伤兵并指挥做破坏工作；为新的刺激所引诱，那夜迟迟无眠。谁想半夜三更又一道命令下来，我却须带领另一批新的学生军开赴后方训练呢。命令一紧一弛，工作转了方向，人也就同寿州暂别了。

为避飞机轰炸，那天黎明点“兵”，天亮开发；住过两个月零六天而不知什么时候才能再见的寿州城就慢慢地隐在雾濛濛冷湿的朝霭里。

路上，乱纷纷的，逃难的人：老、幼、男、女；车、挑子，牲口……怕都是同我一样：一步一切齿一步一伤心！

一九三八年十二月十日

题 话

《怀寿州》是吴伯箫唯一一篇专写他在广西军负责招考学生军以及关于淮南古城寿州的纪实性散文。文中写到第十一集团军在一九三七年底从田家庵进驻寿州的情景，描绘了寿州百姓对广西军的态度，也交代了吴伯箫与七百名学生军在寿州前后两个多月的部队生活，比如这样的记述：“一九三七年十二月三十日早晨，雾是那样的浓重，像一幅野鸭绒的絮被将安徽田家庵周围的田野都笼罩了起来，庐墓房舍也都荫蔽得一塌模糊……其实田家庵村头那时正集合着 ×× 集团军总部底大批人马准备出发……”也提到了广西军的“戎”字招牌和在寿州招收学生军的情形。

送寒衣

风俗："十月朔，造面角，祭先上坟，焚冥资，剪楮象衣，熟米作羹，遍祀游魂，曰送寒衣。"

——阳城县志

十一月二十二日，我们同行五人，在垣曲县境的李圪塔村到阳城县境的侯井村途上。清晨，一开路，自己就仿佛有些颓丧，脚懒得抬，心头也积蕴着深深的郁悒。走不快，索性让别人头里先走，乐得自己跟了行李挑子在后边蹒跚逍遥。这样也好吧，一个人在孤寂的时候，倒更容易用思想，做白日梦，看沿途的风光。

道旁用石块垒就短墙，用麦秸干草盖顶，临时筑就的零食饭摊不少，摊子上柿子关东糖是家家摆着的。看见柿子顿时想起在西哄哄山腰里那三棵红火火未摘的柿子树来。记得当时曾想：为什么不摘呢？照季节，"七月核桃八月梨，九月柿子乱赶集"，是摘的时候了。从垣曲北来的一路，如当地人唱着的：东哄哄、西哄哄、马家河、赵窟窿那些地方，一村村柿子树都早摘光了。上市的，给行路人解渴打馋；晒柿饼的，家家户户挂满了树，晾遍了屋顶。这是谁家的？为什么不摘呢？

——原来：盛小顺同他的哥哥赌气，当初分家的时候树没写上分单。争着管不了，就争着不管了，六十岁的老母亲也无可奈何。出了窠的鸟啊！盛小顺是弟弟，也已有四十二岁了，真没出息！那柿树上的乌鸦同喜鹊倒得了意，用粗长的喙啄着，尽着饱餐餮饕。路旁人告诉你：柿子有的熟得过透了，烂得往下掉。看见在那里卖水饺的盛小顺，虽说几乎是老头子了，也想给他两个耳光。可是他偏偏说的确是哥哥的错。是那么别扭，那么愚蠢的人啊！

——都不摘，让柿子永远给老鸹，鸱枭，王八！

——气人的事！——当时确是如此想过。

现在想：慢慢的他们会商量着一块儿去摘的吧？那两个同母兄弟，两个宝贝，两个傻瓜——柿子的确熟透了，再呆会全坏了的。

想：去年这时候，自己远在胶东的莱阳，不吃柿子，吃莱阳梨；莱阳梨有名，好吃不好看。那时有那么些同事，那么些学生，学校正忙着筹演新剧，作抗日的扩大宣传。记得《放下你的鞭子》最叫座，看的人都哭。——分散了的人啊，都很好么？努力参加救亡工作，等我们打回老家去！再吃莱阳梨、烟台苹果。

想：人生，多么热闹；时代，多么大！悲多汶说：“我要同命运来决战，它不至于就完全征服了我。人生是如何的优美啊，我要聚千百生命于一身地生活下去。”那么，活就泼泼辣辣地活吧，死也就死个痛快！

死——怎么会遍地哭声呢？梦醒了似的。看看道旁边，山脚下，田畴间，一个两个，都是哭的。女人，坐在地上，红红绿绿的衣裳，蒙一方头巾，嚎啕地哭。旁边有小孩子，扯着哭的人，劝着的样子，声音似乎听得出来：

“妈，——不哭！”

“姑姑，——不哭！”

“姐姐，团团不哭呢。”

过路人也要落泪了。明明头上是暖暖的太阳，天那样晴和又那么亮，为什么到处都这样凄凉呢？真是，过路的人也要哭了，——啪啪，又是哪里，怎么还放鞭炮？

“挑夫，怎么这里遍地都是哭的，什么事？”

实在禁不住要问了。挑夫答：

“今天是阴历十月一，送寒衣，上坟。这里是这种风俗。你那里不？”

“我们那里十月一日也是上坟祭祖。到太阳傍落到的时候，将冥供摆在先人的坟前，烧香，磕头，焚纸钱，只多半是家长领着男孩子去，女的很少出门。”

“这里坟埋得很远，常常是十里八里，也有死在外边的，去不便当，人们就拿着金银锞，带点供品，在路上烧烧就算了，论说是十字路口，现在多半在田里，划一个十字，十字外划一个圈圈，就烧箔，就哭。叫作送寒衣，天冷了，鬼也要衣服啊！你没听见唱：

十月里来十月一，

孟姜女啊送寒衣；

寒衣送到十字路，

哭到长城十万里。

就是这个样子。老婆哭丈夫，老太太哭儿子。不送寒衣，不哭，夜里鬼会托梦来要的。说是幽魂一丝不挂，夜里在院子喊：'冷啊。'阴森森的。拿衣服烧了就好了。"

想：现在要哭的人太多了，战区，敌人蹂躏过的地方，他们将抱着母亲尸体而啜泣的少女在轮奸之后屠杀了！他们把活活的挣动着的一个女人剥开衣服，说着："剥下她的皮来看看吧！"他们整船整船地运走我们的儿童，去抽儿童的血液，给伤兵做输血治疗。南京的难民被他们驱赶在一起来排枪打靶；潞安府千多老百姓被他们屠杀。失掉了爱儿的母亲，离开了慈母的儿女——细听，遍中国该不是一片哭声！——忍耐不住的刺激啊！

可是我们现在却多半不哭了，我们有的只是恨！泪水变成了沸滚的热血，变成了不可战胜的力。都醒了，都起来了。大刀、梭镖、土铳，拿得到的武器都拿到了手里。一个老百姓就是一个兵，来吧，教我们哭，也是我们要教你们哭的时候了！你日本人的爹娘妻子儿女，告诉你们，你们法西斯军阀将你们断送得好苦啊。不信你们看看吧，你们一等兵的平尾就哭着，说：

“战场上的身体早已预备死了，草虫哟，请不要替我悲鸣。”岂不是好例。

我们这里连小孩子都肩起了抗战的担子。他们轮流着站岗、放哨、盘查行人。替出了壮丁，去组织运输队、担架队、自卫队，去补充粉碎你们头颅的劲旅，不信你就过过看，这条路是不许汉奸匪徒跨过一步的。

“喂，路条！”

你吓了一跳吧？红缨枪下的小孩子，话很和婉，语调却极严肃：拿不出证据来，回话说不清楚，你就别想过去。长子县的县长有一次都被儿童团捉了起来；你汉奸，匪徒，日本法西斯的走狗是什么玩意！

红花场一个小学生，将我们挑夫死拉住不放，原因是挑夫的通行证在棉衣的里边，要拿出来看，须放下挑子，解开怀；同他好说歹说吵都不成，终于还是得麻烦麻烦。通行证看过了，小学生都笑了。说：“对不起，耽误你们赶路啦！”那样认真，又那样知礼，可爱呵。

妇女么？也组织起来了。“送寒衣”，动动就是千双鞋，七千套棉背心，白里黑里地赶，送给的是前方虎气生生的战士。天冷了，可并不等战士们开口，也不等这十月里的十月一。妇女的哭声也变成了闭紧了嘴唇的微笑了。

——我虽还是落在后边，白日梦却变成了现实。怀着坚强的胜利的信心，腰挺直了，我原噙了眼泪高声歌唱：“中国是有光明的前途的，日本法西斯军阀你发抖吧！”

一个请帖：

“谨卜于阴历九月二十九日至十月初六日，建醮七日，超拔今夏被寇戕害幽魂。伏乞……至期台驾光临，以襄佛事，拈香共祷。……此奉请。

朝明寺住持形慧和尚”

送寒衣，度幽魂，由来已久了，在人们的心里已种下了根。不把它看作一种自然的迷信，于今说倒是一种苦心，也是可悯的。

一九三八年十二月五日

题　话

吴伯箫把他晋东南之行的战地通讯集命名为《潞安风物》，“风物”一词，听起来好像与抗战前线不太协调。但仔细读，又觉得很真实，也确有“风物”的一面。以小分队甚至独自步行于战争间隙中的晋东南群山峻岭、雪地屋舍，毕竟不同于一线战场的紧张与单调，山川风物和乡村人生总能给人以某种新鲜、从容、闲适感，作者的心境迫近却又悠远，写在纸上的战地通讯也就多多少少有些优雅的风俗诗意了。

这篇《送寒衣》记述一行五人自垣曲到阳城途中，自己因精神不佳落在后面的自嘲：“走不快，索性让别人头里先走，乐得自己跟了行李挑子在后边蹒跚逍遥。这样也好吧，一个人在孤寂的时候，倒更容易用思想，做白日梦，看沿途的风光。”

果然他就看到了“东哄哄、西哄哄、马家河、赵窟窿”那些地方红火火的柿子，再写了那天阴历十月一日当地妇孺于路边田里为死去的亲人“送寒衣”的情景。“送寒衣，度幽魂，由来已久了，在人们的心里已种下了根。不把它看作一种自然的迷信，于今说倒是一种苦心，也是可悯的。”记录风俗之外，也有作者的情怀。

游击司令唐天际

名字早已熟了，唐司令。像驰骋在北战场的多少名将一样，是井冈山的人物。也是那有名的雪山草地二万五千里征途的参加者与推动者。人是炉火纯青了的，无论姿态、谈吐和行事。——愿意认识他么？

他吸烟，吸得相当厉害。

阳城开福寺大雄宝殿的西厢里，椅子放在一张长长的香案的一端。自然，这香案是从前敬神摆供的，现在却是游击队拿来开会议用了。去会见他的时候，他像家里人一样招呼你，伸伸手，意思是让你坐下，自己便坐在那事先放在案头的椅子上。说坐，并不恰当，宁可说是脚踩在椅垫上蹲在那里。立刻便吸起烟来。他吸的不是纸烟，这时游击区的纸烟多半是被敌人注射了药针放了毒的，军营中仿佛都已成了禁品。他不吸烟斗，那似乎带些绅士气。按了当地“老西”的习惯，他用一根尺长的钢烟管，小小的烟锅，吸的是水烟似的旱烟。盛了烟丝的小小的木盒，可以恰好握在左手里。他吸着烟微笑着，两三袋之后这才仔细地通姓名来历。

“沿途辛苦了吧？要跑路啊！这一带山多，路不好走，懂不懂啊？”

头微微地抬一抬，看着你笑着，那么亲切。

跟着就吩咐，安派你的住处，“找家比较干净的房子……”回头再问你：“好好休息休息，劳顿啦，今晚什么且不谈，啊？不慌走，明天起码留一天，看看这个地方，慢慢的，和同志们谈谈。这儿很好玩哩。老百姓什么都懂了，打游击。——小米吃得惯吧？不要客气，可以随便来山里玩。”

又是望着你，微笑着，频频地吸他的旱烟。

等你握握他的手，走到给你安置的舒适的住处的时候，你会想：“像大哥一样的人呀！决定住一天吧。”立刻那活生生的样子深深地埋在了你的心里：不很矮的身躯，不系皮带，不扎绑腿，穿一身灰布军装，屋里帽子多半是摘了的，光头，浓眉毛，约摸四十多岁，名义是司令，带兵的，实际温雅像个文人。

夜里，竟有人给你打水洗澡，替你拢火烧炕。山西冬天睡热炕是相当有名的，煤便宜啊，有足够全世界二千年之用的产量。不过外路人却往往睡不惯。有人说：经常靠底的一个鼻孔热得流鼻血，在上的一个却会冻得流清涕。虽未免言之过甚，也不是毫无根据的。

你好好地睡一夜，第二天绝早唐司令就来看你了，进门先问：

“房子可以么？睡得好吧？”随便一个地方坐下，接着问你外边的情形，谈一路来的风光；哪一带情形最好，民众劳动得怎样，问你有些什么意见：政治的，民生的，连儿童团放哨查路的事都提醒你。他关心的是整个一区啊。——临去，回头对你说：

“我们还不能细谈，有点点小事情；你也需要到城厢各处去看看吧？看看那些墙报：青救会的、农救工救会的、妇女救国会的，多得很！给他们批评批评，啊。看看这沦陷过三次的城池，商家都关门了，关了门的商店门口是摆的买卖小摊，商业也要游击式的喽，说走能搬得起走才成！这里山僻小县，城却相当大咧，看着我们拆城墙的工程，敌人要拿城墙当掩护作长居久远之计，那是不能那样便宜的！我们偏偏要路不要城。

“这座城算相当古老喽，北魏兴安年间就建筑了。明朝用砖甃，清朝加雉堞，修拱极阁、望远楼，都是煞费苦心的。现在我们一遭毁坏了它，为了大的就不能不牺牲小的，懂不懂啊？

“什么时候？傍晌吧，希望到庙里来，我们好好地谈谈。跑到这里不容易喽，是敌人的后方啊。有很多胆小的人怕危险，不敢来，你看这里危险么？啊？”

咯咯地笑着出去了。那个“啊”字的余音很久地响在你的耳朵里。

再见面的时候，他已摆好了酒席等你：花生、瓜子，那是干果，烧肉、炖鸡、炒鸡蛋……肴蔬起码十多样，置办得是极丰富的，有人也许不信，敌人的后方还吃什么好东西，天天还不是被敌人撵得东跑西窜，睡，睡不好；坐，坐不稳！——不信你就亲自来看看，还有赶你回去你不走的时候呢。你说的那狼狈情形，正是敌人那方面的。在我们广大地区里,敌人偶尔占了一点（一座城）一线（一条铁路），而往往点连不成线，线又是常常中断的。若干兵士据着一个城，却怕打不敢出来；即便间或白天他们派了很多人出来逡巡一回，夜晚总还是我们的天下。你就是敲了锣鼓骂阵，他们都不敢现丑露面。

吃了请之后，如果你请求，唐司令可以同你谈他的经历，和他手下队伍的生成。

譬如说围了一个小炉子，炉上坐了一把滚滚开的水壶，有柿子花生可吃，有够多的烟可吸——有点北平风味，是吧？是老北京你当然会想得起来，司令用的是一种娓娓动听的语调，说：

"啊，怎么开头呢？——这样吧：我是湖南人，乡下，小时候家里不好，穷，念不起书，便学买卖，做商。不成功，项羽学书不成学剑，学剑又不成，才学万人敌，我不知道什么叫万人敌，总知道念书是好的，就又念书。啊，懂不懂？后来么干黄埔军校第四期。参加一九二五到二七年的大革命，啊，南昌暴动、广州起义，后来么井冈山，知道的喽。再么，长征，尝了够多的艰苦。现在是，统一战线，打日本。一切就数打日本好，打完了日本法西斯军阀，我们就自由了，幸福了，抗日高于一切。懂不懂啊？"

吸他的烟，微笑着，回忆什么似的，兴致高起来了。

他告诉你，他们游击队，起初很可怜！只五个人，两杆枪：

一挺驳壳，一支八音子。不久凑了二十几个学生，今年二月间，县城失守，他们同县长一道被逼到了横河山里；在那里帮助县长维持县政府，教育公安局，自卫队，争取临阵脱逃了的警察。第四月敌人退出，县政恢复了，他们才有了三十多支枪的基础。

在济垣一带他们办过几期训练班，收纳了很多学生、知识分子、胆大豪强的河南壮士、和善温良的山西壮士。有自己带枪来的，有集体参加的，慢慢地人就多起来，可以作战了。从六月二十一到七月底他们配合了正规军作战，整整打了一个多月。成绩很好，曾得过朱总司令同卫副司令的奖励。

他说，八月一日到“九一八”纪念，他们作了一次学习旅行，从西北到东南，目的是：打仗、工作、发展，经过了中村、曲沃、侯马，一直到济垣。到一个地方就开发地方工作，发动民众，满足民众“打仗”的要求。顺便从敌人手里解决给养和武装。他们有过几次胜利的战斗，胜利在曲沃东北的陵角村，他们曾用一锅热面换了敌人一挺机关枪，十多个死尸。原来那天煮好了面正要吃的时候，素来不敢出曲沃城的敌人来了，他们便叫面条等着敌人，队伍翻出围墙躲到敌人的屁股后边去。给了敌人一个溃退的打击，抱头鼠窜，跑回城去。又一次“九一八”在济垣武山去敌人只十二里的地方开纪念大会，无意中被敌匪张得功部包围了，天大雾，他们以七八百人对敌人一千，终于冲了出来。结果他们牺牲了十二个战士、两个教导员，敌人却死伤七八十。

“目下这一带平静无事，我们正集中人员，加紧训练。但早晚敌人还是要来的！一般的说呢，我们欢迎他来：我们穷不是么，他们多少可以给我们点礼物啊，懂不懂？——现在我们的口号是：‘巩固再扩大。’”

这时他站起来，指给你看，那满屋的地图：是哪些山，哪些河流，仗是怎么打的……跟着他的手指，你也仿佛粉碎了多少次敌人的袭击，立了多少汗马功劳。

又一次夜里访唐司令，面对一张小桌子、一盏油灯，我们曾谈到半夜。问他：

“该睡了么？”

“忙什么，过行伍生活，打游击队，睡觉是没准的事。闲么就多睡会，忙么就少睡会，三天两夜不睡也得算数。就是这个样子。懂不懂啊？惯了就同搞着玩一样，有趣得很！要知道有一个坚定的政治方向作指针，很可以学圣人：‘从心所欲不逾矩。’”

从容地，自然地，笑；意志却硬得像钢。

——最后战胜日寇，单靠枪是不行的，还须靠笔。好笔胜于刀枪。——这是那天夜里临别时题给我的几个字。想想就是一种鼓励。

愿意认识他么？

一个不露锋芒的英雄，一个才子，一个好人。

路城，故彰。

题　话

这篇写人的散文，容易被忽略，因为是集外文，后来收进文集时与延安时期的作品编在一起，很不显眼。

其实此文是一九三八年底晋东南之行的产物，写的是在山西阳城采访游击队唐天际司令的事。读过留下的印象是：所记的人物有性格，可爱！写法很讲究，介绍、描写、对话，穿来插去，巧针密线，文字拿捏得准，繁简得体，从不同侧面把一个老资格的传奇英雄和风趣的人刻画得活灵活现。其中写唐司令谈阳城县城历史和为了抗战“要路不要城”“为了大的就不能不牺牲小的”一段传达出历史进程的复杂性。

让人物自己说话，自己“塑造”自己，比作者不厌其烦地出来议论好。

潞安风物

先说这座城

到长治了。在去年冬季第一个冷天里，我们到了这太行山晋东南的第一座大城。

一行五人，用了总部两匹日本马俘虏，驮着行李，走了大半天的工夫。在路上刺骨的冷风里并没耽误了我们想：这劫后的长治城到底是怎样的呢？探听着，热烈地希望着，有访问一位受伤的将军的那种提心吊担的心情。

十里地外，远远地望见。

“就在太行山的脚下啊。”

“城墙也都爬平了。”

路旁，被毁了的一架石桥根边是这样一个木牌子，写着：

奉命已将汽路断绝

应由左边官道行走

进城门，是二十七年十二月五日的这样一张告示：

“值此非常时期，凡我军政民等，均宜黎明早起，振刷精神，加强抗战力量。乃近有因天气严寒，日上山岗，尚拥衾而眠者，殊属非是。……兹将午炮改为每日早六点施放，作为醒炮，……一律闻炮起床。”

看来旧的是在破坏着，新的在建造当中；——长治城第一个印象是这样的。

在长治，一瞬已是夜里。我们住的是“皇军”第十四师团长下野将军同他的部下住过的一个院子，那么靠近下野君睡过觉做过噩梦的床边，坐着下野说不定也曾坐着支颐默想，衔烟狞笑的这把手扶椅，伏在下野曾批阅公文，发布命令，蹙了眉想尽屠戮中国人民的种种毒辣手法的这张桌子上，趁了闪闪摇曳的烛光我来写下这一天的见闻，真不清楚这到底是醒着还是在梦中。在下野的指使下，只这座长治城里中国人就死过一千多啊！

这屋子的确是相当舒服，三间出厦的大厅，有好床，好木器，战地很稀罕的还有沙发椅。这是当初高等法院的遗物，今春日人来霸占了三个月，临走仓促，没来得及焚毁，留给了我们。现在正是工作团黄部长的住室。时间相去八个月，我们在晋东南已粉碎了敌人的九路围攻，建立了很广大很坚固的抗日根据地了。下野将军怕早已“下野”了吧？他带领的那一群“皇军”，自杀了的，逃亡了的，投降了的，被我们灵活的战略战术歼灭了的，怕也剩得寥寥无几，溃不成军了吧。在这严寒的时候，外边正飘着鹅毛大雪，那些远离了海洋里温和的岛国，抛弃了父母妻子被法西斯军阀欺骗了来跋涉在华北战场上送死的弟兄们也算够辛苦了。我们屋里却很煦暖，烘烘的炉火旺盛燃烧着，像春天一样。

黄部长从容地微笑着告诉我："你看，那铁丝纱窗还是下野他们安的，总算很细心；可是不等我们兵临城下，他却早已偷偷地坐飞机溜了。胆子却并不大！——再来，可就不那么容易了。"再来可就不那么容易了，这句话他说得最有把握，因为他是我们的民运部长，从他手上建造着抗战的人的长城、人的堡垒，名字恰巧又叫作黄镇。说完这话，他拿一柄日本型的指挥刀来拨了一下炉火。这指挥刀是胜利品无疑，不知是否就是下野的一柄？我却觉得仿佛是黄部长亲手从下野手里缴获了来的。

这院落属高等法院，法院的局势很雄伟，是从前潞安府的府台衙门。潞安府来历非小，据至元二十一年奉议大夫潞州知州兼管诸军司令奥鲁郑玘在《新公廨碑记》里说的：

> "潞郡居太行，为天下脊盖，河东雄胜之地也。自秦废封建之法，罢侯置守，列上党为大郡。李唐以来，……号为名镇，左太行，右衡漳，……提封万井，沃野千里；风俗淳厚，人物劲豪……"

嘉靖年间，《潞安府记》里也说："潞古上党郡也。"这长治是古时的潞安，也就是更古的时候的上党。看来城池很古老，历史上也是很重要的地方了。法院前的大门是古时的上党门，门楼与太行山的山顶齐高，当初建城时是费过相当的苦心的。门的左右各有碉楼一座，一题“风动”，一题“云驰”；去年刚刚翻修了，丹垩彩绘还是新的，极尽威严壮丽之致。

实在呢，这座长治城气象也就不凡：宽宽的街道，宏阔的建筑，庙宇多半像故宫一样用黄琉璃瓦盖顶的。城里还有一座土围子皇城。处处都显得它大方、雄壮。就气氛来说，有些地方像西安，又有些地方像北平。当地人俗传：长治有三宽：马路宽，厕所宽，女人的裤脚宽，虽不免近乎滑稽，也还是就它的“大”来着眼的。

听说北魏时慕容氏曾在这里建过都，不知确否？唐明皇为太子时在这里坐过潞州驾却仿佛是真的。法院后边的德风亭就是那时留下的古迹。还有人说他在这里选过一个妃子，赵丽妃。德风亭不知修葺过多少次了，现在还很完好。亭前一株高高的挺拔的翠柏，亭后一株屈曲苍劲的垂槐，几方花坛，几幢碑记，很显出它的深秀。亭子里边四壁都是“虫吟古砌秋风至，鸦噪寒林暮雨来”那种酸溜溜的石刻题跋，想必当年一班吃肥了的斯文做官人常到这里饮宴作乐。于今自不必多用工夫去管它这些了。但立在垂槐的左侧，东望太行山，望太行山上的积雪，遥想虹梯关与玉峡关的险阻，百里外青山的峻秀，再俯视脚下拆毁了的城墙，与紧接了城墙为厚雪所掩盖所抚育的蔚林沃野，倒很容易激发人一股爱河山爱国家的赤诚。是啊，自由的人也许感觉不到自由是幸福，等到自由人做了奴才的时候，那才知道自由的确是可贵的。克复了的城池，也容易使人想到它过去的繁荣，与沦陷时的悲惨啊。

还听说德风亭四边的一个土墩，是圣瑞亭的故址。传闻唐明皇当太子的时候，那土墩上，曾有一天忽现五彩祥云，侍臣以为是瑞气，大家都额手相庆，果然三天之后，圣旨下来，那位年轻太子就迎入宫中即皇帝位了。圣瑞亭是这样一种迷信的来历，不提也是可以的。但有另一种传说，却有别一番意义。

宋朝陆登守潞州，金兀术大军来犯，眼看城告不守，陆登遂拔剑自刎，自刎而尸首不倒，兀术入城搜获了陆登襁褓中的幼子，很喜欢，抱着，对陆登尸首说："让我替你养活吧。"尸首才应声倒了。那个孩子就是做了金家义子的陆文龙。后来长大了，演成了八大锤，王佐断臂说书，陆文龙醒悟了，才替父亲报仇。传说这法院大堂正中的一块方石头下边还埋过陆登的盔甲呢，不知道是不是真的？石头的确有那么一块。

小南京

战后的长治城，市街比战前还繁华还热闹，你相信么？

我倒是相信的，这话仿佛并没什么夸张。——初到晋冀豫边区，忽然你的水笔坏了，你说："糟糕，在这敌人的后方到哪里去买水笔呢？"跟着你这句话，随便哪城哪乡，人们会告诉你："到潞安府去吧，那里有卖自来水笔的。"路上碰着阴雨天，从太阳看不出时辰，也许你会需要一个表吧？你说："有个表才好呢，连早晚都不晓得，你看多别扭！"那个人也可同样告诉你："到潞安府去吧，那里有卖表的。”是的，长治，古潞安府，在那里什么都可以买得到呢。那里什么都有的卖：纸张、布匹、油印机，甚至西药、照相材料。在平汉、正太、同蒲、陇海四条铁路中间，包括晋冀豫三省八十多县，八百多万人口的广大区域，敌人后方我们可以自由来往的最大的地方，潞安是一个中心。货物从这里集纳分散，人物也在这里荟萃生长，敌人的炮火又奈何它呢？一度沦陷，市街比战前更热闹，更繁华。

若是你从西门进城，你可先看看道北里摆着的那些大簸箩，簸箩里是盛得那样丰满的五谷杂粮。今年是丰收，这一带又以产米著称，看了这我们就不愁没有军粮了。日本人你不发慌？——进了“延秋，挹爽”那个牌坊，慢慢地你就走到了一个十字大街，那里天天都是市集，人来人往，商店，货“摊摊”，都大开着门张着手迎接顾客。在这冬季里，让你看看那一趟大街的皮货吧，羊皮、狗皮、狐子皮，都挂满了墙。望梅止渴，你看了这个觉得暖和么？“喝！”你会惊讶。兔皮做的耳套，沿街挑着卖，一串一串的，才三个铜板一副，货物都相当便宜。

若你不嫌远，我可以告诉你去南关看看，那里货物才多呢，是一个货市，专等批发的。街上摊的不算，每个客店几乎都成了百货堆栈，货物在坑上地下屋里院子里堆的都是。那里你能买得到手套、卫生衣、惠安灯泡、明珠电池、美人鱼雪花膏、双鹤牌润面油、油墨、僧帽牌洋蜡两角二分一封，德昌颜料厂出的一品牌加倍煮绿，直接煮红，三十七元可买双鱼油印机，高乐商行的复写纸标着 Made in Australia。

有人说那些货物多半是日本货，他娘的，我们却看不出一个 Made in Japan 的字样。就算是日本货吧，也是贼一样冒名中国或英德商标的。论理若是文具纸张，医药材料，日货也不怕，那些同军火一样，买来还是要打回去的。反正白粉金丹我们有儿童团专门查缉，汉奸想走私都不敢，奢侈品又没人买——日本人你聪明吧，你聪明不过我们个个人为民族为国家的心！

货物多半来自豫北彰德北冶镇或林县一带，那里的又多半来自北平天津。他们当地人推一小车挑一担子就来了。看他们在店里一脚跐着炕沿，一手端了小米饭碗谈买卖的那神气，每人都极精干豪强。你若问得仔细，他会告诉你出入北平天津的方法。他们说："麻烦一点，同走大路也差不多。"大粪车里可以推出机关枪，你不信么？我们有些游击队就这样补充军火。——终久还是我们自家的人自家的地方啊，近卫文麿就算白操心了。

看看这些贩货客，很会增加你抗战胜利的信心哩，思起却并不曲折，复杂。

在长治，要吃，百十家小饭铺小饭摊不算，讲究的有长春园、会青食堂。长春园他们说驰名华北，做菜味道好。会青可吃羊肉涮锅子，差不多比得上北平东来顺。在这里吃海参鱿鱼都不出奇，最难得的能吃到鲤鱼。山西省的河和陕西的相仿，很少出鱼，小鱼秧有时都找不到几条。晋西北置大席非鱼不可的时候，往往用木鱼浇汤来代替，看鱼够多稀罕。可是在长治今冬我们竟吃了还可以说是新鲜的鲤鱼，这鱼来自山东，他们用独轮车推来，要冲过几道敌人的封锁线。贩鱼的人那一县有人说得出——莱芜，这不会骗人呢？

这里出产一种琥珀色潞酒，同汾酒一样有名。旨酒佳肴，不正是雅人韵事么？长春园可置备十八块钱的酒席哩，有闲钱你就来吧。可是吃酒你不要忘形，你若一时高兴喝醉了，饭馆本身就会警告你；不信，现成的墙上就贴着：

反对太平观念！

打倒享乐主义！

就这样，饭馆还是忙，天天晚上都满座。

你下乡工作了几天，偶尔进城你不洗洗澡么？谈到这也让我给你介绍吧：北街路西的新华池就很好。那里日本兵来时在里边洗过。茶房就有当时伺候过日本兵的，他们说鬼子洗澡先要派兵把门。上午长官洗，下午士兵洗。说，鬼子洗澡一条手巾就够了，茶水瓜子什么都不要。只要你把手巾放好，你去睡觉都不要紧。不过有一件，满心恨他入骨，却只能静静地呆着，不敢有什么举动，未免有些气闷。“现在死了都比那时活着痛快。”洗澡时你想想茶房这样的话吧，很值得玩味玩味。那位茶房同志，有工夫可多同他谈谈，他会告诉你“日本人有勇无谋，虎头蛇尾”“日本军事行，政治不行”。他是参加救国会的，他说已换了政治脑筋。

“咱们就这个样子——”指给你那幅标语。

——温水中沐浴的我们，不要为了目前的舒服，而忘却了游泳在血泊中的战士——

洗完了澡，你走回住处的时候，顺便在大街上看看戏吧，这是上党宫调，有名。传说京剧的西皮二黄都脱胎于它。阴历十月二十日是吕祖的社日，这里信吕洞宾，故替他唱社戏。彩台高搭在西街，要连演三天三夜。请来的是三义班，有名的红河旦就在这班子里。是上党戏的梅兰芳。还有一位黄河郎，也是家传户晓的名脚。——夜里看戏的人真多，女的坐着大车，坐着板凳；男的站满了大街，真是水泄不通。卖零食的小摊也摆成了夜市。开戏前先是儿童团的小孩演说。看看那些小孩子，多么真挚，天真，热烈；不到十岁的小女孩讲话还比划手势。从她的口里，告诉着看戏的人不要忘记了敌人曾经加给我们的痛苦；要记着安稳日子是前方将士用血肉换来的；在后方要肃清汉奸，要设法教育自己，训练自己，组织自己。说得那样条条有理，头头是道。台下的人连老太婆都拍手。

开戏了，你看看吧，武戏如“岐山劫”。——赵公明下山，看骑了黑狸虎的赵公明怎样被杨二郎的哮天狗咬断了仙根生了獠牙金睛。看他骑虎的姿势多么优美雄壮；看他走台步，腰挺得直直的，手臂伸得长了又长，迈着高阔的步子，处处都充满了“力”。看了这你会想吧，作为古上党郡的长治人是不应当懦弱的。

你再看一出“彩楼配”，红河旦去王三姐——宝钏，扮相是很美的。听他唱，一声粗腔，一声细腔，婉妙里也蕴藏着矫健。你不会说么？山西人的小胆，滚吧！拿出你祖宗的豪强来！驱逐日寇，我们不必用像赵公明的那种武器，扣仙兜，绞仙剪，摇魂铃，潞安府“地险而民悍，物饶而俗强”（《新建潞安府记》），留那么一派作风就够了。

…………

长治，屋顶有广播收音的天线；街上有洋车；墙上有抗战建国的标语传单，各色的壁画。人，熙熙攘攘的有一半是武装。是一种向上的年轻的气象。……

有人说辽县是晋冀豫边区的小上海，那么，长治应是小南京。

一九三八年十二月十四日稿，二十八日写于乌苏

题　话

《潞安风物》，写的是抗战文艺工作组到达“太行山晋东南的第一座大城”长治后几天内的见闻和采访，全篇四节，其中第一、三节侧重于“风物”的记述，第二、四节多写抗战的故事。第一节“先说这座城”征引文献介绍长治的历史，也有对长治城不凡气象的描述，其中所引“长治有三宽：马路宽，厕所宽，女人的裤脚宽”颇有趣。第三节“小南京”更是从容把笔，细细写出了“战后的长治城，市街比战前还繁华还热闹”的一番景致。这里选第一、三节，作为山西潞安战时风俗画看。

路罗镇

路罗，读了这两个字底声音，你会想起“猡猡”么？这个地方底人虽绝不会像猡猡，遍体生毛，却真有个时期被人家称为路罗国呢。是个很古怪又很神秘的地方。

往往是这样子：在中国几个省份交错毗邻的所在，人总来得比较刚强；言语杂沓，风俗习惯亦多奇特。原因是过去省界划分，多凭天然的山势河流，数省交界的地方，不是山关叠嶂，道路梗阻；便是湖河纵横，行旅艰难。行政上容易陷入三不管状态，人们便可利用“官家”治事那种“自扫门前雪”的积习在这些地方自行其是。苏鲁边境有丰沛萧砀，湘鄂之间有洞庭湖，都是以这种情形出名的。

路罗也以这种形势高踞在紧接晋豫的河北底西南。

太行山底纵脉，蜿蜒到了冀晋豫三叉地区，稍稍伸脚东去，盘结而为白云山、黑龙山，为被称作小西天的嵯峨红山。山间是峡谷，谷底聚山上积水而汇流成河。这一带河有四条：龙门川、稻溪河、浆水川、路罗河。俗称“四川”。这四川带了它惊人的魔力经流的区域，各有一个比较大的镇店，算作山居村落的主脑。这几个镇店，由北而南名字是宋家庄、将军墓、浆水镇和这在镇店中又算首镇的路罗。

路罗镇被人称为路罗国是有它底历史根源的（你姑且想象它是梁山泊吧）。原来这地方是会门底中心：什么红枪会，什么真武道、太乙道，在这里都有他们底把师首领。历来声势浩大，没人敢惹得。一九二八年北伐结束之后，这里曾四五年不纳粮；邢台县政府派保安队长去疏通说服，连人带枪都秘密失踪了。过路的散兵枪支不留下想活着出境是不容易的。所以他们枪会底团部，机关枪、山炮都有。最厉害是抗战开始以后，他们劫过先遣支队底粮秣，杀过八路军侦察排底弟兄，暗算过多少过路客商……

因为“四川”这一带地方，既是千山万山连绵不断，土地自极硗薄。稍稍能种庄稼打粮食维持一方生计的不过是沿了河那窄窄的两岸沙田。居民经常的食物，小米算是好的，大多数是柿糠（用柿子和谷糠搅拌，晒干，炒了，磨成面，和水而食）、野菜和榆树、白杨一类的叶子。吃榆皮和荞麦面的饺子要等过节，吃肉要等过年。吃饭不用菜，有盐已是五味齐全了。若是你随便问一个老百姓：“你们为什么不喂猪呢？”他会很坚定地答你：“哎呀，猪要吃糠啊，咱们这里糠还不够人吃呢！”

人们不是够苦了么？可是内战时候，土匪如毛，溃兵也到处都是；兵匪所到的地方，财物总抢劫一空。路罗民贫地瘠是受不住这种兵燹祸患的，为了保卫家乡，保卫自家底生命财产，于是有了红枪会那样的组织。起初意思何尝不好，像清初的哥老会一样，矢志在灭清复明，什么——

敬天地君亲师

学仁义礼智信

吃金木水火土

怕生老病死腐

求四季平安福

不过山野僻地，人民智识浅陋，要维系人心，坚强组织，他们不去讲道理、说原由意义，却去拜把师，画符念咒，将天大的神圣行动罩在了迷信的网里。慢慢地地痞流氓混进来了，土豪劣绅设法伸手利用了。一个淳厚的好好百姓，一经加入枪会便失去了自由的身心。排枪试炮，念咒喝符，一任那般狐群狗党的玩意颐指气使。原想维护财产，财产却把在了别人手里；想保全性命，性命则交给了神祇儿戏。——红枪会到这里实质一变。

而日本人来了。一般被时代冲洗下去的失意军阀和被革命浪潮打入泥潭的大小官僚又抬起头来；为了升官发财便甘心受敌人利用，于是卖身作狗走上了汉奸的路途。汉奸而想得主子底欢心，而想青云直上，他们是需要群众的，是需要武力的；但抗战中间全国枪口都一致向外的时候，有什么群众和武力肯上汉奸底钩为汉奸利用呢？于是他们看见了枪会，以仁义道德的面貌羼了进去。

说："我们要做老老实实的百姓啊，谁家底队伍我们都不欢迎！……我们要保卫我们自己底家乡啊！"这样在抗日阵营中枪会中立了。他们不出钱，也不出力；不出牲口，更不出粮食。甚至有了劫粮的事，有了杀害抗日部队的事。本来带着农民反压迫反剥削革命意味的枪会，成了抗战中的逆流！

这是可惜的，也是可悯的！

等到路罗枪会被汉奸利用过甚猖獗的时候，八路军才派了一团人的正规队伍将他们几个头目包围解决了。——枪会去了把师头目，便是一窝没了王的蜂，组织是会立即解体的。什么符啊、咒啊，说穿了不值分文；稍稍施以说服教育，忠厚百姓很容易恢复旧态。据化学分析，朱砂黄表本身含有一种毒素，人吃了自然觉得头大脚轻有点懵懂懂不知天高地厚。用朱砂在黄表纸上画符冲水喝下，说是可以力能扛鼎，驰骤如飞，枪刀不入，那都是骗人的。

曾经有过这样一个笑话：某新兵营底营长谭君，在浆水镇和一个红枪会把师打赌，亲手试他喝了符的效力。说是那把师吃完了"法"，肚皮挺得绷绷硬，满脸涨着青筋，真像混身都是胆气。营长用红缨枪去扎，肚皮"嘭"的声像鼓一样，枪缩了回来；用刀去砍，也只砍出一道白线：这倒使常征惯战的营长奇怪了。转念他将刀轻轻地向后一拖，肚皮却破了开来，流了鲜血；跟着像出了气的尿泡，把师底气力全瘪了。把师很不高兴，说能砍不能拖，埋怨营长破了他底符。营长当时也很怕，唯恐出了人命。幸亏伤口不大，请了一顿小吃也就算了。

红枪会的试枪排炮，都应作如是观。凭了一时的头大脑胀，人们未始不可有一点血气之勇，像喝醉了酒的人特别胆大一样。但待到酒醒药散，人们也格外疲惫困乏；所以红枪会打仗，一鼓作气可支持一二十分钟，稍一迟延，便一败涂地，不可收拾——神底力量么？有神的话，神也未免太脆弱了。

路罗枪会的影响是很大的。冀南豫北民众都操纵在他们手里。

讲经堂上龙侧耳

说法台下虎低头

那种对联，在武安、涉县一带是经常碰得到的。厉害的地方，五岁的小孩就须入会吃法，上阵演习。不信的，财产会被充公；违犯了会里的律条或不听头目底命令，会由大众处决，送掉性命。事事假手于人，事事都是神底旨意，害人不知要有多么厉害，多么深！直到一九三八年的夏天，还有武安大羊圈底保长组织群众去老君庙摇卦的故事。老君庙卦分阴卦、阳卦、顺卦。保长跑去焚香叩头祷告了说：

“老君爷，要是组织红枪会好您就来个阳卦吧！”

结果来的是阴卦。他不死心，便又祷告了提出反表决：

“老君爷，组织自卫队游击队好您就来个顺卦吧！”

结果正好是顺卦。他这才开始组织，两样都有：自卫队、游击队。

路罗，自从“国界”打通，民众的进步很快。现在他们有自卫队，也有农救会。一切救亡工作都有飞跃的开展。浆水镇是邢台抗日县政府所在的地方。县政府有一位五十七岁的老秘书——侯先生，胡须都很长了，谈吐却如二十许人，精神那样饱满，思想那样前进，一个稍稍散漫腐化的青年见了他是会惭愧的。路罗有区政府，区长完全由老百姓民主推选，也还是别处办不到的。这都象征着这个地方的“新生”。

然而群众好了，落伍的军队却又要施展他们底威风了。曾有冒充中央巡视团的河北民军底张海清带着三十多个随员到浆水一带招摇撞骗。说自己是处长，带的人都是官；住要找上房，吃要成席。走路除了骑着牲口，还要给一位天足的太太找轿子。老百姓说：“我们只会抬伤兵，运子弹，我们不会抬轿子！”拗不过，才给他绑了一把椅子抬着走；上山下山，沿途的老百姓都传为笑谈。——在路罗驻扎的第 × 战区游击总司令部，带了六七十支枪也做了些不甚冠冕的勾当：看农救会底房子好，便将农救会的负责人撵了而自己搬了去住；区政府底伙房，也硬占了当马号；吃猪肉当地没有，叫老百姓二里以外去买。煮饭要干柴，而老百姓柴少，山上果树都伐来缴去还不成，嫌湿；逼得老百姓没办法，现将屋椽拆下来应差。还说地方穷，没有好东西吃；可是富庶的沿铁路一带平原，他们又怕遇见日本人不敢去！“要是从前的话……”老百姓心里该会说吧，红枪会倒是又取消得有点太早了！

路罗，西去三十里隔了帽头山有黄巢岩，说黄巢领导农民起义，就在那里。东北三五十里有王莽寨，说汉高祖当年在那里斩蛇起义，开罪于那条巨蟒，才有了中叶的王莽篡位。南去不远有金牛沟，传说朱洪武曾在那里跌了个跟斗拾了头牛，后来将牛杀吃了，把头尾分别插在地里；“你底牛呢？”别人问他。“牛钻地了。”他说。他牵牵牛尾巴，牛头还叫唤。——地方古怪，传说也多是奇异的。

路罗，四面被一重重的荒山包围着，头上的天空是不怎么辽阔的。山上出虎豹豺狼，冬天来打猎的人常在积雪的山套里追踪盘桓；所以路过那里的凑巧可以买得到极便宜的虎皮。果树有柿子、核桃、栗子、酸枣；酸枣仁当药材，在那里大宗出口。再就是一目榛莽，一目荒凉了。

南边紧掠过镇子是路罗川。石子河底，水清澈而湍急。市镇坐落在北岸，街道虽不甚整齐，但是极干净。商家居住户十分之八，多杂货、客店、粮栈、饭馆。是通冀晋的孔道呢。听说有一年川水大涨，冲去了半条镇街，买卖便萧条了下来。我和季陵路过那里的时候，逢着市集，又逢着好日子，却相当热闹。附近八起娶媳妇的，家家都奏着鼓乐从镇上穿过。新娘子坐轿，轿帘是敞着的，能看得见新人的娇羞；新郎骑马，多十一二岁甚至八岁的孩子，还都带着一团稚气。“送客女”（新郎底兄嫂居多）也披云肩，戴凤冠，打扮得花枝招展。——他们在街上挨门挨户地团拜，说是风俗，街坊邻居、世交、亲友都是要磕头的。

……河南岸，山名桑圪塔寨，怪峰突兀，极尽峻崛倔强。若真的地灵则人杰，这倒正是那一带风俗人情最好的象征。只是镇子里却很少看见那包了头巾，扎了绣花腰围，手里搠着红缨枪，嚎啕一声便百数千数聚集起来的草莽英雄了。

若是山中健儿都能好好地组织起来的话呵！

一九三九年三月

题　话

吴伯箫的《潞安风物》集，所记所写的“风物”，除了一般意义上的风光、景物，也还有不少地方民情、民俗乃至颇有传奇色彩的兵匪故事。《路罗镇》写的就是一个特殊地方的特殊文化，地方武装势力“红枪会”在抗战背景下的蜕化与演变，以及另外一些令人感觉奇异的事。

到这里，吴伯箫所率抗战文艺工作组的脚步已经越出了“晋东南”范围，所见也时有不同于长治、潞安、沁水处，因路经路罗川边的市镇，也就顺带记录了耳闻目睹的风物民俗：便宜的虎皮，当药材的酸枣仁，清澈而湍急的石子河，不甚整齐却极干净的街道，“在街上挨门挨户地团拜”的娶亲队伍，更有河南岸“怪峰突兀，极尽峻崛倔强”的桑圪塔寨山，“若真的地灵则人杰，这倒正是那一带风俗人情最好的象征。”《路罗镇》一篇，某些地方很像沈从文的湘西故事，某些地方又不像，相像的是乡土背景，不同的是作者的想法和写法，作者之间的差异，于此可见。

微雨宿渑池

我不知道你喜欢不喜欢旅途里遇雨？天空既然时有阴晴，而旅行的人又不是个个都带有风雨表的，旅途里遇雨总该是常有的事吧。自然，乡僻的野站里没汽车，行人或见阻于洪水泛滥的长河，阴雨连绵的天是很惹人烦厌的。英国散文家狄更斯就曾写过那样的文章，描写被雨锁在旅馆里的那种人的故事。他说连一张报纸的广告都一个字一个字读完，几乎成诵了，雨还在继续淅沥不止。这真是既郁悒，又无聊的。你读那文章时，不是要绕屋三匝，替他搔搔头，望望天，叹起气来么？可是“渭城朝雨浥轻尘”，也有像渴久了的禾稼一样，枝叶被丝丝细雨越浇越青翠，疲困的旅客经了雨打才精神抖擞起来的。——那夜我和季陵就是以后一种情景宿在渑池。

渑池是陇海路的一站。东接洛阳、郑州，西通函谷关、潼关，北走九十里由南村渡过黄河可一步一步踏入战区，一九三九年春天我们路过时正是前方的后方重镇。若太行山脉和太岳山脉所纵横织成的游击区比就一片网状叶，渑池通垣曲的大路就不多不少是一茎叶柄。又比就是通水的栈桥，从这里再迈一脚你就可跳入澎湃汹涌的海。游击队像鱼在深渊，你可以恣意活跃游泳。因此路过这里的人，只要不是有雅兴去游山玩水，大概心情总都有些异样的：去战地呢，像要探虎穴捉虎子，或斗牛场里显示身手，情绪会极度紧张；从战地回来呢，又像火热的太阳地里出够了汗的老农在柳荫下的沙滩上睡午觉那样恬静舒适……

我们那次是带着复杂的情绪渡黄河的。我们是从火线回来。想想前面还开展着激烈的战斗，我们却回来了。仔细听不是还听得见隆隆的炮声么？有炮声的地方就免不了有争夺，有肉搏，有牺牲。将万千弟兄留在火力网里，倒觉身子的逍遥成了心灵的重负了。过黄河又适逢夕阳西沉的黄昏时候。

夕阳没带走浮云，给黄昏添了几多风味。然而黄河边的风沙忒大，黄河道里的水流忒急，往来过黄河的人也忒多忒拥挤了。白云的悠悠,反而衬托出了人的匆忙。那蚁聚在渡口两岸的人群，简直像赶市集，连零星小摊都在摆着，支起帐篷就暮宿河边的也有；倒好，可体会花木兰，深夜里听黄河流水声溅溅。渡船呢，它载着千钧万钧重量，昼夜穿梭，载回那来的，又送过那去的，是浮桥，又像一道咽喉，它吞咽着各种各样的食物：子弹、人马粮秣。晋东南二十六县的抗日根据地借它的滋养才能一天天扩大，一天天坚强。也为此，七天走六百里山路之后，我们才有缘趁黑夜摸过黄河，又趁黑夜沾光搭送子弹的回头汽车。渡船是辛苦的，我祝福撑渡船的舟子。

汽车也是辛苦的，九十里一夜要往返四趟。你听：呜——呜——爬上一个山头它不也得喘几次么？汽车司机完全凭了车前的两只大眼在漆黑的夜里摸索着上山下山，他们不但出力，连睡眠都捐献了，那应是战士也是英雄的行径。可是比这更苦的还有牛车呢。轮子转在悬崖上，应了空谷慢吞吞叫着剥蓬剥蓬。牲口是要吃夜草才肥的，为了赶道，又为了怕白昼轰炸，它们却不得不伴了无眠的车夫在深夜的郊野里冒了霜露风雨打长更。“喂，靠边走！”在汽车司机不耐烦的叱喝声里我注意到那些人、车辆、牲口的幢幢黑影了。常常是喘吁吁地拨在路边站定着十辆、百辆……我想问：“老乡，瞌睡吗？”汽车却匆匆擦过了。

在路上，天阴得厉害，远处有住家的地方才更容易显出闪闪的灯光来。也偶尔有赶路人在道旁烤火，黑暗里有这样点点的火光在烧，极有辽阔深远的情致。在沉睡的大地的胸怀，这正像活活跳动的脉搏。最触目的是那里山上还有人放坡火，远望去那耀目的红光恰像在乱山丛中爬行的一条火蛇或一条火龙。

汽车开进渑池城，正好午夜。因为是“捎脚”，汽车将我们甩在街上就走了。半夜里的渑池城沉静得像一座坟墓，一切都酣睡了，我们便无形中变成了两只游荡的鬼影。只有街尽头一个唯一卖零食的老头儿在一盏灯笼的微光中吆喊的声音：“热馄饨开锅！”“汤圆哩，热的！”也空寂得像在缥缈的梦中。忽然身上湿漉漉的，破军衣觉得有点凉了，便索性将行李交给空旷的长街，我们且去吃宵夜。一壁和卖零食的老头儿打着问讯，一壁抬头望望阴霾的天空，仿佛觉得天不会亮了似的，更加感到了夜景的凄清。

听说兵站就在左近，待要找时，却十叩街门九不开了。那有什么办法？就在寂寞的街上两人并肩靠了并不大的行李卷坐到天亮也好吧，火线上打埋伏还不都是一支枪伴你露宿么。忽然背后吱幽一声门响（吓一跳），经过了简短的几句问答我们却被一个姓刘的带进了“交通饭庄”。替我们打开一间小小的客房，频频说着：“咱们是一家，不要客气！”为什么客气？原来他是店主东，是退伍军人。“交通饭庄”是新开张的，房间里，床、桌、盆架，悉仿都市风光安置，素朴，也雅洁。苇席作隔壁，和另一家旅客可以息息相通。实在有些倦了，照行军规矩擦擦脸、洗洗脚，季陵占床，我用一张席打一个地铺，便草草就睡了。窗外开始落着淅淅飒飒的微雨。

被点滴的雨声催着，旅馆里我却天亮就醒了。起来吧，地铺也太潮了。

阴雨天是不必跑警报的，且出去看看渑池街市。

夜里的死城，早晨又活了。踏着一街泥泞，来往的人还是极杂沓的。油条烧饼铺拥挤着，杂货店也都排比地开门了。货品呢，洋瓷茶缸、暖水壶、虎标万金油，多是行旅军人应用的什物。大门面的竟有金字红漆招牌的“江苏同乡楼”。街上房舍，有些被炸了，但残砖败瓦上支一架草棚也还有人在那里过活谋生。旧枝断折的地方往往跟着发出更茂密的新芽来，这正是老树的榜样。

热闹的街道拐角处，有茶馆，有各色各样的广告，第×××训练处，前方文化服务站，寻人招贴，李部前进，王部左转……人忙的时候墙壁也应接不暇了。茶馆里在唱河南坠子、大鼓书。河南坠子，调子有些魔力。你看那满座的各色军人，吸着贱价的香烟，剥着花生、瓜子，还没耽误了向清唱的姑娘喝彩鼓掌。在街上冒着细雨，拥在茶馆门口的也有不少读书人在那里凑趣“挂对子”。群众、士兵，在新组织的剧团不够分配、电影演映又推行不到前方的时候，教他们天天在弹雨里洗浴的人怎样解脱那过分紧张的心情呢？有二胡，有梆子，有梨花简已是娱乐了；更何况还有“开口不把别人讲，表一表张君瑞去借西厢”呢？

渑池，大家不过从这里过路，一宿半日就要走的。后方的到前方去，前方的回后方来，歇歇脚，打打尖，“一切为了前方”。人们都太匆忙啊！呜！呜！火车的汽笛响了，车厢里不有新军三旅，军火一万二千箱吗？是火线上的粮食，火线上的生命啊，又该汽车、牛车、运输的民夫，一站倒一站，昼夜奔忙了。

“茶房捆行李！”渑池长安道上，依旧细雨霏微。

我的思绪也跟了雨，跟了辘辘的车声拖得更远更长了。

一九四〇年六月三十日，杨家岭

题 话

《微雨宿渑池》是《潞安风物》集里最后一篇，写与同伴卞之琳从晋东南前线回延安路经河南渑池，在细雨中住宿、“采风”的见闻与感受。

开头就从“旅途里遇雨”说起，还引了英国狄更斯的文章，慢慢把情境过渡到自己从火线回来入住“交通饭庄”的事。旅途中遇雨，可能会有种种不同境遇和心情，吴伯箫这次的“微雨宿渑池”特殊在是战争环境下，一切笼罩着战争的气氛，但也可以感受得到即使在这样的战争氛围中，黄河边一个小市镇中国民众与军人那种一如既往从容、乐观的生活态度，“夜里的死城，早晨又活了”“旧枝断折的地方往往跟着发出更茂密的新芽来，这正是老树的榜样”“人忙的时候墙壁也应接不暇了”……从这些地方，是不是可以看到与概念化的战争描写不太一样？又是不是从中看出点中华民族的气质与个性？

引答篇

一

我不知道你们是不是曾埋怨过我？离散了的年轻的学生诸君，当穷途逆旅你们思念起家乡来的时候，当工作上遇到困难心头堆满了烦恼的时候，当敌人的飞机轰炸或战场上雨也似的枪弹飞了过来的时候……在我，却是每天每夜偶一静下来便记起了你们更深深谴责着自己的。想：为什么在那样荒乱的当中就让他们离开了呢？为什么不勇气大一点即便困难也硬着头皮负责到底呢？他们会怎样想——没有一个比较妥善的安置便让他们脱然离去，碰那不可知的命运，他们曾在沦陷区域的父母又会怎样想呢？——幻入非非，魔怔地在口里喃喃着你们底名字的事是常有的。亲爱的年轻的人，让我好好地告诉你们些什么话吧！虽然现在我们都距离着千里万里，中间又被万水千山荫障着间隔着；但我总觉得你们是会听得见我底声音的，就像有时候我仿佛看见了你们罩满了欢笑的面孔，听见了你们带些稚气的愉快的声音一样。

你知道么？今天我看见丕敬和忠民了，他们是脚前脚后到我这里来的。一个来自陕西底宝鸡虢镇，一个来自边塞的关中，都是徒步跋涉费十多天时光量够千里遥远的路程跑来的。这个日子真好啊！雨洗过的天空，雨洗过的田野，入夏的太阳照耀着，什么都涂上了一层新鲜，一层光彩。有些热吧，爬上我住的这座土山，他们都满头大汗了。喊一声，行一个举手礼；起初总使我觉得像梦境似的，不敢招呼他们，一煞静定之后，认清了，这才“你怎么来的？这孩子！”紧紧地握起手来。“惊呼热中肠。”杜诗里写的该是这种情味吧。

两年来看够了敌人加给他们的种种苦难，教我学会了嘴唇上的沉默，觉得打击敌人空话是不必说的，实干才是更好的武器！可是对了丕敬和忠民我底话却像新开的啤酒瓶一样，按捺不住地从口里洋溢出来了。整整地谈半天我们都不知道疲倦。祝贺我们乱离中难得的会晤，我请他们吃两杯白酒，用酒精底热力融解了丕敬素来的腼腆，消释了忠民乍见时的忸怩，我们底谈话才没了遮拦，没了顾忌。

“千，总是病着，很厉害的疟疾。”忠民惴惴地告诉我说。我知道他底惴惴是怕我听了难过不安的。——是这个样子么，千？记得你底身体一向是强壮的，喜欢运动，又那么调皮；为什么正该身体坚强的时候反而病起来了呢？忠民说你精神不好，经常总是忧郁着；是的，病正是忧郁的原因，然而也正因为忧郁病才愈益缠绵的吧？实在说，战争中人是本钱，人，身体又是本钱啊！身体好的时候，学习要紧，战斗要紧；身体不好的时候，却是健康要紧哩！病的人要用各种方法恢复健康，旁的一切烦忧顾虑都该从心灵底深处给它斩除净尽。不是么？

听说你们对军队里的干部训练不很满意；三月，六月，一年，那样无计划地延长期限，使你们赶快参加战斗生活的心冲破了忍耐的限度；左右不过立正稍息的那种军事课程，你们说："还不如在学习的时候。还打靶、测绘、野外演习呢？"——在西安我碰到从你们队伍里出来的玉和彭，他们告诉我：在学校时我们底政治训练（全面抗战论、国防论、各国革命史、各国青年训练……）和社会科学的基础，使你们能够在干部队中处处起着模范；"别人大学毕业都还不晓得的，在我们却都已烂熟了。"我们底战时服务训练：剧团的，每日电讯社的，防毒、防空、担架、救护的知识，使你们在集体的活动中起着领导作用；谁是小队长，谁是情报编辑，谁是政治问题研究组的主席，他们都告诉了我。听了我自然是高兴的。"先生，"他们很兴奋地对我说："你若是在跟前亲眼看见的话该多么好啊！见了你无论如何我们要将所做的一点成绩告诉你，使你听了喜欢！为了你底教诲我们都感激你，想念你……"唉！这样孩子气的说话几乎唤出了我底眼泪！你们越对我好，便越增加我底惭愧；越记起了你们底泼辣、勇迈、努力，便越使我感到离开你们是失策的。

"……先生，家是沦陷了，父母远在天边，写信都是困难的，更不要说见面。在流亡的当中，先生！你要算是最亲近的人了！”是谁底来信呢？曾这样写着。读信的人，心因战栗而疼痛了。啊，谁说这不就是我底责任！

不是听说信和五因为要求转往 ×× 学习，不获允准反而遭了禁闭么？说是很严酷的禁闭：四个月！信！不知为什么要这样子！青年人心热，性子急是有的，但有着抗日杀敌的决心还是应该奖励的，然而信和五却成了罪人、成了囚徒了。我是不敢气愤的，但为这种事我难过得哭了起来。我知道那干部队里还有着我底二十多个学生，看了信和五底例子，我担心他们底前途和命运！现在你们也许都已很温驯了吧？伏首贴耳像一只只羔羊似的，但这温驯里我却找出了你们忧郁的原因，病的原因。若然我有机会到宝鸡来，我要亲自拜访拜访你们底教官，坦白而诚恳地同他们谈谈，让他们晓得你们是纯洁，爽直的，热情而聪明的；对敌人你们可以为国家做捉兔的猎鹰，做捕鱼的水鸟，只要放胆让你们做去，真是连咽到喉咙里的捕捉物都会倾吐了出来。“我最了解他们，知道他们，请放心吧！”我要这样向他们保证。请他们不要将你们关起来，说是训练，而训练到无限长的期间，不分配你们工作，可又不认真地给你们以所需要的教育：怕鸟出了笼，在笼里又不好好调理，那有什么用呢？即便天天是白面大米豢养着，但年轻人底用处可并不在他们底脂肪啊！——啊，孩子们！我知道你们底苦楚了。

散布在其他角落里的你们同窗底消息，我这里也听到了很多。

还记得我们从家乡退出时最先由临沂出发的时、方他们五个人么？春天我在北战场很确切地知道他们正在东战场江浙一带打游击；那是他们一块在某随营学校受训练时他们底一个同学告诉我的。说他们五个人依旧在一起。时现在是连长了；还记得在学校就是我们学生军里呱呱叫的中队长么？早操跑步照例是他领队绕圈子的。他身躯好，操行好，用功而又漂亮。……方，当一个政治指导员，仿佛同时在一个连里；那该是多么凑巧啊！前年秋天在学校里演“血洒芦沟桥”的时候他们就是去过同一出戏底角色的。

泗在舞台上读诗的那悠扬哀婉的声调还记得么？那是下了台人人都模仿着而成了风气的：“我爱芦沟桥。……”这样的事记起一件，便一串串记忆的梦都被揭开了。譬如言的二胡独奏，随便一曲:《山中鸟语》《病中吟》，便将人投到了沉思静默的海里。还在欢聚的时候，心上也会遮一层离别的脉脉凄恻。可是言为人也正如他的二胡的郁悒呢，平常总是感情太盛！现在他从洛川跑到晋东南去了。旧游中只他一个，郁悒偏又那样孤单！过 ×× 时听说他找过我，正有点小病，很穷困的样子。不幸那时候我正在北战场，还没有回来，便失掉了我们见面的机会。唉，能够会到他该是多么快慰的事啊！听说他常常想家，情绪极不好；病，无疑的又是想家的原因。我想在一块的话我会开导他的。虽然经常我也犯着孤寂忧郁的毛病！我知道我底话对他还有几分力量；当局者迷，从旁的分析劝慰是比较有效的。

实在，想家干什么呢？想出病来家里还不是那个样子？若果家乡已遭了敌人底蹂躏，那蹂躏不会因我们底悬想而减少毫分；若果家乡平安无恙，挂念又干什么？倒是将身子养得壮壮的，结实如猛虎，活泼像猿猴，时时给家里人相信："那孩子是不要紧的，走到哪里家里都放心。"不是更好些么？在举国上下都与敌人作着殊死战的时候，无论都市或乡村靠海或近山，纵长一万二千里，横阔二万一千里的国土里没有一寸可以说是绝对安全绝对保险的地方的。重庆一炸，死伤三万余人；流亡出来的我们山东底女生在汉水舟中被一个木筏撞沉的是三十二名，连一个校长底家眷也全都成了水鬼！这些是我们自己愿意的么？不，是敌人加给我们的。福音书里说："那想救全生命（个人底生命）的人会失去他底生命；可是那想失去他底生命的人却会救全他底生命（使他底生命真有生命）。"认清了这点，有缘在后方，就要拼命地学习；有缘去前线，就要拼命地战斗。直到将敌人打到了鸭绿江边我们来庆祝凯旋的时候，再重归故乡去探望乡邻父母吧，那才是人间世一生中第一快事！不然出师未捷身先死，徒使英雄泪满襟耳。

喂，就是回家吧，家乡还不都在战氛弥漫的当中？战争的火焰是到处燃烧着啊！听说山东底游击战发展得很好呢。我们底胶东一带正是敌后游击区的模范。攻进烟台了，克复栖霞了，不是常常从报纸上看得到的消息么？据说就借了我们母校底旧址，现在正在办着一个抗日干部学校。凤、芳，几个女孩子都回到那里参加了训练。想想看，直到如今敌人还没踏到莱阳县城，母校底房子该还是依然整齐完好的吧？原有的六七百副桌椅，丰饶的毫未动乱的图书正好作英雄们锻炼的场所。想想看，凤、芳她们要多么高兴，要多么热切地怀念你们啊！你们也要以想到了她们底努力而自己振奋起来才对。振奋起来同她们作一番竞赛吧。等到胜利的明天，看谁是最健全的，谁是最进步的，谁在战争的洪流里建树最多、努力最大；谁爬的山多，跑的路多，见的地方多、人多，……留着你们底胜利品，等光荣地在母校底大礼堂上公开展览的一天！

凤、芳她们在你们底脑海里印象还是清楚的吧？一个演过《放下你底鞭子》里的香姑娘，一个去过《打鬼子去》里的女儿，精彩的演出都使观众流过多少次眼泪。凤原是跟我们出来了的，途中被她底家长截留了，说要替她结婚；芳却跟我们一直到临沂，后来是因为经费无着，在大家离散的时候才转回了家去。这你们想必还都记得。——你们曾否想过？若然她们都出来的话该会作出多少贡献，给青年人底心里播下多少欢欣的种子啊！然而现在她们走的极光明的路子，听了你们应该兴奋赞叹的！

学生诸君，从莱阳乡师出来的人们都表现得很不坏哩。富，我们活泼的小号兵，在军校入伍三月后他写出信来说："……我长高了，身体壮得很，像饥渴一样，我想念火线，想念战斗！……"那个大个子一向是以干练有名的，现在是某支队里的特务长；健，那位小军事家，平日喜欢玩枪的，是少尉排长……就是你们年轻的不算，只就我们"老师"堆里的几个说，也还都没被时代忘记，被丢在潮流的后边呀！隋，在战地服务队，天天出入战区辛苦备尝。何，任艺学校教授，现在战事激烈的当中，跑到了冀中前方。戴，学习了再学习，正埋头于马列学院。林去甘肃，庄在华南，都积极地领导一些救亡工作。杨，留在山东当游击区县长，在莱芜一带被敌人打断了脊骨，现今正偷偷地躺在青岛一家病院里休息调养。让我们为负了伤的致亲爱的敬意与惋惜，向正努力学习、工作、战斗的致慰劳与鼓励吧！我们这个时代实在太伟大，太壮烈，太美！

当时出来的，我们一百二十九个，壮年的，年轻的，小孩子，我自己是最弱的一员了。在战地里跑着，在后方奔波着，对神圣的战争，对这部正用铁与血写着的史诗，我只做了些微末的打杂拾零的工作；然而我底心是热的，血是沸腾的，战斗生活的锻炼，还了我一身的年轻：吃得下粗饭，穿得惯破衣，跑得来一日百里的长路；枪打得更准了，马骑得更稳了，……人虽在离散当中，精神却完全同你们在一起啊！可是我有缺憾，这缺憾在我想来几乎已成了一种罪孽！缺憾是当初带你们出来，为什么那样胆小不将你们带领到底！

我底意思不是说使你们永远跟着，使我做一名英雄。——战争中间英雄是大家有份的；也不是小家气像鹿猪一样，离不开群，过不惯别离；更没忘记男儿当志在四方，男儿当马革裹尸战死沙场，而是，仿佛因为我底虎头蛇尾才致使你们有的病了，有的孤寂，有的像囚犯，在家里都是父母底疼爱的儿子，姊妹间挚爱的兄弟啊！而……想着我恨我自己呢！

你们可曾埋怨过我么？

作引答篇。

一九三九年六月十五日，杨家岭

《抗战文艺》第六卷第二期

二

学生底家长们，我所敬爱的乡里们啊！你看我终久又来写信给你们了。三年前的冬天，我们在漂泊的途上过第一个异乡新年的时候，我就想：写封信给学生底家长吧，对寄旅长途的儿女，他们盼消息怕眼都望穿了。但当时，因为行军匆忙呢，还是听说了家乡的情况恶劣呢，随便一晃，竟将这写信的事搁置了。那第一遭没有儿女在身边的除夕，该都是无眠的黯然的长夜吧。——而后，“写啊，写啊”地，光想不知想过一千回还是一万回，但总是写写又收起：一拖三年，鸿雁底远航上留下的还只是一线空白。为什么我竟这样荒唐呢？难在不知怎么写，又不知如何寄啊！现在，那些困难还都有，而我却觉得信非写不可了。因为心上实在太沉重，憾愧压着我，透透气是需要的。即便意思庞杂，写来会很凌乱，感情炽热，话也许不知如何收尾，但心事说出总会轻松些吧，哪怕只是些片断的呓语呢，听的人摸不着头脑也好，总算我还清了一笔旧债，挖出了一颗陈疮了。

想到从前一月一度的家庭报告，三百二十个家庭曾不许有一家是落空的。那就比较好。你们喜欢知道儿女底生活：学些什么？

身体好么？操行如何？学校里也愿意知道一些家庭状况：播种呢，还是只在耕耘？蚕上蔟了？水果收了？每次学校里寄出了月报，便常常从家长们手里换来那么多素朴的回信；大红签信封里装着谨严的话语，读着那些信是常常令人唤起无限悲欢的。看了你家庭的困难，便更增加了办学人对学生的爱护；将你们家里一些零星消息转告给一个个你们底儿女的时候：“你母亲病了，又好了。”“说是府上今年可收一千斤茧呢。”“令尊说你在家里比较懒惰，不勤快，真的么？”……也会使学生正自忸怩地微笑着而忽然落下泪来。那样将家庭和学校打通，教育会收双倍的效果。办学的人将全副身心交给学生，而学生也就将整套精神用之于学习了。学校是家庭，家庭也是学校，用书信将三百多个家和学校联系起来，组成一个融融泄泄的社会，一个大家庭，所学非所用的现象就没有了；你们对儿女“毕了业干什么呢？”“可会一天天浮华，坏了脾气，不听话么？”那样的担心也就稀少了。

然而，那时的交通方便啊：远不过四百里，邮件一星期总可以来回；事急可以叫长途电话，再远些大家也可以口耳接谈；再不然，骑一匹小毛驴或坐烟台到即墨的汽车，黎明动身，傍晚什么事都可以办了。可是现在，敌人分割了我们底土地，也将我们底交通线切断了。我们一别三年，不但见面不容易，就是通通信也成了难事。想到你们悬念儿女的眷眷情怀，我感到了说不出的隐忧，因为是我将你们底儿女从你们手里接过来带走的啊！

“那么我就算将孩子交给你了。交给先生我是放心的！”域的家长姜老先生，在学校开拔的时候特别从远远的海边跑来告诉的话现在还记得清清楚楚。那雪白的胡须，那微微带些颤抖的声音，“我晚年得子，这孩子还是独生，敌人来了家里既不能住，就带他出去也好；反正一年半载回来我也许还活着呢……”办公室像白帝城，那氛围使我立刻感到了担子的沉重。队伍出发了，家栋底父亲跑得喘吁吁的，在路上拦住我们说：“孩子没出过远门啊，多教老师操心啦！”将家栋拉到一边，悄悄地递给他大概钱钞一类的东西，“屏营衢路侧，执手野踟蹰”，我从那窃窃私语里窥见了天下父母底心灵了。水沟头一家小饭馆里，志刚底外祖父硬要请我们吃些酒再走，说是饯行；推辞了又推辞，终久还是扰了。给那羞涩的钱袋添着破费，即便吃的人不矫情，但也一口口像吞下一颗颗赤心了。

就这些还不够么？

就是这些，每当我带了千钧重的忧愁在旷野的小路上踽踽徘徊的时候，听见风吹禾稼，簌簌作响，便以为那是你们底追问：“喂，我底孩子在哪儿呢？”道旁电线杆上的白磁壶在喁喁传音，那声音里面也仿佛听得出有你底说话：“啊，我要……学校底情形怎样啦？怎么老没有信呢？”——那是千万里外的音波。我踏过地边，一个锄地的老农停了锄头望望我，我会疑惑：“那是谁底父亲么？”一匹驮了行李的牲口，也会给我一个印象说：“是谁底家长来接学生呢？”……的确，像有神经病似的，我底精神就这样反常。实在，三年了，你看不见你底儿女！三年的日子不算短啊，三十六回月亮底圆缺，一千零九十六个昼夜，若是平日，学校里开学又放假不是已六次七次了么？学生底更迭也不止三拨四拨了。你底儿女以前是一年级学生的话，现在该快毕业了；若年级再高一点，就已毕业又做了多少事了。而现在你们底儿女到底怎样了呢？

说来话实在太长。

在你我底记忆里，过去的事总仿佛永远不变的吧？即便明知道十四岁的小孩子现在该是十七岁的青年了，而在想象中，人总是那么瘦削，那么顽皮，像离别时一模一样，嗓音也总是那么尖尖的。实在，人，一切东西，是没有一成不变的；一粒种子下地，几天之后就是嫩芽，再若干日子就是叶，就是花，果。“眼不见长得快”，俗语正是实话。

我们中间的变化就很多很多。

将实在的情形告诉你，你也会骂我不负责任么？学生底家长先生！说来我是很惭愧的！我和你们底儿女，我底学生，很早就离开了呢。简直说，离我们底队伍出发还不到两月。那是上级的命令催逼不得不然的；也是没有经费，自己在那一切都混乱的状态中对他们底出处安置没有把握。——现在他们都到了哪里甚至我自己都弄不清楚，你看够多么糊涂！但离散的当时，我是都曾亲手安排过；你们恳挚的嘱托在默默中监视着我，我问过他们底路费多少，检查过他们身体的强弱，替他们找妥旅伴，吩咐年纪大些的要对年小的提携照顾。我登记了他们要去的地址：徐州啊洛阳啊，西安啊，青年军团，航空学校啊……那登记的名册都随时带在我底身边，现在我还查考得出。——起初我们中间还不断地有书信往还，各人到达目的地的情形我还相当熟悉；但三年，变化实在太大了，我们中间底联系渐渐疏阔，他们确实的情形也就渐渐不了然起来了。虽然一些零星的传闻还是常常听到的。

传闻呢,倒多半是令人高兴的事。譬如友众现在结婚了。——友众底母亲还记得么？为了他底婚姻问题，你曾五次三番地跑到学校来找我（人家还笑我连学生底家务都管着）。要我一定劝他娶他底表妹，而他自己不赞成，他底表妹又是在别的学校有爱人的。我说："既然这样就随他们去吧,年轻人底事总会有办法的。"你老人家当时还很不惬意。现在怎样，不用你操心，不也解决了他底终身大事么？听说女的是广东人，很能干，很美，你高高兴兴地等着走这门远亲吧。……令昆呢，参加了一个"大家庭"。那是又自由又幸福的家庭。只要好好读书，好好做事，就有人给你饭吃，给你衣穿。房子大家住得，还多少给些零钱花费。病了有人照看，闷了有人谈天，那是从前人们做梦都想不到的好事，那么就不必过甚惦记他了。李同在江南，打游击战，手下指挥着百把人。听亲眼看见过他的人说，俨然是个英俊的小军官了。彬如学飞机，名字也改成了邓小航；听说重庆空战他还打下过敌人底飞机。……其余的人虽不能知道详细，但大多数不在做事就在学习，都有很大的进益。

现在看，从前的所谓学校，圈子实在太小了，同学最多是四五百人，教师好不过二三十位，更加学年学期的限制，各种课程的规定，一个青年学生在那里边能够学得什么呢？学好了，出去到社会上做起事来真真能用得着的又有多少呢？是过来人，无妨打开窗子说亮话，实在没有什么了不起。要同现在从家乡出来，从学校出来，跳到战争的洪流里锻炼过的青年比比，那真是井底蛙对大鹏鸟，所见天地底大小相去就不啻千里万里啊。

就走路来说吧：在从前能够到离家乡三五百里的地方走走的人有多少呢？旅行先要有钱，次要有闲，普通人是很不容易办到的。可是在战争当中，老北京搬到江南了，大上海的聚到四川了；我们不也远从东海分布到了三峡内外和西北高原么？要多走路才可以多见多闻；名山大川不亲眼看看是不知道它底雄伟或秀丽的。各地底名胜啊，古迹啊，风土人情啊，脚踏到哪里，耳目才开扩到哪里。不过洛阳，怎样体悟到有周一代的风流遗韵呢？不见长安，谁能晓得秦汉隋唐的文化遗迹呢？所以古人将“行万里路”和“读万卷书”相提并论，实在万里路足抵得过万卷书。

再说对人生的体验吧：人，最幸福当然是不离慈母底抚爱，但温室里的花草是经不起炎日熬不住严霜的，谁能真的一生享受慈母怀抱的温暖呢？在人间栽跟头最大吃苦最多的怕还是那些懵懵懂懂被家庭娇养惯了的人吧。所以真的出来跑跑倒好。在雨里淋淋，在风里吹吹，在火热的太阳底下晒晒，然后才经得住辛苦，担得了艰险。碰些钉子，多受些冷遇，他就知道谁是敌人谁是朋友了；挨几餐饿，忍几天冷，他就晓得人从哪里分贫富了。故事里说，一个皇太子不知道什么叫饿，别人无论怎样给他解释，他总也不明白，直等侍臣将他带到野外跑一天，一点东西不给他吃他感到仿佛哪里难受的时候,他才了解“饿”底含义。一生一切，都应如此看法。从实际经验里才体会出真实的生活。在苦里边尝出甜来的人，那是非手触、体验、心领神会不可的。我见过很多十一二岁的小孩子，离开父母，抛却家乡，混迹到战争的漩涡里，爬山就爬山，涉水就涉水，在陌生的人群里生长着，全没半点怯生，只是日见矫健茁壮。三家村的老头儿一辈子连听都没听见过的新鲜事，他们一年半载就都看成家常便饭了。不但自己会处理自己底生活，通信、放哨、捉拿汉奸，那些国家大事他也可以伸伸手插插脚，那是了不起的，须知小孩子底面前还都有五十年六十年好活啊！

古时候，一个班超投笔从戎，一个祖逖闻鸡起舞，都成了历史上百代的佳话；花木兰代父请缨，“燕山胡骑鸣啾啾”，也成了旷古的奇女子，称巾帼英雄。现在看来，有着班超、祖逖那样气度的青年志士，岂止几千万人呢？而穿着军装，骑着战马，在战场上纵横驰骋的女子，又是多么平常的事啊！

年轻人的胸襟是百无沾惹的。心像一颗太阳，万事都照得雪亮；身子像一团火，什么忧愁挂虑在他们都烧得净，摆得脱。那么要爱他就大胆地放他去吧！世界是个大学校，四海都是安乐的家。他们自己会学得好，也自己会好好地过日子的。他们自己既不愁，做父母的还替他们愁什么呢？还是，等着，那么一天，看他们一个个带着胜利回来，你们从那些小伙子们结实的身上，红扑扑的脸上，要飞要飞似的心上，分润一点快乐，分润一点喜庆吧，就是他们底造就不如你们底希望也不要紧，反正他们是有他们底道理的。

那么，我也就不必惴惴不安，怕你们抱怨，写引咎篇了。

你们会抱怨么？

一九四〇年八月四日，杨家岭

《抗战文艺》第七卷第一期

题　话

战时大中学校从各地撤退，长途跋涉迁校至云南、四川等地，是现代教育一个特殊现象，由此产生了如西南联大战时教育的典范，也产生了战时的教育文学。吴伯箫散文《记乱离》和《引咎篇》便是一例。

《引咎篇》之一，是在《致同学》一文基础上改写的，后来又有《引咎篇》之二，一篇写给学生，一篇写给家长，题作“引咎”，是自认没有尽到为师的责任而向学生和家长致歉。

但战局连山东教育当局都掌控不了，如何去让一个校长包办几百个学生的前程？吴伯箫和几位同事是在万般无奈中“遣散”学生的，每个学生离开时都作了尽可能周密的安排。但尽管如此,吴伯箫还是免不了自责和牵肠挂肚,先是《记乱离》,继之以《引咎篇》,对自己的“失职”再三追悔,对学生们在战火中入伍和成长深感欣慰,对远在家乡的学生们的亲友给予抚慰……不仅情感浓烈真挚,字里行间也贯穿着吴伯箫开放的现代教育观,读来既淋漓酣畅,也引人思考战争与教育的关联。

马上底思想

月亮上升了。是很好的团栾月。

紧一下辔头，我愿意就驻马在岭上，望一望十里外那几盏明晃晃的煤汽灯的灯火（老五团正在那里举行誓师晚会）。夜深了，大地像熟睡了的巨人，那几团火光，正像巨人胸膛里活活跳动的心脏。我也觉到我的心的跳动了。兴奋得很！

变敌人后方为前线，继续东进！

我在想那一幅悬在誓师台前又长、又宽、又遒劲博大的红字横额。它像用了雷霆一样的大嗓音在喊，呼唤着驻扎在村落里的队伍，当太阳还没落，就带着四野进军的歌声集了拢来。一个个战士都收拾得头紧脚紧，全套武装都披挂起来了：枪背在肩上，手榴弹插在胸前；折叠得方方正正的军用毯——那份多单薄的家当，黄色的，是从敌人手里夺来的胜利品——紧紧驮在自己的背上，作光荣的标记。就要出发的样子，轻机关枪、重机关枪、战炮，也都调出来了。那位有名的瞄准放射百发百中的“花机关连长”可就在这里边么？其实每个人都是在弹雨里洗浴过，都有千百个英勇的故事藏在心里的。

老百姓也跟着那样忙，有的还没吃完晚饭，端着小米饭碗就出来了。老头、小娃、妇女。——好邻居，好弟兄要走啊，都仿佛想用一番留恋的热情像送别家里人似的来看看他们。

有这么一幕，这北村南郊的一带麦田也应当引为光辉。

人到齐了。歌唱着。

“妈，那就是朱总司令，你看多好啊！”

我永远忘不了，那个十一二岁的小女孩，扯着母亲的衣角偷偷地告诉的那句话。实在，旁边的人谁不小声嘁喳着说呢——带着惊羡和叹服，当台下涌起掌声、欢呼声而台上出现一个老兵的时候。那老兵稳稳地站着，双手握在胸前，为了内心的欢喜而蔼然地笑着。——那就是敌人听了发抖的朱德将军。

他是特别赶来给他亲手训练起来的队伍讲话的。

士兵们爱他。提起来都叫他“朱德”。老头子是平常一起打篮球的人啊，为什么要客气呢？真是，朱将军怕是最没有架子的平凡的伟人了。西安到灵宝的路上，我见他坐载重汽车，穿一身灰布军装和汽车司机挤在驾驶室里；华阴县岳镇的北关头上，同警卫员一块吃煮白薯，吃带芝麻的关东糖。从他毫无骄矜的谈吐，纯任自然的态度，谁知道他就是千百万人常常念叨的人物呢。灵宝到渑池坐夜车，悄悄地走过，连站长都不晓得……

“因为战争关系，很久不见我们的总司令了！”

台上这样一句介绍的话还没说完，你听“欢迎我们的总司令！”台下已荡起潮水样欢呼的声音了！

“亲爱的同志们！”对士兵像对家人子弟，话说得那么亲切。“很久没有同你们讲话了，很想看看你们，和你们谈谈……”但又一阵欢呼打断了他：“接受总司令给我们的指示！”“我们要大踏步地到前线去啊！”欢快兴奋的声音拥抱了他，他被卷在声浪的中心，被涌在声浪的顶巅，很久很久他才能再继续他的讲话。

将军的话该讲得很长吧？趁夜还没深我却先离开了。热情鼓荡着我，使我兴奋、快乐，在迎着北风奔驰的马背上，我眼里洒下滚烫的泪了。我笑，我感动，我深深体会着士兵们狂热的感情！

月亮上升了，我愿意驻马岭头，再往远处眺望眺望。望那几团明晃晃的灯火，和灯火下黑黝黝的带着灯火样燃烧的心的人群。我也是带着留恋的心情的。想想今夜他们还聚在这里，听自己领导人的报告；明天，也许就是明天的黎明，他们就要翻过一重一重的高山，一条一条的长河和敌人的封锁线，绕到敌人的后方，绕到东海边，去与敌人作艰苦的搏斗。什么时候再在这里聚会呢？什么时候再听总司令的讲话呢？我知道总司令的嘱咐，总司令的笑貌，将是士兵们永远的记忆和骄傲；像小孩子小心握在手里的糖果一样，士兵们会将它深深地埋在心里，一直到胜利的时候。

啊，晚会的节目快开始了吧？为慰劳战士们、欢送战士们，总部的火星剧团要演戏给他们看呢。剧团的一帮小同志，每个小小的灵魂，都肩负着一个大大的使命。他们要以跳舞的活泼，给战士们的生活，茁出两只翅膀，安上两条桨；他们要以精悍警策的剧情，给战士们忠贞坚定的意志，加一把锁，垒几重基石。他们给原就快乐的以更大的喜悦，给原就英武的以更高度的勇敢，给……就因为这些，我愿与每个小小演员，作亲密的握手，留永远的记忆。

你看啊，他们将三个小孩垒一架飞机，另三个小孩做一个骑兵，海、陆、空三支军队联合起来，敌人跟着就垮了。——他们将扮演一出《死里求生》，描写一个顽固的乡下老头子，不听儿女的劝告，敌人来了还不逃走，反而听汉奸拨弄去欢迎“皇军”；结果女儿被奸杀了，自己被绑在柱子上给汉奸打死了。惹得敌人嬉笑：“支那人打支那人，大大的好！”被逼了去杀自己的父亲的老头的儿子，也因不听指使被敌人打伤了。直等游击队来，他才挣扎着把汉奸打死，而死里求生，参加队伍。

我眺望着，像眺望故乡；待拨转马头再继续我的归程时，我的心为惆怅而沉重了。——这时候我才觉到月亮是那么冷清。冬夜的雾霭弥漫在大地上，苍茫如一片汪洋。村落、丘陵、远山、近树，浮沉在雾气的海中；缥缥缈缈的人像在梦中游行。衣服潮了，马镫上的脚觉到了冰冷。山坳里会有饿狼溜过吧。天上不时有光——划过去的流星。人们都睡了，连一声犬吠都难得听到；若不是还有哒哒的马蹄声作伴，我真不知道我是一个鬼魂，还是一条生命。

夜，的确太静了。

马是一匹日本马，是战争中的俘虏。腿长，颈细，头小。走起路来昂首阔步，像它的故主带些趾高气扬的神气。慢，又颠簸，骑着真不舒服。是谁说来呢？“像一个大姑娘。”这马若是在日本，春天来姑娘们骑了看樱花，不该是骏马美人很值得艳羡的事么？不想，法西斯蒂的侵略战，带累得连畜生都被俘虏了。幸亏这样的俘虏多得很，不然，就是马也会感到异乡的寂寞呢。

想起了一个日本马夫和一只鹦鹉的故事。

故事是敌军工作部长告诉的。事情见武乡战争中缴获的敌人的日记。写日记的人名叫田野谆助，日本高等商业学校的毕业生。在国内曾当过公司职员，被征调出来当的是辎重兵的马夫。人还是爱好文学的呢——

如果是能飞的鸟，

或是能飞的东西，

快快越海到日本，

那里有妻在等待。

他思念家乡，在日记里曾留下过这样的诗句。关于鹦鹉，是他们部队开到武安的时候，一九三七年十一月间的事。

“吃饭后到街上散步，”日记上这样写着，“到一家药铺，里边是空虚的。只有一只鹦鹉在那里叫。家里一个人也没有。鸟在笼子里跳着。”

“鹦鹉啊，”到这里，马夫记下他对鹦鹉讲的话，“昨天还是挨着你的主人，现在你主人是死了么？还是到哪里去了？任大风来摧残过的你的主人的家，现在肃然无声，只有你什么也不知道地跳动着。但是一会儿你也许要感到饥饿吧？——战争不但使人类痛苦，并且使你也为人类之痛苦而痛苦。”

“鹦鹉啊，你不知道昨天的战事吧？——好吧，让我来养活你吧。”

就这样他把鹦鹉带走了。

在另一篇日记里，这位田野谆助还写着：

“以后我不说话了，病从口入，祸从口出，以后我只写下来。”

说不定是一个厌战的多言的人。

田野谆助凑巧是一个马夫，我骑的这匹俘虏马是否就是他照管过的一匹呢？谁知道！扬州，日本兵在作为营妓的慰劳所里曾嫖到过自己的老婆，碰巧事原很多啊！

田野君的日记落在我们手里了，那是打扫战场从尸体上搜到的。被他所收养的鹦鹉呢？他的在日本等待着的妻呢？……老五团要开往山东去了，斩获怕不有更多的日记，更多的马么？

近午的月亮是皎洁的，纯净的。

在马上，我却觉到日本军阀的掌握下是一片黑暗。

一九四〇年十一月改武安下站稿，杨家岭

题　话

此篇初写于前线之行的路上，回到延安后作了改写。

记的是初到延安时一个月圆之夜，作者骑一匹从日军俘获的马，驻马岭头所作种种畅想，但也有生动的画面，譬如“老五团”誓师晚会上八路军朱德将军亲切的讲话，突出表现了朱将军“最没有架子的平凡的伟人”一面。回程中的畅想或许更特别一些，那是由所骑的马引发出来的“一个日本马夫和一只鹦鹉的故事”。一位“敌军工作部长”告诉作者,从缴获的一个战死的日军马夫所写日记里，看到他思念家乡妻子的诗句：“如果是能飞的鸟，或是能飞的东西，快快越海到日本，那里有妻在等待。”还看到他收留一只与主人离散的中国鹦鹉时对战争的诅咒，以及他在日记里对长官发的牢骚。作者由此留下了“一个厌战的多言的人”的印象,且由此感觉到“日本军阀的掌握下”的一片黑暗。

范明枢先生

像浴着晚秋的阳光，怀念范明枢先生，我心里浮起的是无限的温暖情味。

七十六岁了，人们称他为“七六抗战老人”。人，的确也该相当老了吧。记得二十年前还是“五四”时代在曲阜师范学校当校长的时候，他的头发就已经斑白了，也蓄了短短的髭须。在作为一个学生的我底记忆里，他走路是微微耸着左肩，脚起脚落，身子也跟着轻轻摆动的。干净而稍稍陈旧的缎马褂，袖子很长很长。走路极缓慢，低着的头总仿佛时时在沉思。

那时候,学校的校长不带课,星期一虽有“朝会”（还不叫“纪念周”），他也很少给我们讲话。只有当什么“名人”（曲阜是圣贤桑梓之地，年年总有人去游览古迹）到学校参观的时候，他才出来介绍给大家讲演。每次讲的人讲完了，他上台作结论，记得无论讲演的人是康有为、梁启超……他的结论总是那样几句：

“……你们要好好地记住，不要只当一句话听！……”

他每天晚上查自习，总到得很晚很晚；在大家正以为“快下自习了，校长怕不来了吧？”刚要出去小便的时候，却往往在门口碰见的就是他。他很少说你，而喜欢跟到你的位子上看看你；这一看，会教人感到说不出的惭愧。——他查自习，惯例走了又像忘记了什么再突然回来。所以同学们要等他二次打了回头才敢说话吵闹。若是他一出门就真的走了，那么自习室就会一直紧张到摇睡铃。

在学校他老像很悠闲，有点老子无为而治的风度。经常忙的是领导同学们种菜、莳花、栽树。他亲自掘土，亲自浇水。造成了风气，学校里便处处是花畦、菜圃、成行的树木了。学校东北角二亩大的污水池，是他计划着在旁边掘了井，种了藕，养起鱼来的。水边的芦苇，四周的垂柳，再加上砖石筑就的两列矮墙，造成了清幽的园圃风光；同学们每天傍晚在那里游散谈心，常常忽略了铃声的催促，忘记了学习的疲惫，直到池边磨电机的马达响了，树丛里的灯光和天上的明月展开着优美的夜景。

先生态度是和蔼的，学生群里也从没见他发过脾气，摆过架子。

“杨先生教得不好是啵？我已经把他辞退了。我说：‘听说先生另有高就，那么下学期就请便吧。这地方实在太偏僻！’他还挽着袖子要同我打架呢。你看这样辞退他合适么？”

学期终了，他会随便抓住一个同学就这样谈起来。

可是他也有他的固执。——固执处令人想到方孝孺，只要主意拿定了，就一定要坚持到底。

他主张学孟子“养吾浩然之气”，主张做“富贵不能淫，贫贱不能移，威武不能屈”的大丈夫。事事胸有成竹，却很少形于颜色，透露锋芒。不沽名，不钓誉，心安就好，人言无足轻重。……他是这样的一个人。

日子到了张宗昌当督办，山东人底头上就没有太阳了。那时先生不愿意在那位状元厅长（王寿彭）底下教学生读经、投壶，于是就辞了师范学校职务，回家去种田。他是常常喜欢说“吾不如老农”那样的话的。一位继任校长，听说只焚烧先生任内图书馆藏的禁书，就烧开了澡堂里两锅洗澡水。也算“漪欤盛哉”吧。这继任校长不是别人，就是到一九三八年后马良汉奸政府底下当教育厅长的郝某。

一九三一年，先生在济南乡村师范当图书馆管理员。那是一月只四十块钱的差事，势利一点看，以他底身份是不值一干的；然而他干了，并且干得很有兴致。在那年双十节学校举行的庆祝大会上，他登台讲话，摘了帽子的头，那时几乎完全秃了，他却精神矍铄地提高了嗓音说：

“……民国这个招牌已挂了二十年了，我们没看到什么民主，却一下失去了这样七百万平方里的大好河山。……我不老，你们更年轻，我们应当大家努力！”

那时正是“九一八”后，一席话曾给了当时的学生很大兴奋，很多激励，有的人都感动得哭了。从那以后，人家就称他“老青年”。他老，那时已六十八岁了；他年轻，心像二十多岁的人那样活泼有生气。他常常从那些寒苦的学生身上，偷偷地学习些新的东西；学生喜欢看的书，他也跟着喜欢看。起初还疑惑着：“这些书有什么好处呢？”而他硬生生地钻研下去，慢慢地像豁然贯通了似的，在那些社会科学书里他发现了从来没听说过的真理，觉得津津有味了。学生开给他书目，他就照着购买，因此那学校所藏的图书成了进步青年们稀有的财富。四年后，我有机会到那个学校教书，还以一部分那些书籍（大部分被查抄了）继续了那学校的传统教育（那传统是优良的；凡受过济南乡师教育的学生，在抗战的洪流里大部分都成了巍然的柱石）。但，也是那些书籍，触着了反动势力的痛处，照到了“韩青天”政府底黑影，于是先生被捕了。

听说是三月梢头，一个春天的夜里，下弦月照着白鹤庄的校舍，照着校外的小河，和河边的新柳。乡村的月夜是很幽美的。忽然村里掀起了狗咬，咬得很厉害。接着是嘭嘭的敲门声，咯咯啰啰的说话声。先生的老朋友鞠思敏，那时的乡师校长，被叫了起来，全校的人也大半都被惊醒了；但被莫名的恐怖笼罩着，除了几句简单的对话，是怕人的寂静。

“图书馆住的是谁？”

“是一位快七十岁的老先生。”

“就是他，老先生才更厉害。”

春天夜里还是很凉的，先生没穿好衣服就被绑了。连几个学生一起，集合在河边的操场上。他们当夜被运进了城里，押进了监狱。

“你不知道那些是赤化的书么？”

“不知道什么赤化，我看那些书说得很有道理，就愈看愈想看了。”

——审判的时候，有过这样的对话。

在狱里有人去看他，他说很舒服，坐它十年八年不要紧。反正“人生七十古来稀”，也是该死的时候了。

——他劝学生们应该学史可法，而自比左光斗。那故事他是常常讲给人听的。说明朝万历年间，进士左光斗，因为排斥宦官，被魏忠贤借故下狱。他的学生史可法扮作拾粪人去看他，扶着铁栏杆只是啼哭。左光斗因为酷刑熬煎，面额焦烂得已不能辨认了；屈膝倚墙坐在地上，左膝以下皮肉都已脱落，眼睛也血肉模糊睁不开来，等他听见呜咽声音，用手指拨开眼眦，认清是史可法的时候，就很生气地摸起地上刑械来打史可法，严责他：“你看国家到了什么时候，你不知自励，为国尽忠，在这里哭些什么？哭死算得了什么英雄！不要管我，我也不稀罕你的探望；你能赤心保国，我就死可瞑目了……”就这一番话，才造成了史可法后来抵抗清兵，督师扬州的壮烈史迹。

结束那故事，先生往往说：“那时还只左光斗下狱呵，可是现在连史可法也被捕了。”

先生底学生是很多的，在山东也有些说话“有力”的人；大家联名保他出来，那已是他受了半年铁窗生活的时候了。出狱那天，他对接他的人说："保我干什么呢？狱里生活我还没过够；这是大学，应该让我多学学，也好知道我到底犯了些什么罪过……"

是的，他认为坐狱并不是耻辱，是光荣。他曾训诫他的儿子说："看你多没出息，你连被捕一次也没有，你今辈子会有什么成就呢！"——那是他剩下的唯一的一个儿子。三个大儿都是二十岁左右正当年富力强的时候死了的。一个学军事，一个学艺术，一个从事教育。都是他心爱的，然而都早死了。先生晚年，家境零落得很：三房寡妇儿媳，一个孙子，一个孙女而外，再就是那唯一的儿子了。孙子很聪明，很有志向。七岁的时候，看见人家开运动会跑长距离，他自己也瞒着祖父绕了操场跑圈子。往往累得满头大汗，见了人还偷偷地告诉："不要给爷爷说。"

一九三六年春天，我和济南乡村师范的学生去爬泰山，曾在一个料峭的清晨去访问就住在泰山脚下的先生底家。没想到七点去叩门还是迟了。他的那个小孙女伶俐地答着我的问话："爷爷六点钟就上山了。要找他就上山吧。"听了很令人惆怅，有"只在此山中，云深不知处"的感触。其实那时先生过的还不是什么隐逸生活，倒是一天跑到晚，很忙碌的。那时他正替冯焕章先生在山上办了十多处小学，他是每天都要山上山下巡视一趟的。

泰山归来的次日，先生底信就来了。是一纸明信片，上边谆谆地写着：

年来山居僻处，日与松石为伍，都市风物，已成故实；若有青年朋友，相与话中外消息，岂非一大快事？不意与贤契竟道中相左，噫，何缘之悭耶！……吾近于忙里讨生活，颇感乐趣。人世魑魅，已不复置意……

济南乡师吾旧游地也，荷塘稻田，菜圃茅屋，至今犹栩栩脑际。海棠院东南树下，为吾被捕处，贤契应亲往抚慰，问海棠树别来无恙不？办公室前之芍药牡丹，及杂花数种，皆吾自汝母校所亲手移植，今亦曾着花未？花畦甬路，亦吾手砌，贤契务善为修葺，勿使荒芜……

那时我们已经八年不见了。读着那信，我有些鼻酸。不知是难过，还是喜欢。盖世事沧桑，正有无限的感慨啊！

一九三七，芦沟桥事变的那年，也是春天，我因事路过泰安，又上山拜望先生一次。那时冯焕章已到南京去了，山上留下小学、烈士祠、苗圃果园数处，就都由先生经理主持。访谒先生是上崖下坡赶了几处小学才碰到的。远远地望见就招手，多少年没见，仿佛还认识。“××么？”叫着我当学生时的名字，只两个字就把我的眼泪唤出来了。不是悲哀，是喜悦。看着他精神的焕发，步履的稳健，声音的謦欬爽利，谈笑的洪亮开阔，握手的时候，我说：“老师愈老愈年轻了，比十五年前还健康！”谁能相信那时是七十三岁高龄的老人呢？作为耄耋的表证的只有那后脑勺上雪也似的白发，胡须短矬矬的，剪得修齐修齐。一袭灰布便装罩着像一个四十岁中年人的身子。

那时我正在海边一个学校里同另一群青年人作伴，平日只怕有暮气，只怕意识精神落在了青年人底后边；及至见到了先生，才晓得自己还是个孩子，怕什么呢？听了他老人家临别时嘱咐的话："人生是有味道的，要好好地干啊！"十五里下山的坎坷路，我完全是跳着走的。

抗战第四年开头了。我又已经四年不见先生了。抗战期间先生是一直留在家乡的。在敌人踏入了山东、陷落了泰安的时候，我曾担心着先生底安全，挂虑着先生底健康；等看到远从故乡来的电讯，详细地描写着"七六抗战老人"当选为山东临时参议会议长的时候，我才知道我底担心和挂虑是多余的！听说在游击部队里他穿着土布军装完全像一名老兵。部队出发作战，他也一定要跟着。

"接火了，老先生还是回去吧。"

"不，让我来观战。"

枪声密了。机关枪哒哒哒叫着，战斗激烈起来的时候，别人劝他：

"老先生请回吧，战斗很快就要结束了。"

"不，让我看着胜利的到来！"

就这样一种镇静的态度，一种从容自若的谈吐，像小孩子跟前的慈母一样，给了战士们以莫大的感染与鼓励。往往有他在跟前，便可以更快地解决战斗，更快地获得胜利。——须知在生死场上，是七十六岁的白发老人啊！

战地里连络、鼓动，他是一个不折不扣的老百姓。他冲着敌人底封锁线走来走去，唤起了群众，团结了军队，人人喊他“老救星”。有时平稳的地方他和年轻人走在一起，人们怕他累着要替他雇一辆车子，他会很生气地说：

“你们想干什么？想把我挤出青年人的队伍么？”

别人正有些歉意的当儿，半天他又追加一句：

“这简直对我是一种侮辱！”

他爱青年，不是把青年只看作学生，而几乎是把青年看作先生。抗战初期，每次和年轻人一起开会，他都看成是一种学习，袖珍记事册里记着的就常是年轻人的意见。人们见他听人发言，那样细心，仿佛一个字都不舍得漏掉似的。有时一句话没听清楚，他往往在散会的时候，紧赶上那发言的人，谦逊地问道：“你刚才说的什么？能不能再讲一遍我听听？……”

为这一切，我深深地怀念着这“老当益壮”的人民底议长，范明枢先生。

一九四〇年九月，杨家岭

附记

写了上边这篇文章之后，战斗的日子过了七年。这期间我是常常想念起先生的。

前年，对日抗战胜利的时候，我曾想奔回山东故乡。回故乡，一定的工作任务而外，探望探望老同志老战友的想法是有的，而同志战友中间，范先生在个人底心臆里占着峥嵘的地位。

也是前年，十一月十五日，从山东拍来的电讯里，告诉说八十二岁的范老议长参加了共产党。那消息曾强烈地激励过我，使我兴奋。认为先生获得了光荣的共产党员的称号是值得庆祝的，而伟大的党增加这样富有斗争阅历的“老青年”为同志也是一件喜事。那不是别的，像从世界消息当中看到大画家皮卡索、大科学家居里博士和朗之万教授参加法国共产党，大文豪德莱塞参加美国共产党，一代文化战士邹韬奋在遗嘱中要求加入中国共产党一样，那是一种响亮的号召。它带给人们以鼓舞、鞭策和希望：共产党必兴！人民的翻身事业必胜！——那时，我正随了大队行军在途上，向胜利迈进，因此增加了百倍千倍的力量。

今天，在佳木斯，十月十五日的《东北日报》以画了黑线的标题告诉说“范明枢同志病故”了。我无言。心里浮起的是对先生愈益深沉的怀念！这怀念将是永远的了。

先生弥留时该没有什么憾恨吧，以一个不朽的共产党员死去，遗志有忠实的同志继承；以一个人民的议长死去，事业有广大的群众分担。活着，是八十四年的奋斗史，算是长寿的；死去，为千百万人所怀想，等于地久天长活在人间。看来没有什么憾恨了。

但是，我知道，先生是有不满足的地方的，那就是先生还没有亲眼看到卖国贼蒋介石的死亡（他早就该死亡了啊！），还没有及身完成人民的彻底解放（彻底解放已为期不远了啊！）。然而，就是这，先生也是可以放心的。人民解放战争正在炽烈开展，烈火燎原，秋风扫叶，捷报处处，正如雪片纷飞，人民的凯歌已经响了。还要继续更响。

为此，我纪念先生——不，让我称亲爱的老同志吧——纪念文字是末节，我要求实际行动：在斗争的波澜里努力航行，以消灭蒋家匪帮，争取人民胜利为誓。作一个道地的老师底学生。

一九四七年十一月十一日

向海洋

我的岗位是在高原上，我的心却向着海洋。

自己默默地问：再来怕要病了吧，怎样这样厉害地想念着海呢？很不应当的简直有些忧郁了。山谷里一阵风来，它打着矮树，吹着荒草，听来像海水摸上了散满蚌壳的沙滩，又冲激着泊在岸边捕鱼人的渔船。山下荡着石子流的河水，声音也像“万年山”上听海水在低啸；河边大道上那嘀咚嘀咚响的不是驼铃，倒像是往返的小汽艇在接送哪只旗舰上的海军了。夜深时，山上山下的灯火闪着亮，土山便幻成了海岛；山上的灯火是街市，山下的是停泊的大小船只。牧羊人一声悠远的觱篥（像海螺呜呜），会带来一个海上的雾天，连雾天里的心绪都带来了；失掉的是欢快，新添的是多少小病，多少烦厌。——心里有个海，便什么都绘上海的彩色海的声音了。连梦里都翻滚着海波，激溅着浪花啊。

心是向着海洋。

但为什么不向海洋呢？自家的土地是接连着海洋的。海洋上是老家。海水的蔚蓝给自己黑的瞳仁添过光亮，海藻的气味使自己的嗅觉喜欢了鱼腥，喜欢了盐水的咸。海滩上重重叠叠的足迹，那是陪了旧日的伙伴，在太阳出浴的清晨和夕阳涂红了半天的傍晚在那里散播的。迎着海风深深呼吸的时候，眼前曾是令人忘我的万里云天。我怎么不心向海洋呢？

喂，蓬莱阁啊！还依旧是神仙家乡么？在你那里我看见过海市蜃楼哩。拾过海水冲刷得溜圆的卵石。趁海鹤（那条那么小的袖珍军舰）去访问过长山八岛。在岛上渔翁渔婆给我吃过清明捕的黄花鱼，春分捉的对虾，谷雨里捡的海参。孔丘在陈，才三月不知肉味，就已唠唠叨叨了；我可是多么久不吃鱼了啊。可是我知道的，现在捕鱼也不容易了，并不是庙岛的显应宫（我还记得那副对联：海上息鲸波从此风调雨顺，山中开贝阙应知物阜民康。）不灵（曾经灵过么？），而是日本的捕鱼船把你们的网冲破了，嘟嘟的马达声也吓散了鱼群。那么除了马尾松不出产什么的几个寒枯的岛子，你们又指望着什么过生活呢？因此我听到了你们的战斗。

听说你们用土炮（那是戚继光平倭寇时就铸就了的么？），封锁了军舰不能靠岸的海口（那是戚将军练水兵的水城）。又扮了“海盗”，你们将岛上的伪警察缴了械（说是五十支全新的三八式，是么？），于是联络惯习水性的弟兄，你们组织了海上游击队。夺取敌人运上岛的给养，掀翻敌人放哨的游艇：你们一天天强大，现在已是三条汽船五百支枪的队伍了。我想念海，不得不教我想念你们！海上游击队的弟兄，让我们替你们祝福！

烟台，你以出名的苹果，以出名的苹果香的葡萄给我永远的记忆的烟台啊！很好么？我爱喝你张裕酿造一二十年的陈葡萄酒，那样馥郁香洌，泛着琥珀般的颜色，真是沁人心脾，心会开花；润着喉咙，喉咙会唱歌的。但我并不沉醉，我永远清醒地怀念着你的居民。那是喜欢冒险，喜欢到海外碰运气的。他们从你这里下关东，入日本海，去南洋群岛。甚至只凭买卖山东绸而能徘徊在奢靡的巴黎街头。以土头土脑的扮相，而说着各地土话，各国语言，谁能说不是奇迹！从海洋夺得了魂魄，他们不知道什么是忧愁，笑声和戏谑里都透露着达观和矫健。在烟台的街市上我是多么愿意碰到他们呀。出去的是一条扁担一个铺盖卷，回来的却带着珍珠、黄金，囊袋里装满财富了。可是敌人践踏了他们，原是充满睦邻的感情的，他们现在忿怒了。因此我常在报纸上看到“烟台夜袭”“我军五陷烟台”那些令人兴奋的消息。

听说他们扮商人，扮小贩，卖青菜。忽然他盖在青菜底下的盒子枪从筐缘露出那作为枪饰的丝穗来了，伪警察会喊给他：

“喂，老乡，你看你的韭菜撒了！”

于是他放下菜担看看，把枪上的韭菜盖盖好，向警察会意地笑笑（有谢谢的意思么？终久是自家人啊，应当有照应的，我愿意向那警察敬礼），然后照常向着市里走他的大路。还听说，他们采办货物，常是成群结队地赶着牲口，驮进去的也许只是稻草，驮出来的却往往夹杂在日用杂货里有多少日本人送来的枪支。——白天他们在一家店里将牲口喂饱，将“垛子”捆停当，一交夜，他们便派人到山上去放鞭炮；等敌人吓得像掉了魂一样跑上了军舰，并从军舰上对准山头轰隆轰隆放起大炮来的时候，他们早已和他们满驮了货物与枪支的牲口慢步逍遥地离开烟台市迈入群山了。“像玩猴子玩狗熊一样”，那告诉我们的人这样告诉我。对日本人的聪明和愚笨，我看见他们在笑了。

喔，青岛！给了我第一幢海的家的好地方啊。

那里栖霞路曾有我们三五个朋友谈不够的夜会，那里茅荣丰曾有我们吃花雕的酒杯，那里麻胡窠的贫民窟也曾有我们惯常的足迹和访问。后海码头绘的是一幅搬运夫的血汗图，响着的是锵锵朗朗钢铁的声音。前海是栈桥，回澜阁的游人，脸孔都曾经惯熟了；是整个远东有名的海水浴场，现在还记得在那里一带五里长的沙滩上，夏天在太阳底下一片男女用的红红绿绿遮阳伞……

为了海我才喜欢泅泳的吧，然而我却很久，青岛啊，没有踏过你海边的软沙，沾过你清澈的海水了。我的书桌旁边有一张《捡贝壳的孩子》的图画，没了事我便常细细地赏玩它，因为它会带给我海上的风帆呢。另一张，远景里有海鸥在飞，近了来是一个衣裳褴褛的渔人仿佛在讲海，比画着手势，周围听的几个孩子都出神了。站着的，剪背着手；俯卧在沙滩上的，便两手捧着下巴。我从他们带些神秘性的眼睛里，看出了海上一个暴风雨的故事。讲故事的渔人的声音我都仿佛听见了（看多么痴迷），像柯勒律治诗里的古舟子。

现在海上的风暴是另一种了吧——胶州湾停泊的是贼船，而青岛近郊二十里外的崂山上则遍地飘扬着我们游击队的旗子。

我是有过泛家海上的老梦的。将感情养成了一只候鸟，惯喜欢追逐一种异国情调：火奴鲁鲁伴了曼德林旋律的土风舞，苏门答腊半裸棕色人喝椰汁，或像史蒂文森写的一个金银岛的故事……但于今海洋的呼唤，已不是那幕老梦，而是活生生的现实了。当我应了蓝天上驰过的白云，水面上扫过的大风回答着“我来，海洋啊！”的时候，我的心是深深向往着北起海参崴，南迄琼州岛那七千里长的海岸线的；更热切，我是怀念着那沿海岸像翻滚在惊涛里战斗着的弟兄的。夜里我看天上的星星，星星像一只只站夜岗的弟兄的眼睛；白天太阳的金线照着我，我感到了那千百里外在血和汗的挣扎里故乡的辛苦和快乐。

因此，我像回到了一个神话时代，我站在这西北高原上向荒旷的黄土层寄意，说：我抚育过华夏祖先的土壤啊！万千年前据说你曾经也是海洋的。你这里深深地埋在地底的就是水成岩：里边有海藻的化石，有五六丈长的龙骨。果然，你这绵延起伏的群山不该就是远古年代凝定了的骇浪么？——西北高原上从蒙古大沙漠吹来的风是狂暴的，当年它掀动着海水生波，那么以它卷着漫天风沙的力量也荡起这层层的群山吧。现在正是土地也要沸腾起来，咆哮起来的时候了。

让我们向海洋，向胜利！

一九四一年五月二十二日

题　话

吴伯箫对海的眷恋渊源有自，就此篇所写，一是“自家的土地是接连着海洋的。海洋上是老家”，二是“青岛！给了我第一幢海的家的好地方啊”。由这两个缘故，《向海洋》所抒发的对海洋的浪漫情怀，可谓无以复加了，“心里有个海，便什么都绘上海的彩色海的声音了。连梦里都翻滚着海波，激溅着浪花啊”。实际上，写此文时，吴伯箫人在延安，与住在青岛老家的妻子和长子已分别快四年了，对海的思念，自然也是对亲人的思念。

不过，《向海洋》不纯粹是写海与亲情，而带上了强烈的历史的印痕，这就是文中大段大段有关蓬莱、烟台以及青岛另一种“海上风暴”——山东沿海地区“游击队”抗日的故事，这也就是文章结尾“让我们向海洋，向胜利”所包含的另一重意义。

书

“神农的梦呓，只是咂咂嘴的声音。”这是日本什么人的一首俳句吧。玩味起来是很有趣的。为什么梦呓只简单到咂咂嘴呢？原来神农是尝百草的，天天在山野里采撷着，品味着，慢慢成了习惯了。而且那时候怕除了适当的手势表情而外，也还没有确确实实能传达意思情感的语言啊。

语言还不一定有，文字就更是靠后的事了。所以远古的人曾必须结绳记事。据说那方法是大事记大结，小事记小结的。一串一串结满了疙瘩的绳子就是一部一部小小的历史了。但这种历史自己看或许是有用的，像搔到伤疤就引起一段痛苦的回忆一样；交给别人呢，就要费些思量与揣测。譬如说，有古物发掘家，从深深的地层里掘到了一段绳头的化石，麻缕的纤维还分明可见呢，就算考古的学识极渊博，而又广征博引研究得极仔细吧，但也只能说这是十万年前或百万年前的遗物，而不能知道那绳结记载的是一次渔猎还是一个恋爱故事。因此，“洛出图”才成了周文王时候的神迹，而伏羲画八卦，而仓颉造字，才成了值得万古讴歌的大事。原因是哪怕无论怎么简单呢，它总算给了人以记录思想以传达感情的最初的符号啊！

拿这作根据，譬如说才有了史籀的大篆（姑且只说中国；书的故事，那是有专书的），人们把字用刀刻在竹板上，用漆涂在木片上，用皮子穿起来，于是有了像书一类的东西。孔子读《易》，韦编三绝，从字意解，那《易经》怕就是用皮子穿着木板的玩意。一部《易经》堆起来不会有小小一窑洞？不容易啊！不然为什么古人著书总是那么寥寥数语，老子全部学说，不过《道德经》五千言（字也）；而现在的人却能“下笔千言，离题万里”地“夸夸其谈”呢。那是千千万万古人卜昼卜夜的劳绩，苦心焦虑的发明所积累的成果。像蒙恬造笔啊，蔡伦造纸啊，像印刷术、活字版的发明啊，都是了不起的。拿来糊糊窗户的一点纸，随便谈谈说说的一句话，都还不知道费过多少人的心血和劳动才成功的呢，别的就不用说了。

有了书，才将古今距离的时间拉近了。“东门有人，其颡似尧，其项类皋陶，其肩类子产，然自要（腰）以下不及禹三寸，累累若丧家之狗。”从这几句话我们看见了两千四百一十九年前一个名叫孔丘的老头子底形象和疲惫倒霉的样子（读《孔子世家》）。有了书，才将地域的远近缩短了。在黄土高原上我们能望见驶向冰岛的渔船和大海里汹涌的波涛（读《冰岛渔夫》）。读但丁底《神曲》，一个在尘世的人可以认识天堂和地狱。读吴承恩底《西游记》，一个最现实的人也能像孙猴子可以入地、腾空。书，什么不给你呢？足不出户，而卧游千山万水；素不相识，可以促膝谈心。给城市的人以乡村的风光，给乡村的人以城市的豪华。年老的无妨读血气刚盛的人底冒险故事，年轻的也可以学饱经世故的长者底经验。一代文豪高尔基说："请爱好书本吧，它将使你的生活容易化，它将友爱地帮助你了解感情、思想、事变的各方面和复杂的混合。它将教你尊敬别人和你自己。它将带着对于世界和人类的爱的感情，给予智慧和心灵以羽翼。"是啊，"日出而作，日入而息"，就算鸡犬之声相闻，生活过得相当舒适吧，但生了，死了，像春夏来在风雨里摇曳而一到秋冬就枯黄了的花草，有什么区别呢？最痛苦是有痛苦有快乐说不出来的人。最痛苦是不能了解和不会了解别人底痛苦的人。有一个"笑话"，说一个穷读书人娶了一个乡下姑娘做老婆，读书人常常嫌他老婆不说话，有一天夜里，他问她："你怎么老不说话？""说什么啊，不知道。"老婆忸怩地回答了。"现在你心里想什么就说什么好了。"读书人给她一种启示。她想了半天说："我饿得慌！"——这个"笑话"你听了如何？稍一涉想，你会于笑声里落下泪来的哩！因此，我读了《一个不识字的女人的故事》很受感动。

书籍是会提高人的：从野蛮到文明，从庸俗到崇高。高尔基又曾这样说过："每一本书都是一个小小的梯子，我向这上面爬着，从兽类到人类，走到更好的理想的境地，到那种生活的憧憬的路上来了。"真是这样，读书愈多，应当愈富于睿智，愈具有眼光。因为那样可以经验得多，见闻得广啊！小气的人该会大方一点，狭隘的人该会开旷一些。“学问就是力量！”有人这样强调说过。自然，也还是有俗不可耐的读书人的，正像有博雅的文盲一样。但原是博雅的人再多读一些好书呢，我想他会像纯钢之出于生铁，更近乎炉火纯青了。因而有了黄庭坚“三日不读书，便觉语言无味，面目可憎”；有了梁高祖“三日不读谢玄晖诗，便觉口臭”那样的话。

真有读书有癖的人哩。法朗士就说过：他自己是一个图书馆的老鼠。他的最大的幸福是在一本又一本地吞噬过许多书籍之后，发现吐着一点遥远的世纪的芳香的奇妙的东西。发现任何人不曾注意到的东西（据卢那卡尔斯基:《论法朗士》）。中国古时孔丘“发愤忘食”以致“乐以忘忧，不知老之将至”。董仲舒“三年不窥园”，怕就都是读书读上瘾来的人。“吾儿，久不见若影，何竟日默默在此，大类女郎也。”这是归有光读书项脊轩他祖母对他说的话。为了这种情节，我就喜欢起老老实实读书的人来了——车胤把荧火虫装在纱袋里照着读书，孙康在寒天里用雪光映着读书,还有家里寒苦点不起灯把邻家的墙壁凿孔偷光的。“如负薪，如挂角”，这些刻苦嗜读的故事被人不知几千次几万次地征引过，但好好地思索一下那情景，还是可以发人深省的。

从俄国诗人舍甫琴科或高尔基底传记里，我们知道有农奴社会家僮读书而挨鞭挞的事；但从虽然有鞭挞等待着，却还是在夜深人静的时候，在一天做了十四小时的苦工之后，偷偷地在僻静的柴仓里点起豆大的小灯读起书来的那样的家僮，被梦也似的足迹牵引着，被看不见的人物慰藉着，你看得见那苦孩子泪影中的微笑么？这精神将是一切成功的发端。所以在革命队伍里，看见一个老伙夫皱了眉头学画阿拉伯字码，或一个十一岁的小鬼在朗朗上口读《边区群众报》的时候，便每每令人起一番敬意起一番鼓励。身上看来穷苦，灵魂却是富的。这比之有书读，能读书而不认真读的人是有很大差别的。

读书吧，从书里找认识世界、改造世界的东西吧。……富有真理的书是万应的钥匙，什么幸福的门用它都可以打开。

一九四一年十月七日晚，蓝家坪

题　话

《书》也是吴伯箫延安时期的抒情散文，发表后也受到好评，被读者成段朗诵。

从书的形成历史到书的神奇功能，再到读书人的读书成癖，作者以抒情诗的节奏作着铺陈，读起来也有如古代辞赋的感觉。譬如说到书的功能："书，什么不给你呢？足不出户，而卧游千山万水；素不相识，可以促膝谈心。给城市的人以乡村的风光，给乡村的人以城市的豪华。年老的无妨读血气刚盛的人底冒险故事，年轻的也可以学饱经世故的长者底经验。"最后一句把读书的意义提升到极高的层面，呼应着前面所引高尔基、培根、法郎士等前人有关书籍和知识的名言，同时也是新的升华。

思索在天快亮的时候

天该是快亮了，听四处不断的鸡啼声哟。

起来，把门窗一齐打开。打开门窗我呼吸是自由的，舒畅的。“呵，我的灵魂，我在平静而清冷的早晨找到我自己了。”（惠特曼）“在我的胸中灌注着力量，在我的血液里灌注着新鲜。”（哥德）你看新鲜的月亮从窗口透进光来了。这迟到的下弦月真是一弯残月哟。光是那么冷冷的，冷冷地射到床上；又淡淡的，却淡得那么亲切。月边的几颗星，也窥探什么秘密似的跟着从门口挤进屋来了，像悄悄地开着的几朵银花，像躲在墙角里微微偏了头的几个天真的小孩。还有什么吗？嗬，门口里涌进山谷里酝酿着的浓雾了。多么热闹又多么爽朗的黎明时候哟，像柯勒律治凭了梦幻写“忽必烈汗”，我忽然觉得成了诗的人物。

翻开地图，我晓得我是在海拔二千五百尺的高山上。照地图，大地是按二千五百万分之一的比例缩小的，而我本着原来的高矮肥瘦，就坐在桌边，我不是应当清清楚楚看得到更高的山峦，和那底下深蓝的海洋么？而今山岳在撼摇着，海洋在翻滚着，“威泽马另一支红军，毁敌坦克二百零五辆”“梅坞敌，经我猛烈攻击，狼狈溃退”。这可是冰岛的花旗商船？这可是新加坡军港？这个世界打得好凶啊！窗边电线杆，在嗡嗡地响呢，耳边哪里不在以大的波动传递着战争的消息？从眼前的灯光里我体会到大地各个角落燃烧的战火了，从撞来撞去而终于烧焦了膜翅在灯边挣扎着的扑灯蛾，我想到那个到处放火的希特勒了。——山边的雾气，该不是猛烈的炮火所激起的云烟么？山脚哗哗流的河水，不是万马奔腾的声音么？……

于是，我自己幻想成了一个卫兵。

我是在黎明的时候值岗，守望这一带黄土高原的。责任使我提高着警惕，我时时在唤醒着自己：“不要有半点疏忽，要注意一丝风响，一声狗咬，或一只鸟飞！”生和死在清醒着、振奋着的时候，你是可以把握它、支配它的；以你的生死，也可以影响着甚或决定着别人的生死。因此，一定要望得远些，一定要注意得深些。哪怕是一秒钟呢，也要抓得紧紧的。要告诉那些睡懒觉的人，那些只顾一个人眼前舒适和快乐的人，那些懵懵懂懂活着，而不知为什么活着的人：醒醒！这是战争的时代！——真是，我怀着千百年的隐忧啊！——意识着，而我的这座土窑成了军营里的支撑的帐幕了。这门前摇曳的柳树，比就在风里飘扬的大旗；山上山下都是战场，沿河的房屋，是几里连营。幕里，都是枕了枪睡觉的战士吧，多辛苦，睡梦里他们还仿佛奔驰在战场上，叫嚣着，厮杀着呢。深秋夜凉，他们军衣却是单薄的；可是，我竟把门窗都打开了。我的意思，是从开着的门窗里，让进月亮去，让进风去，有时也让进交加的雷电。使大地的气流，和帐幕里睡眠人的呼吸毫无遮拦地统一着，那样他们可以战斗得更舒畅，更自由哟！在梦里我也愿意他们一往都是胜利的消息。

……我又幻想；这开了门窗的窑洞，像停在哪个野站里的一列火车。仿佛还听得到突然的汽笛响呢。呜——，声音播得遥远又遥远。有了这声音，旷野反而显得更辽阔更寂静了。吐——吐——，是车头上放汽的音响，像一只庞然的野兽在喘息。在车里拥挤着的也许是从火线上撤退的难民吧，你闻不到那车厢里窒闷的气味么？冷，又热烘烘的，弥漫着一股酸臭。旅人们都坐得疲倦了，为了火车骤停的震动，打瞌睡的，忽然醒了。舒舒胳臂伸一个懒腰，大声地嘘一个“呵……”“有谁从推开的车窗里向外望望天，快天亮了么？”谁这样问。“不，还满天黑呢。”又谁这样答。——他们想起家乡了，想起家乡里和平和安谧的夜了。村边那条饮牛的淙淙地流的小河，宅边爬满了牛蒡的篱笆，傍晚家家灶突上袅起的缭绕的炊烟。一个母亲，抚摸着在怀里像往日一样睡觉的孩子，试着他稳静的呼吸，想：怎么还不鸡叫呢？该是鸡叫的时候了哇。于是她终想起那丢在家里没人照管的鸡、狗、房屋……而她不敢想，鼻子酸酸的，又复沉进了痛苦的梦里。

困顿的乡里哟，愿我的祝福跟着你，到哪里都希望你们是平安的。老家终久有回去的日子。你看,我们的军用列车来了。——我幻想着，这支精锐部队，是接了命令去黑夜保卫一座城，或去争夺一个据点的。去求生，也预备去就死！我永远崇敬着，又向往着这生死搏斗的境界。一个战斗败了，又一次冲锋胜了。人总在火力网里沐浴。真是高热度的锻炼啊。站在生死焦点上的弟兄，他们心情是怎样的呢？是谜一样圣者的来历吧！而天上的星星在眨眼，仿佛它什么都知道的样子。我却禁不住心跳，我要摆摆手趁列车还停着的时候跟战士们一道走了。只要向前,哪里去都好；只要战斗，什么工作都好。哪怕是当一名伙夫，哪怕前面就是敌人的阵营！敬礼，战斗的人们；敬礼，战斗的我自己哟。

我还想，这是一艘船，它可以载了喜欢航海的人去一个他所理想的地方。

或者是一座灯塔，它可以给迷路人指出一个方向。因为我的屋是在高山上的，我的屋里是亮着红灯的。

它也可以是一家野店么？一盏灯笼挂在店门口，它能招徕一些迟到的远客，——“那沙沙的鸣响，像迟归的旅人，打叩我家的窗门”（普希金《冬夜》）——和我说一些生疏的故事：野兽的，强盗的，战争的，甚至是关于鬼的。要泼辣，要奇，要险！战斗的日子，我需要战斗的血液哟！

窑洞是挖在深山里，窑洞是大敞了门窗，那么这时候来只狼，来只野猪吧！——我都有准备。

思索着，而起床号响了，号声响遍山谷。

一九四一年十二月五日《解放日报》

题　话

这是吴伯箫的窑洞抒怀，一篇漂亮而真挚的散文诗。

跟随作者的思路，感受着自己也会变成“诗的人物”，在海拔二千五百尺的高山上畅想，或者把自己幻想为一个高原卫兵，或者把窑洞幻想为一列停在野站上的火车，又或者是一艘船，一座灯塔，一家野店……而作者的心始终是热的，一种巨大的工作的热情在澎湃着：“只要向前，哪里去都好；只要战斗，什么工作都好。”

论忘我的境界

在人人都只知道有“我”的时候，忘我的境界是不易体会的微妙的境界，也是最圣洁，最崇高，在市侩庸俗的生活里难以企及的境界。那像半夜的钟声，它波动着深远的令人起静穆之感的音响；也像深谷的花朵，它散发着清越的素淡的幽香。

“站开些，别遮住我的太阳。”

这是古希腊淡泊哲学家狄奥基尼斯对来访问他的亚历山大王所说的话。传说这位哲学家是住在桶子里的，经常就在桶子里晒着太阳来思索宇宙的奥义和人生的哲理。自己过着的是怎样的生活，却从没放在过心上。凑巧有一天，亚历山大王挟着一世的炫赫来问他：“老先生，我可以帮助你什么吗？”（是百万富翁要施舍两片面包的一副仁慈悲悯的神情哟！）那老哲学家却连抬头望望的意思都没有，只冷冷地说了这样两句话。本来，就算是不可一世的国王吧，在富有宇宙的哲学家看来不是像草芥一样的不值什么吗？在那情景下的王也会立刻为自己的渺小，而觉得惭愧与尴尬吧。

同样是古希腊人的亚尔希美德：大数学家，发明螺丝钉的，也有过令人听了肃然起敬的轶事。说是他住的城被敌人攻破了，当一个敌人跑去要杀他的时候，这位老科学家已经老得不能用体力来抵抗了，他只说：“不要动我的图样！”那意思不是很明显地表示着么？杀是不要紧的，要保留我的图样哟（说不定是从那时起，我们才有了螺丝钉的）！

踢开利害的打算，将生死也置之度外，考虑的只是大家的幸福或真理的存在——走出王宫，丢弃妻子，毅然走进檀特山的释迦，“我不入地狱谁入地狱”，那精神也是这种精神；范仲淹“先天下之忧而忧，后天下之乐而乐”，那精神也是这种精神。至于教人“认识你自己”的雅典哲人苏格拉底，当人家诬告他是无神主义者，是青年的诱惑者的时候，他带着得胜的神气，离开审判法庭去就死。他说：“现在我们走的时候到了，你向‘生’去，我向‘死’去；至于你我谁能得着更好的命运，那唯有上帝知道。”也是这种精神更到家的好例子。

把全副精力都集中到自己所爱的，所向往的，或所行动的事物里，而沉浸到里面，淹没到里面，融化到里面的，就是忘我。孩子已经死了，还兀自坐着，将孩子紧紧地抱在怀里，喂他奶，把他摇动着给他唱歌，给他说话：那是忘我的慈母；“采菊东篱下，悠然见南山”：那是忘我的诗人（陶渊明）；把鸡蛋放在锅里煮了半天，等伸手捞来吃的时候，才知道煮了半天的是表，鸡蛋还放在旁边：那是忘我的科学家（牛顿）。

爱到痴迷的人，是真正的爱人。把恋爱的进行清清楚楚定出策略来：写信哟，送礼哟，而几乎把每次会面所要说的话都很理智地组织好了的人，那可能做一位势利的丈夫或妻子，但绝不会是一个很好的，能了解人，体谅人的爱人。等偶尔两人的交谊决裂，他（或她）会立刻写信给对方，“把我给你的表链还我吧！”而心目中已经找好另外需要送表链的人了。要爱就得把整个的心灌注到爱情里才行，把爱情看得高洁一些才行（像但丁之爱比特丽斯只见过三面，却崇拜到将她写入神曲作天堂导游人了）。那把无聊的情书拿来示众，或“我们已经到了接吻的程度了”，来夸耀别人的，是只有俗得令人作呕的。学习，也是这样。譬如拉提琴、绘画、学外国语，就非埋下头去，像俗话所说的“上了痰迷”是学不好的。哪怕拉的琴像猪叫，听见的人都掩耳而过呢，你还是早啊晚啊无时无地不“吱呟”着，慢慢地手指熟练了，弓弦上响出优美的曲调了。——还没有开口就怕别人见笑，你怎么能会说一口流利的语言呢？因为太注意自己，就失掉把握自己所从事的事物的能力了啊。要忘我！

对自然与人生，真能入乎其内，出乎其外，役使万物，而又渗入万物与万物成了浑然一体的是忘我的境界，所以常常学识最渊博，志趣最超拔，最有素养，最富建树的人，倒有时天真得像一个纯洁的孩子，或竟带了几分傻气——穿了彩衣作小儿戏来娱乐双亲的老莱子，那是人人都晓得的——原因是他心有专注，世俗的礼仪习惯他都没有工夫分心，也觉琐屑不足注意啊（正所谓不失赤子之心）！英国的约翰生博士，曾沿了栽着电线杆的林荫路散步，每走过一根电线杆，就用手轻轻地打一下，走了很远，他忽然记起有一根是空过了，便重新回去，补打一下，才再继续前进。将门上开一大一小的两个洞来放出放进那一大一小的两只猫的，是某英国大科学家大发明家的故事。——所谓“大智若愚”该是这种事理吧。

关羽割骨疗毒，“时羽适请诸将，饮食相对；臂血流离，盈于盘器；而羽割炙饮酒，言笑自若。”（陈寿《三国志》）淝水之战，秦苻坚以投鞭断流的优势攻晋，谢家军把他们打得风声鹤唳，草木皆兵。而主将谢安，却事先“游谈不暇”，事后“得驿书，知秦兵已败。时方与客围棋，摄书置床上，了无喜色。客问之，徐曰：‘小儿辈遂已破敌。’既罢，还内过户限。不觉屐齿之折。”（《资治通鉴·晋纪》）这些是忘我的大勇者的来历。法国革命的一八三〇年，革命群众想消灭一个小岛上最后一部反革命的势力，曾借一座桥作了战场，他们从下午战到黄昏，那座桥总也攻不过，这时忽然从革命的群众里跳出一个青年，大声喊道：“同志们，随我来！我的名字叫阿寇尔！”他的话才说完，便遭了一个火弹，倒死在血泊里。但是他这一喊，革命的群众却像得了神勇，一阵猛攻，便把皇党的阵垒突破了，革命成功之后，那桥便改名“阿寇尔桥”。又纪元前四百九十年，波斯侵雅典，被雅典大将米勒狄大败波斯军于马拉松。那时有一个善跑家名叫裴迪辟的，回雅典城报讯，他一壁记挂着城里在焦急的父老，一壁为奏凯的喜悦兴奋着，他跑啊跑啊，只觉得两腿像在飞，把自己完全忘记了。几小时的工夫，竟跑了二十六英里三百八十五码。等望到了城上父老，两手向空一扬，大呼了一声“胜利！”就倒地死了。后来成了“马拉松竞赛”的起因。这呼着“随我来”和“胜利”的英雄们，我想他们是不曾想到他们自己的危险和疲惫的。可是从那以后有了“阿寇尔桥”，有了“马拉松竞赛”了。

生活就是战斗。在战斗的当中，时时有个“我”在，一个人便时时须为我而生些多余的杞忧和顾虑。生死哟，利害哟，危险哟，总在内心里斤斤较量着；可是应当把握的契机，在这较量的时候倏然逝去了。为什么景阳冈上，武松用半截哨棒了结了一只吊睛白额大虫，而在下冈的路上遇到两个把虎皮缝做衣裳，紧紧绷在身上的猎人，却不禁喝道：“哎呀，今番罢了！”为什么“广出猎，见草中石，以为虎而射之，中石没镞。视之，石也；因复更射之，终不能复入石矣”（《史记·李将军列传》）呢？还不是在前是忘我的时候，而在后却忽然意识到了自己的缘故吗？古人说：“可以碎千金之玉，而不能不失声于破釜。”那分歧处怕也就在乎忘我与不忘我一点上。如此，孟子所善于修养的至大至刚的“浩然之气”，就似乎是在忘我的时候一种精神表现了。只有忘我，才能牺牲自我，发扬自我，成就自我。忘我才有真我在（依照哲学的矛盾统一律这是解释得通的吧）！

实在说，站在无限大的空间——整个宇宙的观点上，站在无限长的时间——整个人类历史的观点上，一个我算什么呢？论体积太微末，论寿命也太短促了。只就个人的口腹衣着，或暂时的安适愉乐，而努力，而挣扎，有着多大的意义呢？结果将自己应有的几岁年纪打发完了，最后还不是两手一松在泥土里赚一把把腐臭的枯骨吗？所以非有超出于自我的目的不可，非有超出于自我的理想不可！席勒说："国家太小了，世界才是我们的题目。"马克思说："我是一个世界的公民。我所在的地方，都要工作。"把这些同样意思的话另换一句，我们也应当说：个人太小了，我们应当注意的是整个人类的事。

说着"卡尔，我的气力完尽了"而死的马克思夫人，燕妮，恩格斯在她墓前演说里说："她的最高的快乐是使别人幸福。"这句话是可以作一切伟大的思想家、科学家、革命家的注释的。忘掉自己，为别人的（更明确说是为大众的，人类的）幸福而奋斗吧！

比起人生，艺术是久远的；比起个人，人类是永恒的哩！只要把握住这个原则，那就放胆地去做吧。像但丁的骄傲的诗句所说的："走你的路，让人们说他爱说的话！"一直往前，到胜利为止，你是不会走错路的。反转来，若事事从一个我字出发，即便以最能开发"为我"的哲理的杨朱为例，人人都"拔一毛而利天下弗为也！"我看人类也永远不会从原有的基础上提高一步，进化一步。

到这里我想起一个现实的活的故事了：

在战争环境里，在荒僻的野村里，革命军队的野战政治部主任，傅钟，他戴了深度的近视眼镜，在堆满了文件稿札的粗笨的木桌旁边埋头工作着。军队里，荒村里，连睡得最迟的人都已入梦了，伴他醒着的只眼前一盏摇晃不定的菜油灯，和在村边来往巡哨的一两个紧握了枪支的兵士。农家的雄鸡也已叫过两遍，他全没注意。直到就在窗外耳边响起了号声的时候，他才问睡在左近，正自转侧的客人说：

“是什么号哇？”

“大概是起床号吧。”

“噢——起床号吗，那我该睡了。”

——其实早就该睡了啊！

是这样的忘我境界！

一九四一年冬，《青年文艺》

客居的心情

这里是披露的几页友人的来信。

……你问我在热闹场合和人们交往的时候我常是显得愉快，洒脱，为什么在信札文稿里流露在笔底下的却往往那样寂寞忧郁（用你的话形容，说像海上的雾天，或梅雨的江南）？这要分析说明是徒劳的，像不易答复为什么月光素淡而太阳光却亮得耀眼。若是勉强找理由，像普通医生对一般没有把握的病症，漫指为流行性感冒那样，我说我怕是客居的心情在作祟吧。

平常我总爱把世人分作两种：一种是客居而像主人的（厉害了有"喧宾夺主"），一种是居家也像做客的。两种比较，我喜欢后一种；性格里也仿佛沾染着后一种的彩色。至于先禀赋了这种性格才有了这种好恶呢，还是先习惯于这种好恶才具备了这种性格呢？那就很不了然了。譬如鸟，除却了羽翎的美丽或歌声的婉妙，我就讨厌金丝笼里豢养的会传话的鹦鹉，而比较的喜欢候鸟：如秋来向南飞的大雁，或呢喃着"不借你的盐，不借你的醋，只借你的屋梁住住”的那种燕子。

是真的啊。自从十多岁出外读书，故乡在我就已变成异地。每当假期回家，在父母身边，在邻里伯叔丛里，自己总仿佛是客人似的。家制的风鸡腊肉，像款待宾客一样这时被母亲端上饭桌了。去给二伯母家请安，那两张笨重的老漆椅为我拂去了浮尘，珍贵地藏在衣柜里的石榴、核桃之类果品毫不吝啬地被塞进手里了。碰见小时的游伴，彼此以疏阔的眼光望着，说话像对了生客应对。那时自己的心里，记挂着的也是家乡以外的事物更多：师友啊，操场啊，学校园里养鱼池，荷花和昼夜突突响的磨电机啊，甚至和自己吵过嘴打过架的人都会在脑海里浮起而带了几分甜味。行旅中的独轮小车，起火野店，和挤满了人和行李的火车，不是曾给自己以沉重的困顿吗？但在家里想着时对那些却深深地怀念起来了，想：住几天我就走的。意思是故乡而外我还有更可留恋的家在。

可是到了离开家三百里五百里的学校，反过来我又会被缱绻的怀乡病所苦了。特别当寂寞地卧在病床上或遭受了什么不如意感到缺乏助力的时候。“我应当家去！”想着，甚至是欢乐的平日，一纸家书也唤得出莫名的眼泪。这时客居的情味是格外浓的：记着父母的训诲，就不敢骂人打人；为显示家庭的教养，对学业就分外勤奋刻苦：“我没有败坏门风啊！”“家”的观念鼓励了客居的自己，自己客居的成就又私自给了“家”以安慰。

随后四处奔波，插足在崎岖的生活的途上，家乡久别了，老人们先后故去，兄妹行辈，各自独立，随了时代推移，农村景象也变得凋敝萧索，狭义的家的观念就慢慢地像入秋的绿叶一样从心上淡去，而父母那些谨小慎微的吩咐，不再是行为上的紧头箍。在人前我勇敢了，粗犷了。要强，曾不惜拿性命作孤注。但客居的心情在深居独处的时候却愈来愈浓了。（外强中干吗？）是矛盾的，但也是秘奥的事啊。实在因为年龄稍长，经历稍一多，有些地方变成了第二故乡，第三故乡；有些人由陌生变熟识，由熟识变知交朋友，值得怀念的人和事，一重重叠起来，在心上打成结子，前脚落地，后脚即成陈迹，那么还有什么地方不是家，什么地方不是异乡呢？往日曾经结识的人物，曾经莅止的地方，都带着亲热的光辉在记忆的海里浮荡，甚至比较清晰的幻梦里的旖旎风光，爱好的书篇里的绚丽景象，都构成了故乡的，家的部分。于今我的家是太广阔太迹近理想了，而现实的我反永远成了客居。

那么这种家，这种广阔无垠，无处不在的家又是怎样的呢？

若然我是住在山上，这种家就往往是靠海的。那里有渔妇渔女，有海草盖顶的矮屋，港口有泊着的游艇，远远向长空划一抹黑烟的有庞然的火轮。白天，太阳暖暖的，晒得海滩上的沙也暖暖的，有赤脚的孩子在捡贝壳，在弄轻轻拍岸的潮水。月夜，粼粼的海波发着一片闪烁的银光。哪里传来动人的歌声，就正好随了海波荡漾，那座岩头上是格莱齐拉[①]和她老祖母住的素朴的老

① 格莱齐拉：法国小说《格莱齐拉》（拉马丁著）中的女主人公。

屋吧，隐隐约约地你会望得见那葡萄架和无花果树。那边也有歌忒[①]的家吧。她正对了大开的窗子，对了花岗石窗槛上的一列花盆，给漂亮的尧恩草拟一封温柔的信。……在荒凉的山谷里散步的时候，在干巴巴的土窑里埋头工作的时候，或在设了伏的道旁握着枪守着自己的岗位的时候，我是愿意在面前展开这样一幅家乡画图的。——这幅虽是缥缈，但是富有魔力的画图，会给我以无比的力，无比的勇气和兴奋。仿佛此刻过了，另一刻就到了那里，克服困难我不费吹灰之力。

若然住的是荒僻乡村，意想的家就该是繁华都市。那夜里像白天，鸡叫的时候了，还可以约三两个朋友出去吃宵夜。汽车嗞地一声在身边停了，不想（轻轻喊一声“你这个家伙！”）吓了自己一跳的却原来是老李。问着：“好哇！”还紧紧地握手呢。“再会。”一扬手又分别了。自己压柏油马路怪无聊，“去买本书吧。”想着，一抬腿便跨上了一列绿牌电车。回家把昨天刚出版的新书看完，还没耽误再去看前天才拍完的电影片第一场映演。多紧张，多热闹啊！……呜，当然我为了一件自己并不感很大兴趣的琐事徒步蹒跚在尘土飞扬的大路上，碰不到一个可以说话的熟人，除了一群群红嘴鸦在啄那暴露在道旁的死马尸骨，又看不到一件能引人入胜的景物的时候，我的心又回“家”了。出窍的思想享受着最现代的物质文明。窒息的飞尘不能使人沉醉，安步实在也不

① 歌忒：又译歌特，法国小说《冰岛渔夫》（皮埃尔·洛蒂著）中的女主人公。

能当车，但在这灵魂的壮游里，事务繁琐也好，路途遥远也好，我曾感不到疲惫。

再不然，在和平的环境里，大家垂着骀然的或倦怠的眼皮过日子的时候，我的家又该是在军营，在战场了。在那里我必须马不下鞍，衣不解带地睡眠，必须随时准备着迎接敌人的袭击，和去袭击敌人。在那里，左右的人们个个都是共生死共患难的朋友，我将像爱自己的兄弟一样去爱他们。纯朴的群众是和睦的邻居，对他们我爱多于憎，欢迎多于疏远，哪怕他们是无论怎么自私的，愚昧的，小气的。甚至对敌人，只要他们放下武器，我们是可以互相握手的。……因此，在我现在认为做客的时候，还有什么我不应当多谴责些自己，去宽慰别人；自己多受些苦，让别人去享那并不算多的舒服；自己多委屈些，教别人去为针尖大的劳碌，而争功，而夸耀，而得意忘形呢？我要注意的，是锤炼自己，使自己更坚强；是武装自己，使自己更加勇敢；加热，加力，使自己将来回“家”，那就是说回到那更复杂的环境，更残酷的斗争里，能永远浮出水面，不致被狂涛骇浪所淹没。

一切反转来，我意想中的家就又完全是另一种了：烦嚣时我的家将是沉静的，因此在千万数的人海里，我感到藐小孤独；寂寥时我的家又是豪华的，因此尽管孑然独步。我可以心雄万夫。（曾有人说：一个皇帝夜夜做梦当乞丐，一个乞丐又夜夜做梦当皇帝。你说谁更快乐些呢？）——就这样，永远以陌生的异乡人的心情，我迎接每一个新的日子，我处理每一件新的工作。时时有一脉隐然的惆怅，或竟是痛楚，压在心头；时时又以一种飞来的兴奋或欢快，胜过了那惆怅，掩过了那痛楚。“看着永别的你的美丽却于我可亲。”（普希金《秋天》）自己说：好好地活哟！做客是不容易哩。不要卑污，不要龌龊，心地要像雨洗的秋空一样洁白，情感要像霜染的枫林一样炽热。对事对人，要热要真。高热是熔化得任何坚硬的东西的，真诚是感动得任何懦怯愚顽的。认清是非，辨别黑白，从一万条岔路里寻出那唯一的一条大道通向真理。我矜持，我拘谨，我战兢兢地怕把一首美妙的歌曲唱错了调子。当用这样的努力，而完成了一出烦难的演奏，而博得了别人的掌声和喝采的时候，回到幕后，代替高兴我感到的是无限空虚和惭愧。

“多怪的癖性啊！”你会说吧？

是的，这就正是连我自己也解释不清的性格了。但我是从这里获得了我无价的安慰的。譬如我主持了一个盛大的晚会，或布置了一餐丰盛的筵席，当观众口角含笑迈着轻快的脚步走出会场或宾客们打着饱嗝骑上归马的时候，该是轮到我饭不想吃一口就跑回山角落的土窑里，倒锁上门，熄了灯，去对柿红的木炭火出神了；或急急地躺在木板床上，映了一盏荧然的麻油灯读《中国通史简编》了。一壁默默地寄于远人：朋友啊，爱人啊，报纸上看到一位无名的英雄，或《茵梦湖》[①]那样的书里一个金莲花的寻

①《茵梦湖》：德国施托姆（1817—1888）所著富有诗意的小说。

觅者啊，“看我做得好吗？”“西天还有些儿残霞”[1]，我想念着，我无声地吐露着嘘唏。

我把这叫作“客居的心情”。这心情，使我向往崇高，使我保持年轻；在郁悒时给我快乐，在徘徊时给我希望，给我爱，给我一切向上的进步的雄心。“我们所不在的地方就是好的。”现在不好，我们有将来；个别不好，我们有整体……

我永远讨厌那些处处做主人的人，（古帝王说：“率土之滨，莫非王土；普天之下，莫非王臣。”——真是主人架子十足的。）偏偏哪里都碰得见这样的主人。只要手边碰到的，都是他的。钱他用了，房子他住了，衣服他穿了，饭他吃了；却从不问钱是谁出的，房子是谁盖的，裁衣服的布料是谁织的，做饭的米粮是谁种的，摆一副神情，仿佛只有他该享受，别人才该服役吃苦；可是谁封你的啊！——说真了，世上的事事物物，有什么东西我们可以以单个臭皮囊的资格说“这是我的”呢？什么都是大家的啊！甚至自己死了，留下的那一具皮肉尸首也只是草木的滋养，或鸦狗的食料！

大地上虽也有以地球的六分之一，人口的两万万作为一个大家庭的，但那主人还是那整个两万万人口啊。单个说，谁不是客呢？恕我抄两句老书吧：“天地者万物之逆旅，光阴者百代之过客。”

---

① 这是歌曲《教我如何不想她》（刘半农词，赵元任曲）中的一句。

酸溜溜的，你看我发得算不算狂呓？

说我有点阿Q相，也随你。

一九四二年三月十四日《解放日报》

题　话

吴伯箫最重要的几篇集外文，也许应该是《思索在天快亮的时候》《论忘我的境界》《论工作的灵魂》《客居的心情》和《谈日常生活》这组议论性散文。它们写在1941年底到1942年夏之间的延安，均发表于《解放日报》副刊。这几篇以畅想、思考为主干的散文，是吴伯箫在延安这个特殊环境中对个人生命与人生的一次庄重和有深度的思考，其意义不只限于对写作本身的探索。

对同一问题的看法不同，就会产生不同的反响，如《论忘我的境界》在受到某种质疑的同时，也受到另一些读者的热捧，有的读者甚至从报上剪下来贴在眼前成段诵读。而对吴伯箫来说，他写这组散文是认真、诚恳的，绝无玩文字游戏的动机。他是要用“忘我”的境界和“客居”的心情塑造自己、要求自己，以使自己也能达致“非有超出于自我的目的不可，非有超出于自我的理想不可”那样的高度；告诫自己把“责任心、计划性和认真积极的作风”当做工作的灵魂；喜欢“居家也像做客”，“永远以陌生的异乡人的心情，我迎接每一个新的日子，我处理每一件新的工作。”正是在这一组文章里，我们会看到最真实的吴伯箫的灵魂画像，自然而然的，它们也一定是吴伯箫最重要的自我写照。

山谷里的桃花

桃花开的时候你来了。在这荒苍的山谷里，在我像缺少雨水的土地一样干燥的生活里，因为桃花，因为你，我忽然感觉到太阳原来还有温暖，一年当中，哪怕是这样除了人事的美没有一点情趣的地方，还有那么一个快乐的季节叫作春天。

你说你从海上来，从我们故乡来。我相信。你晒黑了的脸，就透露着健康的海的颜色。从你的牙齿，我忆起贝壳；从你的眼，我忆起海水的蓝；从你挺起的胸脯，和没遮拦的说笑，我忆起那夏云的奇峰和逗着晚霞翻飞的海鸥。……握着的你的手我不忍放了，我幻想那是一条美丽的帆船底舵呢，它将带我有一次远航啊。

而你的航行却真是够远了：爬过泰山、太行山、吕梁山，涉过黄河、滹沱河、汾河；像颠簸在惊涛骇浪中间，在战地从敌人用火力交织的网里，你随了队伍昂首迈进（真像破浪疾驶的一艘船啊！）。你说曾星夜背了行李过封锁线，曾徒步涉过水深过腰的河滩，你们走了整整十二个月亮的圆缺，从绿色的海岸直爬上这高出海面二千余尺的苍凉的高原，若不是你有旅伴作证，我是不敢相信的；虽然你穿着洗刷匀净的草绿军衣，腿上还扎着那么一副整齐的绑带。因为，在我的记忆里，你永远留给我的是撑了咖啡色的遮阳伞，穿了修长的天蓝色的旗袍，而被海风吹散着头发的那么一个翩翩然的影子啊。

时代变得很快，像乌云凝为骤雨；你变得更快，像接触了火种的灯烛。我若是一座笼罩在黑暗里的房屋，你这来完全给我照亮了。对模糊的我认清楚了；对踌躇的我下决心了。——五六年前，在你爱人的旁边，在一家华丽的旅馆里，你喝醉了酒削苹果给我们吃，又叫茶房去煮咖啡的时候，对你我是感到过迷恋，尝到过体贴的喜悦的；现在五六年后，在这孔土窑里，你拿了笤帚扫扫铺了一领生席的土炕，顺手扯一件半旧的灰布棉衣让我坐，又一壁爽朗地，毫无沾滞地说“对不起，我们这里没有热开水不能招待你，就这样我们来好好地谈谈吧”的时候，我却感觉狂欢得要落泪了。被你底坚实和大方所慑服，我这素来以北方人的爽直自豪的，不觉感到了忸怩，很久很久我才挣扎着说出一句并不合时宜的话：“你进步得真快！”“什么呀！”你随口答应着，咯咯地笑了。

我仿佛听到了高尔基所写的《马尔华》里的海的笑声。

你说：“我们那次仗打得真够漂亮！”我晓得三四年来你是一直过着军队生活的。军队所到的地方，你对妇女宣传、组织：教她们识字、放哨、做慰劳和护理，你扮演的完全是一个战时使者的来历！“饿就饿它三天，吃就鱼肉摆成筵席，生活真丰富，真美啊！”你伸直了腰，甩一下头发，这么矫健地说着的时候，从你身上透出的完全是男子底战士底气息。待在后方，战火烧了这样久，几乎连大炮也还没听见过一声的，我，一个不折不扣的男子，感到深深的惭愧了。我奇怪，你那满装了口红和脂粉的手提包，和跟了手提包带着的那一套娇羞、弱、小姐、少奶奶底习气都丢到哪里去了呢？又怎么丢掉的呢？而我在前进的路上却老迈着骆驼样，不，蜗牛样的步子啊！看着你像骏马一样的硬朗，像初升的太阳一样的新鲜，明快，为表示我的敬慕，我真想拥抱你（多唐突啊！），大声地说一句：“我爱你！”

真的，当你从新卸下的行囊里拿出一只表，说“送你一个时间”的时候（我也真仿佛从那时才有了所谓时间似的。听着它嘀嘀走动的响声，我意会得出一番唤我前进的鼓励）。当稼禾秀起的夏天，我们约朋友一块去野餐，你指着河水底清流说“我们洗洗脚吧”的时候，还有当旧年除夕夜，闹着玩，我们点起红烛，等人打酒不来，你提议“我们讲故事吧”的时候，我确曾用眼睛告诉过你：“让我爱你好吗？”不知道你的眼睛觉察出了没有。我知道你觉察出了也不会承认的。因为往往这样：心里想想是崇高的，一动唇舌就庸俗了。

而我的所谓恋爱，你该是听说过的，多少带些虚无味道是吧：想也许想得很遥远，很美丽，形之言辞，见诸行动，就觉得无聊，打退却了。曾有人告诉我，你还笑我是“唯心论者”！实在，于我，爱一个人，像爱一种美德。一个多么美的具体的人，到我爱她的时候就往往变成一个抽象的美底概念，美底理想了。有的我爱她坚贞，有的我爱她洒脱，有的我爱她忧郁，沉静；进而聪慧，娴雅，强项（荣国府的王熙凤我都爱过），……只要是好的，我没有不爱的。没有不可以做我意想中的爱人的。“喔，这个家伙！”你会嗤笑说：“这叫什么爱人呢？”责难的话且请稍留，让我解释给你听啊。

不知在哪里见了一面，她底美（肉体的或灵魂的）使我倾倒了，我便偷偷地爱慕她，为她而奋发，努力。我底成绩愿意她能晓得，她底痛苦愿意我能分担（我是写过不少信给一些有着美丽的妻而却常常在家里闹别扭的丈夫的——有人把这叫“多管闲事”）。实在她住在哪里，叫什么，我却不一定，也不想晓得。

我底爱人，像一座座花园。当我路过的时候，我采了那我所爱好的探出墙外的一支花枝（人们当采花的时候，惯常说“我爱这种花”），回家我插在一只古瓶里，供在案头（埋在心里），如此就够了，花园是谁家的，园里又有多少更宝贵的珍奇，与我又有什么关系呢？路旁碰到的一种不知名野花不是也能够引起我们洋溢的喜悦吗？再不然，像天上的星星，夏夜坐在院子里，说了一句“我喜欢那颗星”，因而就偷偷地爱着那颗星的时候，谁又能奈何我们呢？这样于花园，于星星无损，而我却美化了我底灵魂，提高了我的品德，而活得更多一层意义一番乐趣了。

那么以做我底爱人为荣吧。这场合是应以自己具备着一种高尚的品德而骄傲的。因为我是永远不爱那一无可取的人的啊。一个人底一种美德，只要它存在，便永远像一颗璀璨的宝石在我心里发光，爱她，因想到她而觉得幸福和愉快。对这样赋有着高贵的品德的人，若不是我愿意做一个各种珍异的搜集者而决心独身的话，我是会利用各种机缘，冒天样的危险而去向她求爱的。可是等到，在哪一天的晚会上，隔了三四排椅子，我分明听到她在那叽里呱啦地说人是非，道人短长的时候，或在偶然散步的路上，看见她杂在一群丑恶的人底中间，也想学时髦把头发梳成两条小辫子垂到肩前而弄得头显得那样扁的时候，我就立刻取消前意，而从我爱人的册籍里把她的芳名画去了（姑且这样说，实在我又何尝晓得她底名字啊）。但口舌细事，衣饰小节，还可不必苛求；我最怕的是行为底卑污，和灵魂的龌龊。譬如：出卖朋友啊，因掩饰自己嘴歪而硬说别人眼斜啊。凌弱、暴寡、趁火打劫啊……因了人一点点卑污而否定他底整体，固然是我底缺点，但那有什么办法呢——正因为这样，我选择爱人又容易又难。到现在为止，说来你也许不信，在我整个的半生，够资格留在我爱人底册籍里的不过三五人，六七人而已。这样寥寥的三五人，六七人，她们自己还并不一定知道有人在默默地向往她们，在为她们祝福啊。

有美德的人，看见我，迎接我，心里说："他爱我哩！"脸上浮着欢快的微笑。龌龊的人要躲避我，怕我，像枭鸟羞见阳光，"糟糕，"他心跳着说："我被他犀利的眼光看穿了。"

你呢，是前者。

爱你我也爱你底嗜好。——从前我恋着一个女医生，分别以后，我爱喝凉开水，用冷水洗脸了；在北京撷英番菜馆，因为我一个挚爱的女友喜欢西红柿，从那以后，我就爱吃了西红柿；两年前我在旅行的途中，在一个小县城里，我遇到一个忧郁的姑娘，人家说她到黄昏就呆呆地朝西方眺望，因此我一下子爱上了夕阳。我爱钢琴的演奏，爱海，爱太阳，爱骑了白马走林荫路，爱烧得通红通红的炭火：都是各有着人底联系和欢快的因缘的。

现在，我爱桃花了（从前我是多么讨厌桃花啊！像对日本的樱花一样，嫌它俗，嫌它轻薄，尽管古人有“去年今日此门中”的诗句，有潘岳“河阳一县并是花”[庾信《春赋》]的韵事），只是因为桃花开在你来的时候。（我不知道当我的爱人多到最多最多的时候，能不能在我身上构成一切美德，一切优良习惯的总和。）

一九四二年四月二十七日延安《解放日报》

题　话

《山谷里的桃花》从未收入吴伯箫任何散文集，这次是首度入集。作者生前曾由知识分子思想改造的角度，表示此文“暴露了小资产阶级思想感情”。其实，这篇散文不过借他所爱的女性表达了对美德的称颂，文字虽有些绮靡跳荡，但视为“小资”，就是“思想改造”给作者带来的心理阴影了。

此文也可以说是对一种爱情观的表达，由对一个跋山涉水来到延安的女战士的赞美而延伸到更多可爱的女性，又阐发出不少富有哲理性的思考。如：“于我，爱一个人，像爱一种美德。一个多么美的具体的人，到我爱她的时候就往往变成一个抽象的美底概念，美底理想了。有的我爱她坚贞，有的我爱她洒脱，有的我爱她忧郁，沉静；进而聪慧，娴雅，强项（荣国府的王熙凤我都爱过），……只要是好的，我没有不爱的。没有不可以做我意想中的爱人的。”以至于“一个人底一种美德，只要它存在，便永远像一颗璀璨的宝石在我心里发光，爱她，因想到她而觉得幸福和愉快”。

从《山谷里的桃花》，或许可以看到吴伯箫不为人所知的另一些精神侧面。

附录：

无花果

——我和散文

一

在阙里读师范的时候，“五四”新潮刚刚在沂水一带激起浪头微波。学校里罢课，查日货，也讲民主，讲科学。读经是停止了，但教科书还是用文言编写的，国文课一律读古文。校长范明枢是日本留学回来的，国文教员张雪门是前清举人。课外大家也看汪原放标点的《水浒》，读高语罕写的《白话书信》，但阅览室里摆的报纸，课堂上作文，个人写信还都用文言。自己学着用白话写作，是一九二五年夏天到北京以后的事。

从满是陋巷井、舞雩坛、子贡手植楷一类文物古迹的曲阜，看过陈焕章在孔庙随着古乐三跪九叩，分吃过丁祭猪肉，忽然迈进火烧赵家楼，发动“五四”运动的北京城，喊出“打倒孔家店”，看溥仪搬出故宫，对那时一个青年说无疑是一次思想大解放。记得刚看罢师范大学的新生榜，立刻就跑到天安门参加声援“五卅”惨案的游行示威。跟着浩浩荡荡群情激昂的队伍，高喊“打倒列强”“锄军阀”。满怀是一种冲破黑暗、探求光明如饥似渴的心情。

新生报到，选了理预科，目的是科学救国。参加一个山西同学比较多的群众团体叫“群新学会”，喜欢它组织水夫、粪夫，深入贫苦市民；不久又参加了 C.Y. 的生活。秘密传阅《共产主义ABC》《夜未央》等油印书刊，也学着刻钢版、印传单。坚持写日记。

学习写作，大概是从那时起步的。那时刻印传单比较经常。对写作说，照同志起草的稿子刻写是学习，自编自刻是练笔。慢慢独立操作，成为习惯。钢笔杆夹在食指和中指腋间，拇指和食指紧捏笔端，刻写起来非常有力。油印的传单，清晰、整齐，散发着墨香，很像艺术品。有了自来水笔以后，自己使用自来水笔也这样拿法，有人看见觉得奇怪：“你的手有残疾么？”认为是病态。自己却成了癖好，像条件反射，只要这样一拿起笔来，就抑制不住脑子要想点什么，手要写点什么。

一九二七年四月，李大钊同志壮烈牺牲了。革命被打入更深的地下。厂甸校园里几乎已见不到一个曾在一起开过会或者编过《新生》《新时代》（都只出版一期就被反动政府查禁了）的同志。偌大一个范围里揭露军阀的黑暗统治，只能只身摸索着战斗。钢版、钢笔保存在自己手里，照习用的战术依旧刻钢版、印传单，抨击残暴，作正义的呐喊，趁夜深人静的时候，在胡同里从袖筒或长衫襟底散发出去。默默地问：“这样做对么？”在内心里跟同志商量。又默默地回答：“对，就这样干！大家都继续在干啊！”行动是孤单的，寂寞的；意想中战友却成千上万。豪情奋激而昂扬。含着眼泪为胜利而欢笑。

传单的文字要通俗易懂，开门见山。对敌人要瞄得准，切中要害。自己写作缺乏绚丽的辞藻，奇妙的构思，丰富的想象，朋友们揄扬说是“质朴无华”，大概须根就扎在那个时候。传单像羽书，用简短的文字代替直接口传，不会发表在报纸上；限于时效，也不编入定期的杂志书刊。事隔五十多年，哪怕曾有百张千张，到现在连片言只语也没留下。说散文，那只能像画家的铅笔速写，即景勾画。

等到跟曹未风、成启宇我们三个人办《烟囱》的时候，传单升了一级，散文初具格局，有点半成品的样子了。《烟囱》是一张蜡纸的油印小报，针对学校内外弊政说话，心里有火喷发不出，只能冒烟。笔锋保持着传单的犀利。每周一期，定时定点，秘密张贴。关心时事和学校生活的人竟然可以三五成群挤在《烟囱》下边看八九分钟。共鸣的，议论的，点头或摇头的大概都有吧？有反应对笔者就是安慰和鼓励。另有三十多份，分寄敌友：对朋友是礼物，对敌人是箭支。一边欢迎，一边疾视，那是毋庸讳言的。出到十来期的时候，怕是烟冒得太冲把学校当局呛厉害了，竟教唆打手把《烟囱》捣毁了。因为曹未风的一篇杂文刺痛了某些人，来信质问，成和我照约定的时间提前等他们的代表来谈判。两个代表还没说话，三四十个打手已经把谈判地点钢琴室包围了。打手误认我们是人多势众的一支大军，虎狼扑来，利爪下却不过是两名小兵（未风因主持英语讲演会缺席了）。打手动了手，成启宇被打伤。曹未风和我把他送进医院。报纸新闻叫“《烟囱》事件”。新闻界和朋友（忽然发现我们的朋友遍全校各系）是支援我们的，名教授和系主任也说了好话，原来打手声言要“肃清《烟囱》余党”“开除罪魁祸首”的，结果从轻发落：小报停刊，两名打手陪我们三个战士被学校挂牌各记大过一次。

正式发表散文，受杨鸿烈鼓舞寄给《京报·副刊》的《白天与黑夜》是第一篇。那是从日记里抄下来的。紧接着写两组稿子：《街头夜》和《塾中杂记》。无意中把贫苦市民跟封建贵族两种人的生活作了对比。

《街头夜》是北京市民生活的写实。那时在西城察院胡同熊观民（当过山东教育厅厅长）家给他两个儿子补习英文、数学。单日晚一次，一次两小时。往往晚饭后从和平门外出发，徒步或坐洋车，趁华灯初上，一路看行人车辆来往，商店在招呼顾客，摊贩在竞相叫卖，嘈杂的喧闹，缭乱的彩色，匆忙的，悠闲的，欢乐或阴郁的人群，在脑海里留下变幻繁乱的印象。“写点什么？”一路走，一路酝酿。

在熊家三个大中小学生共同作业：讲解、问答、正音、解题。一边是送教上门，一边是有辅导的自修，那气氛是像家庭一样雍雍和乐的。九点宵夜：一人一套油条，芝麻烧饼，喝两杯热茶。东家雇好洋车，便打道回“衙”。往回走的路上，照例在车上舒服地打瞌睡。一天的疲劳，正好休息养神。车费已付，洋车到校门口放车把的时候，二十分钟一觉恰恰醒来（也有例外，一次中途在西单下车买点东西，车夫不辞而别了。自己要踢踏蹒跚半小时。喜车夫的机智，笑既得享受者的憨愚）。午夜作清晨，众人酣睡我独醒，是学李贺探紫囊整理沿途收获的时候。虽然达不到“倚马可待”，而两三千字的短文是可以一气呵成的。写更夫，写老豆腐摊，也写警察。顺利的话，起草，誊清，当夜付邮。若《京报》《晨报》编辑部的稿子不太拥挤，编辑杨晦等师友是会叫稿子十天内见报的。蜜蜂采不到花汁，蜂蜜就欠收，不顺利的时候十居七八。那时刊物少，除了晚些时候巴金主编的《水星》，我的稿子多半用在京津报纸的副刊上。《大公报·文艺》我经历过杨振声、沈从文、萧乾、杨刚几任主编。萧乾，赞赏他手勤，往而必来，通信不少，二十年后才见第一面，杨刚，只通过信。

《塾中杂记》写的是我准备考大学的那一年，在曲阜孔家教家馆时的生活。那年十八岁，人称“师爷”。认识孟超的时候，他开玩笑封我为“万世师表师”。到批孔的年代，拜访成老仿吾同志，他从楼上下来，还没见到人就高兴地招呼：“孔老夫子的老师来啦。”惊异于成老怎么知道？记忆力怎么这样好？见面我抢着检讨：“那就更应该批判了。”成老笑着宽慰我：“那倒不一定。学生犯错误，老师负不了什么责任。”——此是后话了。

二

到青岛，住在海边，对着渺无涯际的一片汪洋，胸襟、思想、感情，该会是“海阔天空”的吧？不，“九一八”的炮火震碎了壮丽的祖国河山，也破灭自己的美好幻想。编辑两个半月的报纸副刊，联系一些崭露头角的诗人、作家：李广田、臧克家、李辉英等，曾梦想以写作为业，挤进他们的行列。结果针对“不抵抗”才写了一篇《黑将军挥泪退克山》，报馆就被日本浪人放火焚毁了。从此黑云压城，直到“西安事变”，六年没见过晴天。蒋介石对侵略者是让，是退，是卑躬屈膝，对人民则是压迫，杀戮，剿伐。那时几亿同胞谁能自由呼吸呢？人们只能挣扎着生活，隐蔽着战斗。自己在青岛大学（后改为山东大学）当了三年职员，拜识了闻一多、洪深、老舍，也跟王统照、孟超、李同愈等交游。坐办公室的空隙里跟着他们写点短文。约有半年的时间，曾三五熟人定期聚会，各带小说、诗或散文，大家传看品评议论。相约不吹捧，倒免不了吹毛求疵；也不自惭、自卑，说自己的作品不好（为什么不尽量往好里写？），但争取彼此推敲。这就自然形成了鞭策与鼓舞，各自拼命下功夫，互争下一次或者再下一次聚会时的一点点进步。都作它山之石，切磋琢磨。一九三五年暑假，王统照、老舍带头，我们还借《青岛民报》的篇幅，编了几期《避暑录话》。刊名是教授、戏剧家洪深起的，意取双关：一避溽暑，二避炎威。以文会友，几十年就只有那么两段不太长的时间。那是在阴霾灰暗的天空下黄金一样的友谊啊！五十年后追忆，皓首指点，克家和我，两人而已。

那时不自量力，曾妄想创一种文体：小说的生活题材，诗的语言感情，散文的篇幅结构。内容是主要的，故事，人物，山水原野以至鸟兽虫鱼；感情粗犷、豪放也好，婉约、冲淡也好，总要有回甘余韵。体裁归散文，但希望不是散文诗。诗我是爱好的，苦于不懂怎么写。又有个固执的意见：诗要有韵律。不一定都是律诗、绝句或五言、七言；像古诗、词曲、民歌都行。新诗也一定要读起来上口，有自然节奏。一般说散文诗，无论是创作或者翻译，从形式上看“散”是可以肯定的；但“诗”呢？就不容易看出特征。所以刊物上发表散文诗，总要在题目后边加括弧标出来，大概就考虑到“诗”的欣赏能力差一些的读者不容易从鱼目当中分辨出珍珠的缘故。刚到青岛时写过一篇《海》，有选家把它归入散文诗，自己就深深感到当之有愧。可是自己妄想创的那种文体，尝试了四十年并没有真正成功。可能我的艺林里只有无花果一科。收入《羽书》集的有些篇目，也是“画虎”之作。那些篇目出世是我的梦做得最熟的时候。好友杨朔同志的《茶花赋》有点像从我的空中楼阁里采撷的花枝。我自己却一直没找到写《茶花赋》的那种彩笔。秃笔描画，画总是干巴巴的，缺乏含蓄、蕴藉、诗意。几时意外得到好笔，我想再试试。

写作是实践的事，一笔落纸，浓淡天成。无论想得多么好，只有写出来才知道。灵感也许是有的，但灵感不像实物，看得见，摸得着。灵感稍纵即逝，正想落实一下，具体些，清楚些，已经成了陈迹了。重复一遍，修改一道，都会有变幻。杜甫的诗：“天上浮云如白衣，须臾改变如苍狗。”完美的境界，是无从久住的。真希望有亿万倍精密的彩色镜头能像特技照蓓蕾开放成花朵那样拍摄诗人的思想活动。那么，“白发三千丈”“春风又绿江南岸”“红杏枝头春意闹”，那类脍炙人口的诗句，就可以不再像晨星寥落稀疏了。沙里淘金选出来的好文章，《古文观止》是二百二十篇，《现代名作欣赏》是八十二篇，不容易！

还有文章的写法，神来之笔总是难能的。鲁迅《秋夜》：“墙外有两株树，一株是枣树，还有一株也是枣树。”读了五十多年，至今感到独特，峭拔。杨朔在《荔枝蜜》末尾，“梦见自己变成只小蜜蜂”，觉得写得自然，合情合理。其实鲁迅、杨朔写得像生活本身那样，都是老实话。但是若有第三第四人照样去写树，写梦，哪怕把枣树换成柑桔，蜜蜂换成春蚕，也会令人感到是落入了陈词旧套。所以“推陈出新”是必要的。

“九一八”后，在卖国贼的黑暗统治下，人要生活，更要以各种方式进行不懈的斗争。六年从事教育工作，跟青年们在一起，瞅空写点文章，立意是反对日寇侵略，仇恨国贼的罪恶。《羽书》的结尾：“‘鸡毛翎子文书’，飞啊！去告诉每个真正的中国人，醒起来，联合中国人真正的朋友，等哪一天，再来一个八月十五！”表达了杀敌的心愿。《我还没有见过长城》的最后一句：“长城，登临匪遥，愿尔为祖国屏障，壮起胆来！”也表达了御侮的决心。在济南，用笔名“天苏”给《中流》通讯写《理发到差》，揭露韩复榘愚民统治、把公务员随意摆布，曾遭追查。都是想发泄心头的郁闷和愤懑。但是青岛三年，海隅僻处，我没有机会参加“左联”，济南三年，办乡村师范，站在管学生的地位。主观上爱护学生，免遭军阀的逮捕杀害；“一二·九”学生运动，“奉命”提前放寒假，令人给每个学生发油印信，鼓励他们在家乡作组织宣传。客观上却给有的学生以印象跟他们走的不是一条路。解放后一位要我写字的省委书记对人说：“那时候我们把他看作是革命对象。”听说了心里感到非常惭愧。在十年动乱中又有人向我来调查，责问：“丁到西北（那边）去，你送过他路费么？”我感到光荣，却不记得了。像鲁迅《风筝》里弟弟的回答那样：“有过这样的事么？”苦恼的是那时候跟革命队伍我没有组织的关系。记得在济南黄台乡村师范的农场里，跟同时在乡师教书的武新宇同志一道散步，是谁随便问：“你还是C.Y.么？”又是谁漫然反问：“你呢？”彼此都没有作肯定或否定的正面回答。白色恐怖压得知心朋友在这些方面也不敢说真话。自家人不敢认自家人啊！

正因为这样，“七七”事变爆发后，我从莱阳乡师陪二百多名自己搞过军事训练、从油印材料上学过游击战术的青年学生，徒步跋涉跑到鲁南临沂，没人管，自己又没有能力和办法组织他们，结果四方分散，各奔前程。到了延安自己悔恨：为什么不跟他们一道到延安，参加抗战，参加革命！？因此，一写《记乱离》，两写《引咎篇》。都写的是亲身经历的生活，真情实话。证明一条真理：个人是渺小的，软弱无力的；有组织的革命集体才是伟大的，无敌的。

三

抛却一切牵挂，家庭，戚朋，学校钤记（趁教育厅一科长还昏睡未醒的时候弃置在他的床头），只身跑到延安，就为了找党，归队。一望见嘉陵山的宝塔，凤凰山东麓的古城，立刻感到心情舒畅，呼吸自由，到家了。在抗日军政大学跟济南乡师的学生编在一个队里，年龄相差十岁，出操却一样先迈左腿。在瓦窑堡一大队我写的第一篇壁报稿题目是《抗大，我的母亲》。我们的政治委员胡耀邦同志，四十年后还记得我。解放后在新侨饭店举行的第一次文艺茶会上，他说："你不是带学生一起进抗大的么？"

一九三八年冬天，作为"抗战文艺工作组"的成员同卞之琳、马加从延安出发到晋东南，过了六个月的战地生活。赞颂八路军和战区人民，打击敌人和顽伪。行军时构思，宿营时写作，情绪时时都是振奋的。朱德同志在长治嘱咐我们："时代是伟大的，你们要好好地写啊。"我们跟着他过新年，参加在沁县城外举行的万人群众大会，又从另一处沙滩野地搭起的舞台上听他给整装待发的部队讲话："变敌人后方为前线，继续东进！"谆谆的教导，山岳一样镇定宏伟的气度，至今还响在耳边，屹然显现在眼前。就是那时侯，写《潞安风物》，写《沁州行》，写《响堂铺》《神头岭》。叫通讯也好，报导也好，从前线寄给远在重庆的老舍转《抗战文艺》，都是作为散文发表的。

原谅作品写得不多，常自称是业余文艺工作者，在前方的那半年应当是例外。工作类似战地记者，写作是本分，志趣是专一的。广大群众倾注全部人力、财力参加抗战，支援抗战，人民子弟兵不顾任何牺牲，站在最前线奋勇杀敌，连村旁土地庙的门框上都贴着对联："土地也抗战，早已上前线。"眼见的，耳闻的，一切都激励着你在本职岗位上必须做出贡献。一次胜利的战斗，一片瓦砾的血污现场，一个儿童团站岗放哨的故事，都是应当如实记录的素材。沸腾的生活，燃烧的战斗，又往往写不及。只能笔记事情的梗概，景物的轮廓。生动的语言，深刻的触发，错综曲折的关系、过程，要像牛羊吃草那样抢着吞下去，储备起来，回头再反刍、咀嚼、消化。收入《烟尘集》的篇目，就有两种情况：一种是急就章，经历了就写出来，甚至不过夜就仓促付邮，时间性强，希望它及时发挥作用，药物是十滴水，武器是匕首。一种经过酝酿，整理，综合成篇，字句也反复斟酌；从胚胎到分娩，真像动物一样要几个月或者更长的时间，才能产生一个有血有肉的生命。前者，读者看过就忘了；后者，经得起时间考验，给人的印象可能深些。《黑红点》，事例是多方面采访的，从前方回到延安才写出来，常有人提提。《一坛血》，记的事情是听聊城专员谢鑫鹤同志谈的，谈就是一道写作过程，我记录整理之后又送他看过，当时作为电讯稿发到各根据地，知道那篇东西的人就比较多。很多同志认为我在山东打过游击，大概就是从《一坛血》引起的。其实，在延安八年，除了半年晋东南，别处哪里都没去过。

四

回到延安写战地见闻，进入北京才写延安生活，这跟成年回忆儿时差不多。高尔基写《我的童年》不是在他过流浪生活的时候，而是在他蜚声世界文坛之后。现实生活，有些可以因景生情，即席赋诗为文，有些就不行。往往要后天写前天，二十年后写二十年前。亲身经历的事，也要经过一番回味，洗练，把浮光掠影变得清晰明朗，片面感受汇成完整印象，才能构成一篇作品的雏形。真的写出来，最恰当的时机又不知等多久。《延安的歌声》，熟悉它是八年；想写，想写，拖了二十年；执笔定稿却花了不到一天的时间。写过《菜园小记》《窑洞风景》之后，想写革命队伍里同志之间的关系，又不知考虑了多久。主要想选择典型事例。粉碎“四人帮”后写一篇《忘年》，有那么一点儿意思，但是自己很不满意。

“延安文艺座谈会”在我是写作的分水岭。座谈会前写《忘我的境界》《客居的心情》，是搞教育行政工作时的产品，有同志说是“不务正业”。那时在延河边已经住了四年，党龄刚一岁。从客观事物联系心理活动进行剖析，一位不认识的党校同志来信表示共鸣，把文章剪贴在座右，说随时看了作鼓舞。整风时有人却责问，“革命队伍里每个同志都应当是主人翁，你为什么自居客位？”“忘我是常事，没有你说得那么神秘难能！”作者本意不是那么容易被理解的。

座谈会以后，下决心“为人民服务”，写作上走新路。《战斗的丰饶的南泥湾》是第一步，这一步走的是对的。行军到张家口，写《出发点》，发抒了留恋延安的炽烈感情，刚在《晋察冀日报》上发表，就有人成段朗诵，影响还好。但对地方人事美化绝对了。《十日记》在佳木斯写知识分子下乡，跟劳动人民结合，都是事实，一点虚假没有，学生看了也认为是写他们，受了教育。但又对生活观察不深，流于浮泛。

在新开路上，走啊，练啊，改造思想啊，苦苦琢磨，方向是对的，但还避免不了崎岖坎坷。直到《北极星》，离开延安十五年回头再写延安，仿佛开始摸索到在文艺领域里散文这条并不平坦宽广的途径。

选家说我：“《羽书》奠定了散文的地位。”那应当是勉强指分水岭的右侧；左侧自认可从《北极星》开始。《难老泉》《猎户》《“早”》都收在《北极星》里。在党的红旗下我刚刚是“不惑”之年，跟实际年龄极不相称，学写散文离“从心所欲，不逾矩”还很远。

中国共产党成立六十周年

一九八一年六月二十八日，北京沙滩

《散文名作欣赏》序

说真话，叙事实，写实物、实情，这仿佛是散文的传统。古代散文是这样，现代散文也是这样。

鲁迅的《风筝》，三句话勾画了三个场景：弟弟“在尘封的什物堆中扎风筝”“我即刻伸手折断了蝴蝶的一支翅骨”，弟弟惊异地笑着说：“有过这样的事么？”使读者好像亲临其境，看到，听到，连长兄幼弟的淳挚友爱也像闪电一样扑向心头，引起了极为复杂的慰藉、痛楚、欢欣的感情。茅盾的《白杨礼赞》，赞颂白杨的坚强不屈与挺拔，比喻它像傲然耸立的守卫家乡的哨兵，“有极强的生命力，磨折不了，压迫不倒。”是写白杨，实际写了民族解放的火热的战斗年代，蒸腾奋飞的生活。叶绍钧的《五月三十一日急雨中》，写“袒胸的朋友”对帝国主义者激昂英勇的反抗，愤怒地抨击了在敌人血腥暴行面前袖手旁观、贪生怕死的“蓝袍玄衫”的人们，使读者跟着他冒雨疾行。地距数千里，时隔五十年，也觉到感同身受：这就是散文。郭沫若写《银杏》，朱自清写《背影》，巴金写《灯》，许地山写《落花生》，冰心写木屐，杨朔写茶花……都由小见大，把读者的思想感情推向极为崇高的境界：这同样是散文。

散文应当是绚丽的大地风物的描绘，生动的社会生活的抒写，和谐繁密的时代声音和丰富多彩的人生情感的记录。“五四”以来，我国光彩熠耀的散文名篇很多，各种各样的体裁题材，各具特色的艺术风格，灿若秋夜的繁星。这本集子着重从抒情散文的角度选了二十九家四十四篇，可以说只能算举例。各家的篇目，选时肯定是费过苦心的，但很难说都包括了这些作家的代表作。选本应当是多种多样的，希望今后能有从不同角度出发的，选取更多作家作品的集子出现。

真正欣赏作家的散文，必须读作家的原著，要读者自己品尝读后的印象、启发、美好的感受。欣赏是不能代替的。这集子的《欣赏分析》，文字是选编同志写的。谈的是选编者个人或几个人对某篇散文的看法、想法和各自的理解、体会。一般分析是透彻的，涉想是深刻的。有时从一篇作品推开去，想到社会人生，宇宙万物，有时又收回来，把具体现象归结到作品的中心思想。这些，读者都可以参考，作为借鉴；但不能希望它概括和代替广大读者从各自不同的角度对某篇散文去看、去想、去理解、去感受。一篇优秀的散文在读者面前展示的境界可以是广阔的，不同的读者总的观感也许比较一致，“这棵树长得好”“这盆花开得美”，但不妨碍对枝叶花朵各作不同的爱好采摘，集子里的《欣赏分析》，实际上是向读者介绍、推荐，做个样子，是好事。编者对选编的散文逐篇作了认真研究，悉心推敲，看来是下功夫的。但读的时候，像在浩如烟海的艺园里拾贝壳、采珍珠，不同的涉猎者可以各取所好。

清初康熙年间编选的《古文观止》上起东周，下迄明末，对我们阅读我国古代散文提供了大体面貌。两千多年来，选二百二十篇即叹“观止”；这里选的才是“五四”以来六十年的散文,离“观止”还远；现在我们处在社会主义社会,眼界宽多了，人民文艺的发展前路是没有止境的。散文名篇必将年年有，月月有，让我们以殷切的心情开怀欣赏吧。

一九八〇年八月，北京沙滩

选自《青海日报》1981 年 2 月 24 日

读是为了写

——中央广播电视大学《范文读本》序

人非生而知之者,事事必须学习。人人都要用一辈子的语文，更非下苦功学习不可。古人读书，“十年寒窗”也好，“焚膏油以继晷，恒兀兀以穷年”也好，大概主要就是学语文。近世学校里语文课教学时间最多。中小学听、说、读、写并重。大学要继续提高，侧重读、写。务求达到能正确地理解和熟练地运用祖国的语言文字。

学语文，读是为了写。“读书破万卷，下笔如有神。”读了几车书，一个字也不留下，叫作“徒然的笃学”。《范文读本》是电视大学为学员学习写作而编选的读物。

电视大学规模最大，电波所及都可以归入它的范围，学员最多，“自愿报名，择优录取”的正式学员若以十万计，自愿收听的非正式学员可能上百万或者更多。战线之长，专业之繁，是没法估计的。百万大军只凭读《范文读本》够么？当然不够。《读本》只是“范文”举例，告诉读者，作者们对事物是怎么写的。自己要举一反三，读更多的好文章，学习用已经掌握的语言文字去写自己所熟悉的和需要笔之于书的事物。通过范文的阅读，解决一个“怎么写”的问题。

“写什么”？那就千差万别，一人一个要求，一人一种选择，因每个人所从事的工作，所参加的劳动，所经历的生活而各不相同。俗话说：“隔行如隔山。”事物的发生发展，产品的生产制作，理论的探讨研究，没有实践，谁也写不出好文章。

学写作，不能想写就写。先要有工作、劳动、社会生活等种种可写的材料：像盖房子，先要储备砖、瓦、木、石、钢铁、水泥。靠空想、幻想不行，要脚踏实地。在这一点上，电视大学的学员有优越性：在职职工。写自己的切身经历、体验，印象最深、最受感动、从中得到教育最大的事物，就是最实际的素材、题材。写作可以督促自己把工作做得更好，而做好工作又是充实写作内容的比较有效的方法。自己什么也不做，衣食日用都靠别人供养，而说“我要专事写作”，写什么呢？那是不值得提倡的。

学写作，还有一个“为什么写”的问题。文艺创作是为人民服务，为社会主义服务。一般写作也应当是这个方向。要告诉读者有益的东西，振聋启聩，奋发向上，从而产生良好的社会效果。

“范文”在这方面应当是解决了的。读“范文”学写作，也应当这样做。

一九八一年十二月

办平民学校

《礼记·学记》里有这样一段话：

“虽有嘉肴，弗食不知其旨也；虽有至道，弗学不知其善也。是故学然后知不足，教然后知困。知不足，然后能自反也；知困，然后能自强也。故曰：教学相长也。”

这段话用现代的话说，大意是这样：“虽然有好菜肴，不吃就不知道它的味美；虽然有真理，不学就不知道它的好处。所以，学习，然后知道自己不够；教人，然后知道自己不行。知道不够，才能严格要求自己，努力学习；知道不行，才能发愤钻研，不断前进。所以说，教和学是互相提高的。”

这一段话说明了认识跟实践的关系，跟教学的关系。这虽然是两千年前儒家的话，现在看来还是有道理的，可以作我们的借鉴。

常识告诉我们：学数学要演习题，要算一算；学物理、化学要做实验，把原理、定律证一证；学博物要采集标本，动手解剖、分析、化验，甚至植物要栽培，动物要饲养，矿物要钻探，这样做，道理才能懂得透彻，知识才能学得踏实。这正说明学习必须通过实践。有谁见过不下水就会游泳的吗？又有谁见过没有驾驶过飞机就能飞的吗？教学，也要通过教学实践来学。

事情都是这样：做什么才能学会什么。做得越多学得越好。不断练习的肌肉活动可以成为熟练的技能技巧，以至习惯成自然。教育战线有师范教育，那是专为培养教师的。师范学校又常常附设中学、小学或幼儿园，那是为学习教学而进行教学实践的专用场所。

老的北京师范大学，除附属中学和小学而外，还附设过平民学校。那是师大同学自由结合创办的。同学自己想办法学着办学校，教育学生。

平民学校长期只办小学（后来办过两年女子师范班），学制大致是初小四年，高小三年，实际并不受学制的限制。年限服从学业的水平。很多班级往往六年或五年半就可以达到升中学的程度。课程也跟当时政府的规定差不多，课本采用商务印书馆编辑的居多。怎么教，怎么学，各班却都有自己的计划安排。一般比较灵活。教学的进度比一般学校只快不慢，学习的内容只多不少。

平民学校行政设教务处，主任多由教育系同学担任。但教务处主持的教务不硬性作统一的规定，各班可以从实际出发各行其是。因为各班采取包干制，经校友推荐介绍确定一位班主任以后，他就可以总揽一个班的一切。从大学同学中聘请教师（大学生教小学生，一般是胜任愉快的），排上课时间表、家庭访问、春秋旅行，都由班主任负责。就是十元以下的小笔经费，也归他筹措；没有来路，就自己掏腰包。反正教师都是义务职务。工作凭爱好，凭热心，凭兴趣；说崇高一点，是凭教育后代的责任。个人为了什么？不一定每个参加平民学校工作的同学都立刻回答得出来，回答出来也不一定一致。可像蜜蜂采花粉酿蜜出于本能，或者像老驴拉磨，只要上了套就围着磨道跑路？那个时候恐怕是一个人一个想法。出于自愿，仿佛没有人被强迫，倒是共同的。我大概是因为学过五年师范又当过家庭教师，被朋友看中，一九二五年到一九二七年当过两年的班主任的。

不同系的同学担任班主任，他们对本班学生的强调方面就略有不同。中文系的强调语文，数学系的强调算术，而体育系的则强调唱歌跳舞。到了作文比赛、演算比赛或文娱晚会的时候，同样成绩优秀，表演节目精彩。更优秀的成绩和更精彩的节目，往往是最擅长那方面的同学担任班主任的班级。是百花齐放么？从班主任和教师看班级，从班级看学生，也明显看出教育的作用和影响。学校的班级像一个一个书塾，各有特点。这里边有“师范”的意义？师范不是死的模型，而应是活的榜样。

平民学校的学生多半是琉璃厂一带贫寒家庭的儿童。招生的时候，报名的很踊跃，学校口试以外，尽量选家庭生活比较困难的学生。学生的父兄有唱戏的，当兵的，拉洋车的，也有家住八大胡同靠近妓院的。平民学校不收学费，学生除了买书不用多少花费。

平民学校校部就设在和平门外老师大进大门往北的地方，过去春夏秋三季是操场，冬季是溜冰场。北头西侧是两间办公室，办公室对面是两个三间的低年级教室。很少其他设备，条件是很简陋的。学生下午上课，更多的教室分别借用大学的和马路对面附小的。师大、附小、平校，成为默契，排课都互相照顾。平校在大学、附小中间，成为融合一体的填空部分。学生在启蒙的时候就吸收学府的空气：看到鲁迅给大学本科讲《中国小说史略》，梁启超坐汽车来上课，讲《中国文化史》；看到“三一八”惨案后在风雨操场追悼杨德群烈士；看到铁栅栏门外老师们跟警察扔石块对打。黎明跟黑夜搏斗。又跟受正规教育的附小学生无形中比团结、比活跃、比学习的自觉。耳濡目染，文化熏陶，使他们一月一月一年一年地发育成长。学完高小课程，多数竞相升师大附中和较好的中学；少数受家庭经济条件和社会环境影响，学了三年五年就退学就业。叶家子弟在富连成成为名演员，有的南下当兵参加革命队伍。最伤心，是一个顾姓女生，一个班的班长，聪明、稳重、大方，发展是不可限量的，受家庭贫困之累，高小刚毕业就被送进了妓院。消息像一柄尖刀刺进我们当教师的心里。几乎是全校教师联合抢救，及时把她从火坑里拉了出来。怎么解决了她的家庭困难，事隔五十年虽已想不清楚，但的确记得后来她终于上了大学，跟一个大学生结了婚。还健康的话，现在该是七十左右的人了吧？记忆里人是不会变的，她仍旧是聪明、稳重、大方、永远纯洁雍容的女孩子。

平民学校，顾名思义，是教育老百姓的地方。那时办这学校的宗旨，不记得讨论过，理想太高，在军阀混战的那年代，也肯定实现不了。不在空谈，而在实践。只小学那一段，学生、师生相处的确是平等的，相互友爱的。没有一个孩子坐了车来上学，也很少凭华丽服饰来炫耀矜夸；或者以家庭富有、父兄显宦而看不起穷同学、穷老师（那时社会上流传过“北大老，师大穷，清华、燕京可通融”的说法）。至于离开平校，升学、就业，各奔前程，发展变化是必然的。有没有在旧社会爬上了统治阶层反回来压迫老百姓的？没有调查，平校是抗日战争爆发时停办了的，那时的学生大概还没有那种向上爬的机会。倒是受革命战争的洗礼而成长起来的学生是不少的。如当过新中国沈阳市副市长、辽宁大学党委书记的邵凯就是一个例子。他上平校一年级的时候，在教室里坐在最前排，是一个精明调皮的孩子。可惜十年浩劫被迫害致死了。

平民学校，铭记在脑海里五十五年的青年时候的印象，总是朝气蓬勃，融融和乐，充满了喜悦的。

听说，我们现在有的师范院校，不大喜欢提面向中学，要培养高精尖的人才，意思仿佛培养师资是第二位的，师资没有高精尖的问题。院校的名称叫“师范”是什么意思呢？而培养师资的学科：教育学、心理学、教学法，德、智、体、美，都不需要高度的水平，精湛的研究，出类拔萃的尖端么？

图书在版编目（CIP）数据

吴伯箫散文选 / 吴伯箫著 ； 子张点评. -- 武汉 ： 湖北教育出版社, 2025. 4. -- ISBN 978-7-5564-6181-3

Ⅰ. I267

中国国家版本馆CIP数据核字第2025T1F934号

吴伯箫散文选 WUBOXIAO SANWENXUAN

出 品 人 方 平

责任编辑 黄 裳　　责任校对 李庆华

封面设计 李 枫 钟梦瑶　　责任督印 刘牧原

出版发行 长江出版传媒 430070 武汉市雄楚大道 268 号

湖北教育出版社 430070 武汉市雄楚大道 268 号

经　　销 新 华 书 店

网　　址 http://www.hbedup.com

印　　刷 湖北新华印务有限公司

地　　址 武汉市硚口区长风路 31 号

开　　本 880mm×1230mm 1/32

印　　张 10

字　　数 200 千字

版　　次 2025 年 4 月第 1 版

印　　次 2025 年 4 月第 1 次印刷

书　　号 ISBN 978-7-5564-6181-3

定　　价 32.00 元